本书由人文在线出版基金资助出版

民国时期我国的英美文学研究
（1912—1949）

张珂 ◎ 著

中央编译出版社
Central Compilation & Translation Press

图书在版编目（CIP）数据

民国时期我国的英美文学研究：1912—1949 / 张珂著. —北京：中央编译出版社，2017.10
ISBN 978-7-5117-3326-9

Ⅰ. ①民…
Ⅱ. ①张…
Ⅲ. ①英国文学—文学批评史 ②文学批评史—美国 ③外国文学—文学批评史—中国—1912—1949
Ⅳ. ①I561.06 ②I712.06 ③I209.6

中国版本图书馆 CIP 数据核字（2017）第 094745 号

民国时期我国的英美文学研究：1912—1949

出 版 人：葛海彦
出版统筹：贾宇琰
责任编辑：曲建文
执行编辑：程　彤
责任印制：刘　慧
出版发行：中央编译出版社
地　　址：北京西城区车公庄大街乙 5 号鸿儒大厦 B 座（100044）
电　　话：（010）52612345（总编室）　　（010）52612370（编辑室）
　　　　　（010）52612316（发行部）　　（010）52612346（馆配部）
传　　真：（010）66515838
经　　销：全国新华书店
印　　刷：北京市金星印务有限公司
开　　本：710 毫米×1000 毫米　1/16
字　　数：186 千字
印　　张：14.5
版　　次：2017 年 10 月第 1 版
印　　次：2017 年 10 月第 1 次印刷
定　　价：52.00 元

网　　址：www.cctphome.com　　邮　　箱：cctp@cctphome.com
新浪微博：@中央编译出版社　　微　　信：中央编译出版社（ID：cctphome）
淘宝店铺：中央编译出版社直销店（http：//shop108367160.taobao.com）　　（010）55626985

本社常年法律顾问：北京市吴栾赵阎律师事务所律师　闫军　梁勤
凡有印装质量问题，本社负责调换，电话：（010）55626985

目 录

上 编　民国时期"英国文学史"的书写

引　言 ………………………………………………………………… 3
第一章　晚清至民国:"英国文学史"从无到有 …………………… 6
　　第一节　晚清时期英国文学学科的酝酿:从同文馆到大学堂 … 7
　　第二节　民国三十年:英国文学学科的初步发展 ……………… 9
　　第三节　"文学史书写高潮"中的"英国文学史" …………… 14
第二章　作为自觉著述的"英国文学史"书写 …………………… 19
　　第一节　民国时期英国文学通史的书写 ……………………… 19
　　第二节　英国文学断代史、专题史的书写 …………………… 44
　　第三节　民国期刊中的英国文学史书写 ……………………… 53
第三章　作为学术译著的"英国文学史"书写 …………………… 59
　　第一节　英国文学通史翻译的"欧风美雨" ………………… 60
　　第二节　英国文学断代史、专题史的翻译 …………………… 67
　　第三节　民国期刊中的英国文学史译介 ……………………… 75
本编小结 ……………………………………………………………… 81

下 编　民国时期美国文学的评介与研究

引　言 …………………………………………………………… 87

第四章　历史回溯：晚清中国人对美国文学认识的发生 ……… 94
　第一节　晚清中国人对美国的初步认识 ………………… 94
　第二节　晚清中国人眼中的美国文学 …………………… 100
　第三节　林纾的美国文学评论及价值 …………………… 107

第五章　20 世纪 20 年代至 30 年代美国文学的总体评介与研究 ……… 113
　第一节　20 世纪 20 年代民国学界对美国文学的总体评介 …… 114
　第二节　20 世纪 30 年代民国学界对美国文学的总体评介 …… 126
　第三节　民国学界对美国女文学家与黑人文学的关注 ……… 142

第六章　20 世纪 20 年代至 30 年代美国文学各文类的评介与研究 …… 153
　第一节　民国学界对美国诗歌的评介与研究 …………… 154
　第二节　民国学界对美国小说的评介与研究 …………… 168
　第三节　民国学界对美国戏剧的关注 …………………… 176

第七章　20 世纪 40 年代民国学界对美国文学的评介与研究 ……… 181
　第一节　马耳、孙晋三对美国小说的评介 ……………… 182
　第二节　徐迟、杨周翰对美国诗歌的研究 ……………… 188
　第三节　对美国文学的其他综合评介 …………………… 196

本编小结 ………………………………………………………… 200

附录一　民国时期我国的"英国文学史"书目提要 ……………… 203

附录二　民国时期美国文学评介与研究主要文章目录 ………… 213

主要参考文献 …………………………………………………… 219

后　记 …………………………………………………………… 224

上 编
民国时期"英国文学史"的书写

引 言

21世纪以来，对20世纪学术史的书写成为人文学科研究的一个显著趋势。伴随着西方学术方法的引进和中国传统学术的解体，20世纪的中国学术经历了从传统到现代的转型。民国时期是东西方文化激烈碰撞与融合的时期，也是我国现代意义上学术发展的第一个繁荣时期。作为现代学术的标志，学术科学化成为这一时期学术研究的潮流。伴随着西学东渐的时代大潮和文学观念的近代转型，"文学史"作为一种科学而独立的现代学术书写形态，开始在中国大地生根发芽。中国作为一个史学传统高度发达的国家，整个20世纪在文学史书写这一领域的成果可谓蔚为大观。民国时期无疑是这股文学史书写高潮中第一个值得注意的阶段。无论是具体的国别文学史，如中国文学史、各语种国别文学史，还是综合性的外国文学史、世界文学史，乃至各种专题文学史、断代文学史等，这一时期皆大量涌现。"英国文学史"自然也不例外。其中既有国人的书写尝试，也有作为特殊书写形态的学术译著；既包括了通史，也有断代史和专题史。其他尚有具备文学史性质的史论、史评等。这些英国文学史著译有的是作为启蒙大众的普通读物出现，有的参与了民国大学英文系的教育实践，有的则具有相当程度的学术研究意义。可以说，它们共同构成了民国时期"英国文学史"存在的格局，显示了早期中国学者利用"文学史"这种模式在学术上做出的建构，也是他们文学观、文学史观的反映。作为我国英国文学研究的重要一页，民国时期英国文学史的书写具有不容忽视的学术史价值和意义。

中国的外国文学学术史在20世纪有着丰富的学术积累和实践经验，极其值得重视和总结。近年来，学界对我国外国文学研究史的总结取得了多项重要的进展,这其中既有对综合性的外国文学研究史的考察,也有对各国别文学研究史的梳理。前者如申丹、王邦维主编,多位国内知名专家学者共同完成的《新中国60年外国文学研究》(6卷本)(北京大学出版社2015年11月版),何辉斌、蔡海燕《20世纪外国文学研究史论》(浙江大学出版社2014年6月版),龚翰熊《西方文学研究》(福建人民出版社2005年6月版)等,后者如叶隽《德语文学研究与现代中国》(北京大学出版社2008年9月版)、陈建华主编《中国俄苏文学研究史论》(4卷本)(重庆出版社2007年4月版)等。在这些研究成果中,也不乏对英国文学史研究的总结,如龚翰熊的《西方文学研究》重点对曾虚白和金东雷的两部英国文学史做出了点评。国内学界将中国学者的"英国文学史"书写作为一种研究对象加以考察的第一本专著是段汉武的《百年流变——中国视野下的英国文学史书写》(海洋出版社2009年8月版),该书对过去一百年来中国学者对英国文学史的著述做了总体的回顾与梳理,重点研究了中国学者书写英国文学史时的文学史观、文学史分期、叙述模式等问题,也简要回顾了民国时期的英国文学史书写情况。但由于问题意识的导向不同,这两本书并未对民国时期的英国文学史进行全面详细的清理。

从比较文学的角度看,中国人的外国文学研究在本质上具有比较文学性质,因为研究者不可避免地会带着本国的眼光和知识背景去审视外国文学。而研究外国文学的本来目的,就是要促进中国文学与学术的发展。正是从这一角度出发,许多学者都不同程度地参与了国别文学史、外国文学史乃至世界文学史的书写讨论。早在20世纪80年代,王佐良教授在编纂五卷本《英国文学史》时,在国内较早地提出了外国文学史编写的中国化问题。他的思考主要集中在文学史骨架如何建立,叙述如何结合评论,以及建立怎样一种文学史模式等问题上。他试图打破传统的苏联模式和英美模式,建立起中国的文学史模式。新世纪以来,蒋虹、刘文荣、区鉷等学者也曾在期刊上撰文,讨论英国文学史的中外版本对比、英国文学史教材书写的学术理念、英国文学史书写的中国模式等问题。相关论文包括但不限于:蒋虹《"英国文学简史"国外版本的比较研究》(《北京电子科技学院学报》2004年第3期);《中外英国文学简史版本对比研究》(《四川外语学院学报》2007年第4期》);区鉷《关于英国文学史编撰的思考》(《广东外语外贸大学学报》2006年第10期);张建平、梁松林《论英国文学史教材撰写中的学术理念》(《南昌高专学报》2006年第5期);刘文荣《复制与重构——也谈英国文学史编写的"中国模式"》(《湖北大学学报》(哲学社会科学版) 2010 年第 1 期)、张世红《新时期英国文学史研究中前辈学者的贡献》(《国外文学》2012 年第 3 期)等。这些文章的作者大都具有多年的英国文学教学与研究经验,其关注的主要对象是 1949 年新中国成立以后的英国文学史书写问题。

总体来看,目前学界对民国时期的英国文学史的书写问题虽有所涉及,但对民国时期丰富的英国文学史书写实践的关注仍相对较少,鲜见专题式的深入总结和梳理,缺乏对这些历史资源当代价值的阐释。可见,该问题至今并未引起研究者们的普遍重视,这无疑不利于学术的历史传承和超越创新。对学术史的关照是任何研究得以进行的前提和基础。民国时期作为我国的外国文学研究的初步兴起和繁荣阶段,在学术史中具有特殊意义。正如有学者所指出的,当前学界虽有较多人关心新中国成立之后的学术史构建,而对民国时期的学术史缺乏了解和整理,将导致不能纵向地评价学术的发展和进步,影响学术判断的准确性。[①]

基于此,笔者试图对民国时期的英国文学史的书写问题进行专门的考证与梳理,并试图回答以下一些基本的问题:民国时期英国文学史的存在状况是怎样的?出现过哪些具有代表性的著作和学者?应该如何认识这种存在状况?这些文学史各自有什么不同的特点,又有哪些共同的因素?在外国文学研究现代化的历史进程中,它们起到了什么样的作用?这些文学史的书写对于今天有哪些有益的影响和启示?它们的缺陷和不足在哪里?本编尝试首先对这些问题作出初步的回答。

[①] 蒋寅:《学术史:对学科发展的反思和总结》,载《云梦学刊》2006 年第 4 期。

第一章 晚清至民国：
"英国文学史"从无到有

英国文学史作为英国文学学科知识的主要承载者和传播者，它在中国的出现，与中国近现代大学教育密切相关。"中国的大学教育是整个社会走向近代化的产物。它萌生于中国社会结构发生剧烈变革的清朝末年，而在民国成立后得到迅速发展。"① "对于中国现代学术而言，大学制度的建立至关重要……要说'西化'，最为彻底，也最为成功的，当推大学教育。学科设置、课程讲授、论文写作、学位评定等，一环扣一环，已使天下英雄不知不觉中转换了门庭。"② 从大学教育的角度切入历史观察，我们发现"英国文学史"首先作为一门课程在这种门庭转换之中找到了自己的位置。课程讲授和参考的需要推动了教本或讲义的书写，继而又刺激了专著的产生。这其中的变迁转换过程绝不简单，而是受到时代因素、历史机遇等各方面的综合作用。总的来说，正是在"一环扣一环"的过程中，不知不觉将"英国文学史"的讲授和书写体制化、经典化。因此，谈论英国文学史书写在中国的出现，必然关注中国大学教育中"英国文学学科"的起源。

---

① 金以林：《近代中国大学研究》，中央文献出版社2000年版，第160页。
② 陈平原：《中国现代学术之建立》，北京大学出版社1998年版，第14页。

第一节　晚清时期英国文学学科的酝酿：
从同文馆到大学堂

  经历两次鸦片战争，清政府开明人士意识到"语言不通，文字难辨"对于外交造成的巨大障碍，提出设置专门的学校培养通晓各国语言的人才，以解决办洋务和培养"译员"的当务之急。1862 年，清政府设立京师同文馆，这在中国近代史上意义重大。作为洋务运动的一个组成部分，京师同文馆的设立是清朝开办现代学校的第一次尝试，是其开始注意学习外部世界的必然之举。同文馆初办之时，因教习缺乏，只开设了英文一个馆，学生只有十人，都是八旗子弟。课程只有英文、汉文两科。英国传教士任英文教习。这实际上是近代中国官方英语教育的开始。京师同文馆的培养目标主要是为清政府服务的外交外事人才，并非面向普通大众的英语教育。但自此以后各地相继开办了许多类似的洋务学堂，如上海广方言馆、广州同文馆、湖北自强学堂、福建船政学堂等。英语都成为这些学堂最先设置和最受重视的课程。京师同文馆等洋务学堂的兴办，为日后京师大学堂等一批高等学府的创办，积累了经验，打下了基础。

  "清朝末年开办的京师大学堂，与中国现代学科规范的建立与学术发展关系极大。"① 从京师大学堂的课程设置缘起，我们可以找到我国英国文学学科建立的最初印记。1898 年梁启超起草的《奏拟京师大学堂章程》，设英、法、俄、德、日五种外语课程。学生凡在三十岁以下者，必须认习一门外语。这是京师大学堂历史上的第一份章程，专门标举二义：一曰中西并用，观其会通，无得偏废；二曰以西文为学堂之一门，不以西文为学堂之全体。以西文为西学发凡，不以西文为西学究竟。② 显然，大学堂的创建者一开始是将包括英语在内的西文学习作为"西学"的入门路径看待的，并非开办学堂的全部目的。"中西并用"的指导方针远不及"不以西文为学堂之全体"来得响亮，彰显了突出"中学"的意图。

  1902 年由清大臣张百熙拟定，后经清政府批准的《钦定京师大学堂章程》

---

① 陈平原：《中国现代学术之建立》，北京大学出版社 1998 年版，第 14 页。
② 汤志均、陈祖恩：《戊戌时期教育》，上海教育出版社 1993 年版，第 128 页。

是京师大学堂历史上的第二份章程。该章程规定分科大学共设七科三十五目。分科相当于后来的学院，目相当于后来的系。这是我国大学分科分系制度的开始。外国语言文字学在文学科占据了一席之地。设有英、德、法、日、俄五种语言，教法要求包括文法、翻译和作文。① 1903 年，由张之洞主导的《奏定大学堂章程》延续了前一章程的分科模式。文学科分九门：中国史学门、外国史学门、中外地理学门、中国文学门、英国文学门、法国文学门、俄国文学门、德国文学门、日本文学门。两相对比，我们发现第二个章程中的"外国语言文字学"细化为英、法等五国的"文学门"。但后五者近乎"摆设"，长时间内都"虚位以待"。因为包括英国文学在内的西方文学在晚清人眼中是不属于"西学"的，"西学"更多地是指声光化电等近代科学技术。而且晚清新教育的提倡者，就是为了改变中国人自古以来"重虚文"而"轻实学"的传统，认为"溺志词章"是旧式教育的通病。即便是中国文学（传统的词章学），一开始也没有成为大学堂课程设置的重心。② 理解这一点，我们就能明白需要外国语言文字承载的外国文学教学想要落实何其难！值得一提的，就是第三份章程毕竟突出了外国文学应有的地位。而这也确乎是包括英国文学门等在内的各国文学门在官方的办学章程里第一次出现。《奏定大学堂章程》还规定修"中国文学门"者除了主课之外，也要修包括"西国文学史""西国语文"在内的补助课。现今大学中文系开设外国文学课程，即与这个观念有关。更加值得注意的是，英国文学门的补助课已明确包括"英国近代文学史"这样的文学史课程。至此，我国英国文学学科的建立已指日可待。

从《奏拟京师大学堂章程》到《奏定大学堂章程》，这三份章程，虽延续了自同文馆以来重视外语教育的理念，但包括英国文学在内的外国文学学科依然没有在理论和实践上获得独立的地位。尽管如此，这三份章程对各外国文学学科的建立并不仅仅是一纸虚文，它们在章程中的出现和细化，毕竟也透露了其得以建立和发展的潜在条件。晚清从京师同文馆到京师大学堂的酝酿，成为民国时期各大学英国文学学科建立的先声。

---

① 舒新城编：《中国近代教育史资料·中册》，人民教育出版社 1981 年版，第 536 页。
② 陈平原：《新教育与新文学——从京师大学堂到北京大学》，参见陈平原：《中国大学十讲》，复旦大学出版社 2002 年版，第 104—105、111 页。

第二节 民国三十年：英国文学学科的初步发展

1911年的辛亥革命推翻了中国两千多年的封建帝制。1912年中华民国成立，撤销了原清政府的学部，设立教育部。从1912年到1913年，教育部颁布和确立了民国学制，史称"壬子癸丑学制"。这个学制规定了高小有条件的可开设外国语，中学课程以英语为主，遇地方特别情况的可选取其他语种。外语周课时为6～9个，甚至超过了国文课。专门学校中设外国语学校，是我国高等教育的一个重要组成部分。这说明英语教育已经被从上到下普遍推行，进入了专业化程度。这些专门的外国语学校除了个别俄文专修馆外，都将英语教育作为最基础的语种教育之一。虽然这一时期的外国语学校以培养历史转折时期的外语人才为目标，以语言能力的训练为重心，但在这些学校的课程中，我们已经发现了从单纯的语言学习上升到文学研究的痕迹。如1913年成立的四川公立外国语专门学校，英文本科课程已经有"英国文学史"一门。后来这些专门的外语学校都相继停办或并入各类大学的外文系，但其课程设置却基本得到了延续。大学是民国时期英语教育、英语文学教育的重镇。20世纪20年代就已经出现了出国留学的热潮，国内就业方面外语人才也格外吃香。社会现实和个人发展的需要使得外语教育迅速发展。"从1912年至1949年间，我国高等教育由于整个社会是半殖民地性质，教育得不到重视。但是正由于这种社会性质，外语（尤其是英语）教学却得到畸形发展的机会。"① 这种情况在高等教育中尤为突出。民国时期的大学分国立、私立两大类。私立大学中又包含一定数量的教会大学。各种大学的英语教育情况不尽相同，我们选取各类学校中的代表加以分析，试图描绘出英语教育、英国文学学科的成长轨迹。进入我们视野的包括上海圣约翰大学、北京大学、中央大学、西南联大、南开大学等高校。

教会大学在中国大陆已然成为一种历史记忆，但它在早期中国的入学教育中却举足轻重。上海的圣约翰大学是最具代表性的教会大学。圣约翰大学是美国圣公会在华创办的，创设于1879年。教会大学的性质使得它一开始就十分重视英语教育。尤其是卜舫济任校长后，大力推行英语教学，逐步将英

---

① 付克：《中国外语教育史》，上海外语教育出版社1986年版，第127页。

语变成教学语言。圣约翰的英语教学成了它最为人称道的特色，社会上有"圣约翰英语"之称。在英国文学教学领域，圣约翰也走在时代前面。圣约翰在五四前期（1917—1919）的课程体系中，文学部的文学科，就开设有英文文学史、19 世纪之文学、英文小说、英文诗歌、莎士比亚剧本、以利沙伯时代之剧本、弥尔顿诗集、近代英文散体文等课程。① 圣约翰还规定了各门课程的特点、教学方法和学习方法。这种详细程度与昔日京师大学堂对各国文学门的草草带过形成鲜明对比。如英文文学史，"旨在将文学各部依类汇集，使学生于文学一道更形晓畅而爱玩不释，以鼓励其益好自修文学之心"。"教员演讲文学变迁之要点，及文学大家生平及其著作。学者须留心自行研究，并各自专读一家，著为论说。"后又将此条改为"留心自行研究，旁证博采"②，更为强调知识的广博性和思想的多维性。到 30 年代，圣约翰的课程体系中，英文学的课程门类数已多达十几门，在各种文科课程中是数量最多的。"英国文学史"也成为必不可少的课程之一。③ 圣约翰培养的英国文学人才，有的成为我国早期英国文学史的主要书写者或编校者。如曾虚白，林语堂等，皆是圣约翰出身。④ 他们在这里打下的坚实的外语基础和受到的英国文学熏陶，为他们以后进行英国文学研究提供了条件。

  在国立大学中，以前身是京师大学堂的北京大学为例。前文已详细讨论过京师大学堂历史上的三份办学章程对英语教育及英国文学的暧昧态度。随着历史车轮的前进，时代大潮还是如期而至。辛亥革命后，严复任北大校长，在学校大力推广英语会话。后人评价此举，认为对英语教育有所促进，但也形成了一种盲目崇外的风气。不过，我们从中可以看出英语教育在大学校园内的风靡。1914 年胡仁源任北大校长后，对课程规模进行了调整。文科除中国文学外，增加中国哲学和英国文学两门。学校还成立了教科书编委会，英语由严恩槱主编。据北京大学档案馆所藏《北京大学文科一览》（1918）等资料记载，此时英国文学门已有扬子余开设"英散文"，胡适和辜鸿铭开设"英

---

① 熊月之等：《圣约翰大学史》，上海人民出版社 2007 年版，第 99、132 页。
② 熊月之等：《圣约翰大学史》，上海人民出版社 2007 年版，第 115、142 页。
③ 《圣约翰大学一览》，转引自《圣约翰大学史》，上海人民出版社 2007 年版，第 147、152 页。
④ 据《圣约翰大学历届毕业生、肄业生名录》（见熊月之等：《圣约翰大学史》，上海人民出版社 2007 年版，第 458—459 页），"林玉堂" 1916 年获文学士学位，"曾熙伯" 1918 年获文学士学位。

诗"，另有外教传授预科英文、本科作文及英文学等。1919年北京大学改门为系，英文系是十四个系中的一个。教学行政组织机构中也设有英国文学教授会。根据1924—1925年英文系的课程安排，各种类型的英国文学史课程已经成了必修科目。主要课程有：英国文学史略、伊丽莎白时代文学、17—18世纪英国文学、浪漫派文学、维多利亚时代文学、英国现代文学等。授课教师包括张歆海、徐志摩、陈源等人。30年代初蒋梦麟在北大主持校政后，设立了文、理、法三个学院。外国语文学系（包括英、法、德、日四组）被统一划在文学院名下。此间英文系的课程设置较之20年代又有所增添，但各种类型的文学史课程却始终存在，而且都是必修科目。如1929年至1930年、1931年至1932年两个年度开设的必修课程包括：伊丽莎白时代文学、中古代文学、19世纪文学、复兴时代文学、18世纪文学、近代文学等。除了必修课之外，尚有小说史、戏剧史、近代诗以及专门的作家研究等各种选修课。课程的讲授者包括王文显、温源宁、陈受颐以及外籍教师温德（Winter）、翟孟生（Jamson）等人。北京大学的英语教育及英文系发展历程充分证明最初京师大学堂章程里的"一纸虚文"终于有了坚实的实践支撑。

在国民党统治时期特别受重视的中央大学，也在文学院内开设了外国文学系，并提出要"研究各国文学及民族思想之表现，以激发独立进展之精神，并培养为中国民族宣达意志之人才"[①]。不同于北京大学的是，中央大学的外国文学系课程设置中，英国文学史、英国文学源流之类的文学通史课程为必修课。而断代文学史课程，如17世纪英国文学、18世纪英国文学、19世纪英国文学等则为选修课。至于1937—1946年强强联手的西南联大，外文系课程更是以英语和英国文学为主。包括英国文学史在内的国别文学史、各种断代文学史（如18世纪英国文学、现代英国文学等）、专题文学史（如英国诗史、现代小说等）等都以选修课出现，且十分丰富。任教者更是专家林立，如叶公超、柳无忌、李赋宁、钱钟书等。西南联大外文系学生学习的知识相当全面和系统，这些课程也代表了民国时期大学外文系较高的学术水平和培养宗旨。

在私立大学中，国人创办的南开大学自成立起就重视英语教学，"英文被列为主要的课程之一，不仅课时最多，而且自修时间，英文一门，殆占时之

---

① 付克：《中国外语教育史》，上海外语教育出版社1986年版，第147页。

七八"①。南开大学模仿美国大学经验，除国文外，全用英文讲授。学生常"为西文书籍所困，而不能读中国书"②。南开大学的英文学系设于30年代，挂于文学院名下。1931年原保定河北大学英文系撤销，学生保送南开大学。英文系成为人数最多、最为活跃的系。据说英国文学家萧伯纳访华路过天津，讲授萧伯纳专题的黄佐临还带学生去天津车站欢迎。南开大学师生还成立"人生与文学社"，并编辑相关刊物。英文系的主要课程涉及文学史的有西洋文学入门、英国小说史、爱尔兰文学等。虽然与北大等校相比，南开大学是个小学校，但南开大学的英文教师队伍中有留美经历者过半。以后翻译《英国文学史》，且写过多篇英国文学史论文字的柳无忌，此时就在南开大学任教。柳无忌当时在天津还主编《益世报副刊》，借此机会发表了不少师生研究英国文学的作品，进一步激发了南开师生研究英国文学的热情。

通过以上各类代表大学的英国文学教学和课程设置情况，我们可以看到，"英国文学史"已成为民国时期大学英文系必不可少的课程，英国文学学科得到了初步的建设和发展。所以，40年代末，柳无忌在一篇文章里说：

> 从前，在教会大学内，英文或其他外国文获得极大的注意，但是主要的仅是应用西洋文字作为一种工具，不是对于西洋文学有任何兴趣。自从国立大学的西洋文学系成立以后，气象为之焕然一新。西洋文学的研究已受到了国家的鼓励与保障，不只是投合一般读者的嗜好，或借助于以写作维持生活的作家。换句话说，这种外国语文的研究已成为一种学问，与本国语文的研讨占着同样的地位。此类学系的设置与发展，表示着国家与学者都已公认了这点。盛极一时的西洋文学又在学院内种下了深根与固蒂。约从五四运动时起，大学已成为文化中心，而现在外国文学亦已受到大学学者的熏陶而培植起来了。于是，西洋文学的研究达到了一个新的阶段。③

这段话在一定程度上反映出包括英国文学在内的外国文学学科的发展。学科的发展必然以学术著作为核心载体。随着"英国文学史"课程的开

---

① 南开大学校史编写组：《南开大学校史》，南开大学出版社1989年版，第32页。
② 南开大学校史编写组：《南开大学校史》，南开大学出版社1989年版，第98页。
③ 柳无忌：《西洋文学研究》，中国友谊出版公司1985年版，第3—4页。

设,"英国文学史"的中文书写已经进入了有识之士的视野。民国时期,由于"英国文学史"的课程多放在大学外文系名下,借助语言的优势,各大学普遍采用原版的英国文学史教材。① 这种教育策略培养了一批时代的英语精英,但对于普通大众来说,他们更多的需要借助中文书写的英国文学史去了解相关知识。更具意义的是,在英国文学学科筚路蓝缕的开创时期,中文书写的这类文学史著作乃是本学科的"学术代表作",为大学课程教学提供了有力的支持,因此显得尤其珍贵。在这种意义上,我们可以更深入地理解大学制度对于中国现代学术建立的规范意义,也更加确信大学教育与我国早期英国文学史的出现密切相关。这部分内容,今天英语专业出身的研究者可能不屑看,中文系出身的人又未必感兴趣。考虑到这一点,本编论述的对象,锁定为民国时期出版的各种用中文书写的英国文学史著作。

陈平原先生在论述教科书和辞书对社会学术积累与知识创新的作用时,把它们比作"强劲的后卫"。这个比喻极为形象生动。同样,早期的中文版"英国文学史"在构筑国人相关知识背景、文学趣味乃至思维结构等各个方面也发挥了至关重要的作用,是相关人文学科发展的一个"强劲的后卫"。因为,新的知识秩序的建立,"需要的不是零星的知识,不是艰涩的论述,也不是先锋性的思考,而是如何将系统的、完整的、有条理有秩序的知识,用便于阅读、容易查找、不断更新的方式提供给广大读者"②。认识到这一点,我们就可以明白为什么20世纪早期出现那么多的英国文学史,为什么它们会很轻易地被大多数人遗忘,也更加应该认识到它们在近现代中国文化教育方面的启蒙意义。它们就像为人们提供光明的火烛,燃烧过了,便消失在历史的前台。今天的研究者进入英国文学学科史这个领域,就是要寻找这些渐去渐远的光影。

---

① 如武汉大学的英国文学史课程采用的是尼尔森(Neilson)和桑代克(Thorndike)合著的《英国文学史》(*A History of English Literature*)(参见《国内各大学现用课本调查》,载《图书评论》第1卷第1期,1933年9月1号);中央大学、南开大学、西南联大采用的是莫迪(William Moody)和勒樊脱(Robert Lovett)合著的《英国文学史》(*A History of English Literature*)(参见莫迪、勒樊脱著,柳无忌等译:《英国文学史》译者序,商务印书馆1947年版,第2页)等。

② 陈平原:《作为"文化工程"与"启蒙生意"的百科全书》,参见陈平原、米列娜主编:《近代中国的百科辞书》,北京大学出版社2007年版。

第三节　"文学史书写高潮"中的"英国文学史"

"文学史"这种著述体例归根到底是外来产品，它的出现与时代潮流密切相关。中国古代虽也有"文章辨体""历代诗综"，但现代意义上的"中国文学史"书写则是从京师大学堂成立才开始启动的。从最初作为京师大学堂讲义的林传甲的《中国文学史》（1910）开始，截至1949年刘大杰的《中国文学发展史》，五十年间，各种中国文学史著述已达三百二十余种。"通史之外，尚有断代史、分类史；专史之外，并有史论、史评。可谓洋洋大观。"① 其中，二三十年代出现了一个新撰"中国文学史"的高潮。② 京师大学堂等早期的中国文学史多依据日人著作编写而成。西方的文学史观念和书写模式转道日本，深深影响了中国的文学史写作。③ 明治时期，随着日本文学史的书写，"一时间，与欧洲'民族国家'观念密切相关的'国语文学'和'国家文学史'的思潮大盛"④。它所代表的"国家文学史"书写方向，也经由笹川种郎等人的中国文学史，延伸至各国别文学史，在中国开始了精彩的上演。

"世界的发现，导致了中国自以为天朝的中心观念瓦解，中国作为文明国家的惟一性消失，现在，它只被看成是众多文明中的一支，这一文明的价值，也不再不言自明，而是需要依靠与世界其他文明建立联系，在不同文明的相互碰撞和权衡、较量中确定……这时，中国文学史不只是把世界文学当做一个路边的参照物、一个遥相呼应的背景，它还要尽量每一页都按着世界文学主要是西方文学呈现的历史发展模式，要打破文章不出五经、便出诸子的习惯，追求一种更为普遍的价值。"⑤

可见，随着中国近代化进程的加速，不仅中国文学史著述成了时代的迫

---

① 陈玉堂：《中国文学史旧版书目提要》序言，上海社会科学院1985年版，第2页。
② 这个高潮出现部分原因或是回应市场需要，因为民国时期从初中到高中，必修课中都有"文学史"一门。参见陈国球：《文学史书写形态与文化政治》，北京大学出版社2004年版，第60页注3。
③ 参见戴燕：《文学史的权力》第一章"新知识秩序中的中国文学史"相关论述，北京大学出版社2002年版。
④ 陈国球：《文学史书写形态与文化政治》，北京大学出版社2004年版，第51页。
⑤ 戴燕：《文学史的权力》前言，北京大学出版社2002年版，第4页。

切需要，外国文学史的著述也势必会提上日程。因为民族文学经验和世界文学经验作为一对互动的整体，必须把它们放在相似的、系统的框架之下进行言说，才有比较鉴别乃至确认自我的功效。世界文学"呈现的历史发展模式"到底是怎么样的？亟需文学史做出回答。从晚清到民国期间大量译介的外国文学如果没有一条线索来贯穿指引，恐怕也会造成相当程度的知识混乱。吴宓在谈到文学史的作用时曾说：

> 文学史之于文学，犹地图之于地理也，必先知山川之大势，疆域之区画，然后一城一镇之关系可得而言。必先读文学史，而后一作者、一书、一诗、一文之旨意及其优劣可得而言。故吾人研究西洋文学，当以读欧洲各国文学史为入手第一步。①

这话可以说代表了民国时期一代学者的共同观点：有文学史在手，方能统观全局，事半功倍。在中国人开始放眼看世界的时代背景下，外国文学史对于急切渴望异域文化知识的读者有着巨大的吸引力。民国时期出版的各种国别文学史，可谓蔚为大观。如谢六逸的日本文学史著述；袁昌英、李璜、夏炎德、吴达元等人的法国文学史著述；郑振铎、蒋光慈、瞿秋白等人的俄国文学史著述；胡愈之、张传普、余祥森、刘大杰等人的德国文学史著述；瞿世英、吴宓的希腊文学史著述；李长之的北欧文学史著述；王希和、万良濬等人的意大利和西班牙文学史著述等。国别文学史的书写出现了高潮局面，其中不乏依据大学讲堂的需要著述而成的本子。② 除此之外，还有若干综合性的文学史著作（如周作人《欧洲文学史》、郑振铎《文学大纲》等），这里存而不论。这些早期的文学史在外国文学学科史上意义重大，它们对于国人世界文学视野的拓宽与深入，世界文明的传播与推进，起到了巨大的作用，也是后人进一步研究的基础。各种翻译过来的文学史更是名目繁多，不胜枚举。

除了具体的文学史书写，还有文学史理论方面的译著问世，如李长之翻译的《文艺史学与文艺科学》③，陆一远翻译的《文学史方法论》等。后者对

---

① 吴宓：《希腊文学史》之《第一章：荷马之史诗·附识》，见《学衡》第 13 期，1923 年 1 月。
② 如谢六逸的日本文学史著述，多是依据在复旦大学讲授时之讲义。
③ 该书后收入河北教育出版社 2006 年出版的《李长之文集》第九卷。

具体的文学史写法给出指导,为文学史书写提供了模板。有意思的是,由于中国在外交方面的失败,进入20世纪,社会上出现了很多"史"的著作。不单单是文学史,各种亡国史、立宪史、革命史、独立史等层出不穷。中国人崇尚"以史为鉴",国弱民衰的历史转折时期尤其体现了这一点。史著的出现多多少少都带点革命色彩。梁启超就写过《意大利建国三杰传》等史述,对能在时代风云变换之际担当重任的伟人尽抒仰慕之情。知史以明智,史的书写是时代的迫切需要。自中英鸦片战争以来,知彼的渴望使得关于英国的历史类书籍大量出现。1904年就有松平康国《英国史》的译本出版(译者为戴麒、定之,北京文明书局)。同类著作还有贺昌群编著、徐志摩校阅的《英国现代史》(上海商务印书馆,1928)、钱端升翻译的《英国史》(屈勒味林原著,上海商务印书馆,1933)以及余子渊编著的《英国史》(上海中华书局,1935)等若干种。根据国家图书馆和上海图书馆最近编撰的"近代文献联合目录",民国时期有关英国的各类专著有八十余种,著译并存,但编译居多。其中涉及教育、宪政、选举、妇女、劳工、税务、经济、农业、地理、文学等方方面面的问题。应该说,"英国文学史"是众多关于英国书籍中的一个种类,对它的了解和介绍是与其他相关知识齐头并进的。

在中国文学史和各国文学史书写高潮之外,还有一个不可忽略的现象也促进了这一时期包括英国文学史在内的各国文学史书写。这就是从晚清至民国,翻译文学的繁荣和发展。以英国文学为例:"我国对英国文学的翻译始于晚清的19世纪末,在20世纪头10年里形成第一个高潮;到了1919年,五四新文化的兴起,大量的西方文学作品涌入中国,从而形成第二次翻译高潮。"[①]其中比较有代表性的翻译家林纾,这一时期翻译的156种作品中,有93种都是英国文学作品。[②] 这种译介的热情一直延续到三四十年代,对英国文学的译介也成为新文学运动的重要组成部分。五四以后,外国文学译介更注意了选择,英国文学的许多经典作品陆续被译介到中国。报纸杂志、各种单行本、文学合集成为这一时期翻译文学的主要载体。翻译高潮的出现意味着受众数量的增多和范围的扩大,这也直接导致了对各种国别文学史知识的现实需求。相对于普及知识型的国别文学史,多数为适应大学讲堂需要而著译的国别文

---

① 马祖毅:《中国翻译通史·现当代部分》第2卷,湖北教育出版社2006年版,第214页。

② 王锦厚:《五四新文学与外国文学》,四川大学出版社1998年版,第369页。

学史更为详尽,具备了一定的研究价值,适应了这一时期学术发展的要求。

下表列出了民国时期的英国文学史类著作的出版情况:

时代	著译者	专著名称	出版年月
20年代	王靖	英国文学史	上海泰东图书局1920.6
	滕固	唯美派的文学	上海光华书局1927.7
	欧阳兰编译	英国文学史	北京京师大学文科出版部 1927.11
	曾虚白	英国文学ABC(上下册)	上海世界书局1928.8
30年代	〔英〕德尔梅著 林惠元译	英国文学史	上海北新书局1930.1
	〔英〕葛斯著 韦从芜译	英国文学拜伦时代	北平未名社1930.4
	〔日〕小泉八云著 孙席珍译	英国文学研究	上海现代书局1932.11
	费鉴照	现代英国诗人	上海新月书店1933.2
	徐名骥	英吉利文学	上海商务印书馆1933.12
	〔英〕柯尔著 郭祖颎译	政治与文学	北平四十年代杂志社1934.8
	萧石君	世纪末英国新文艺运动	上海中华书局1934.9
	〔英〕克罗斯著 李未农等译	英国当代四小说家	南京国立编译馆1934.2
	〔英〕克罗斯著 周其勋等译	英国小说发展史	南京国立编译馆1936.4
	李子温	现代英国文学	北京京师大学出版部1936.10
	金东雷	英国文学史纲	上海商务印书馆1937.2
	方重	英国诗文研究集	长沙商务印书馆1939.4
	〔丹〕勃兰兑斯著 侍桁译	十九世纪文学主潮	上海商务印书馆1939.5
40年代	〔英〕普利斯特里著 李儒勉译述	英国小说概论	重庆商务印书馆1946.1
	〔英〕莫逊、勒樊脱著 柳无忌、曹洪昭译	英国文学史	上海商务印书馆1947.4
	李祁	英国文学	上海华夏图书公司1948.1
	〔英〕约翰·黑瓦德著 杨绛译	一九三九年来英国散文作品	上海商务印书馆1948.9
	〔英〕亨利·瑞德著 全增嘏译	一九三九年以来英国小说	上海商务印书馆1949.3

从上表可知，专门的英国文学史著作从20世纪20年代开始出现，30年代这种英国文学史的著作出版达到了一个高潮，40年代翻译的英国文学史则占主导地位。这种著译并存的状况构成了民国时期英国文学史的基本历史面貌。英国文学史的印行出版机构，也多位于学术文化重镇的上海、北京、南京等地。1939年到1946年期间，由于受抗日战争等时局因素的影响，英国文学史的出版明显出现了一个断档。从1912年到1949年的民国时期，有关英国文学史书写的专书共有20余部。

为了更好地展现民国时期英国文学史的书写成果，接下来两章将从"作为自觉著述"和"作为学术译著"的英国文学史两个大的角度对民国时期出现的各种英国文学史著作分别展开论述。具体的行文中，按照文学史的体例，细分为"文学通史""断代史"和"专题史"三种。需要说明的是，这样划分只是为了论述的方便，并不是绝对的。事实上，许多文学史的体例有交叉，特别是断代史与专题史的交叉。这里将根据具体情况，做出相应的归类和处理。此外，民国的报纸杂志中也出现过一定数量的英国文学史书写形态。这里指的是以一时代文学作为主题，或一种文体作为主题，叙述其历史演变和发展的文章。由于报纸杂志在当时不言而喻的启蒙意义，它们在承载英国文学史著译方面也发挥了积极作用。这部分著译文章和出版的专著单行本相互映照，相互补充，反映了民国时期英国文学史的真实存在状况。因此，对于民国期刊中的英国文学史书写我们也将给予适当的关注。

第二章 作为自觉著述的"英国文学史"书写

民国时期存在丰富的英国文学史书写实践,作为自觉著述的英国文学史书写首先值得重视。它们不仅反映了早期中国人对英国文学的总体认识,也体现着他们的问题意识和话语方式。这类英国文学史书写在传播文学新知,配合大学教育,建设英国文学学科等方面都做出了一定的历史贡献。在东西方文化融合与冲突的过程中,早期的著作者们不管是操着行将就木的文言还是刚刚成长起来的白话,无不带着历史和知识的新鲜感进入英国文学史的书写序列,折射出中国学者逐渐扩大的世界眼光,反映着一个时代的异国想象。

第一节 民国时期英国文学通史的书写

一、开山之作:王靖《英国文学史》

经过晚清的酝酿、民国英语教育和大学文科的勃兴,人们开眼看世界的渴望也大大被激发了,对国别文学史的需求日益凸显。这种情况下,国人王靖[①]写作的"英国文学史"最终问世。这就是初版于 1920 年 6 月的《英国文

[①] 关于著者王靖,我们能找到的资料很少,只知道他的曾用名为"王梅靖",翻译过《泰谷尔小说》(泰东书局出版)和《忏悔录》(托尔斯泰著)的部分章节(《新人》第 4 号,1920 年 8 月 18 日)。参见陈玉堂编著:《中国近现代人物名号大辞典》,浙江古籍出版社 1993 年版,第 54 页等处。

学史（上编）》。这个时间也早于我国的英国文学史翻译。该书实乃我国第一部英国文学史的书写，具有开创意义。书封面中文题名"英国文学史（上编）"，英文名"*Introduction to English Literature. First Part*"，似有出续编之意。① 本书系"新潮丛书（文学系）"一种。根据作者自序，本书写于 1917 年夏，只有 122 页。在形式上，全书系文言写成，书中新式标点只有句号、顿号之类。书名加下划线，但多数只写出英文名，未加翻译。各种译名前后多有不统一之处。由于时代局限，书中英文拼写、所载史实亦有错误。这些问题在当时的书籍中并不鲜见。

全书叙述了英国自古代至 19 世纪的文学和文学家小史，书后附有《美国文学家小史》和《丹麦文学家小史》。共涉及近 70 位英美文学史上的人物，其中英国 49 人，美国 15 人，丹麦 1 人。全书按时代分为六卷。分别是"卷一 英国古代之文学及文学家""卷二 英国十四世纪之文学及文学家""卷三 英国伊里沙伯时代之文学及文学家""卷四 英国革命及复辟时代之文学及文学家""卷五 英国十八世纪之文学及文学家""卷六 英国十九世纪之文学及文学家"。这是较为常见的分期模式。卷三和卷四按政治时代分期，表明著者已经意识到了英国文学的时代性。将美国文学史上之主要人物列于书后，也反映了当时著者或知识界对美国文学的独立地位尚缺乏充分认识。作者自序称其研究哲学，该书的出版也是经友人催促，似有"玩票"的意思。但观其著述，仍有一定特色。

（一）史传传统与比较意识

文学史这种著述形式是外来品，但史的书写对中国人来说并不陌生。最初书写中国文学史的那批人，就认为文学史正是中国传统的目录、史传、诗词文话等本土学术的"洋亲戚"。这样以来，在接受和理解异域新知的历程中，处于新旧时代交替的文人自然选择了回过身去借鉴他们最熟悉的历史资源，并从历代《文苑传》和其他传统史书中受益甚多，甚至带着"传统史家

---

① 此书第 26 页有"民国九年七月十五日再版"字样，即 1920 年 7 月 15 日，根据书中序言，可知该书初排时间约在 1920 年 6 月，从第 27 页开始卷四。疑上册即截止到卷三，卷四起开始下册。末页的版权页题名为"英国文学史"，并无"上册"字样。版权页所说再版年月为"民国十六年五月"，即 1927 年 5 月，当指整本书的再版情况，可见此书当时需求量还是可观的。

述史事、论学术的口气和模样"①。20世纪以来，从梁启超治文学史，就深谙《史记》列传的写作模式。他心目中的中国文学史图景实际上是由各个时代代表文学家的传记组成的。②古人写史讲求"史笔"，除了崇尚实录精神，还往往通过史的书写讽时谏世，表达史家的身世之感。史传传统在最初的文学史写作中，表现为形式上纪传体模式的运用和内容上的臧否人物。中国文学史的这种写作策略，也渗透到国别文学史的写作中。早期的几部英国文学史著作，并不以作品文本为中心，而是以"人物"即作家为中心。这多半应归于中国强大的史传传统。至于王靖此书为什么选择这种写作策略，也许还可以从该书的序言找到线索：

> 一国文学，多为一国国民性之表征……所谓"沉潜刚克"舍英人殆末与归。然其所以至此实其文学士，能发扬其纯良之国民性，而锡其同类也。吾国学者骛高远而舍实际，期伪相尚，花而无实，故其人皆虚有彬彬之文质，而无创造之能力。迄今虽有觉其无当，欲矫正之者；顾积重难返，改革之事，费力多而收效绝鲜。诗云，"他山之石，可以攻玉"；今王靖既著英国文学史，以饷国人，冀收潜移默化之效，余亦祝其有改造国民性之能。③

有意思的是，虽有如此严肃的著述目的，但书中一页载有药品介绍的广告却又让人感到此书有一定的"玩票"性质，似乎消解了它的一本正经：消费文化已经渗入了20世纪初的文化出版，出书已然受到了市场的制约。单讲上面这段话，在20世纪20年代初说出，有其历史的必然性。近现代以来，国民性问题乃是时代的焦点。早在1902年，梁启超《新民说》就诠释了崭新的"民族人格"，他认为，"凡一国之能立于世界，必有其国民独具之特质，上自道德法律，下至风俗习惯文学美术，皆有一种独立之精神"④。以改造国民性为重心，梁启超引进了"政治小说"，希望借域外文学的冲击，提高国民觉悟，健全民族性格。国民性的问题甚至被提到了国家存亡的高度："国民性

---

① 戴燕：《文学史的权力》，北京大学出版社2002年版，第14、19页。
② 夏晓虹：《梁启超的文学史研究》，见王瑶主编：《中国文学研究现代化进程》，北京大学出版社1998年版，第38、39页。
③ 王靖：《英国文学史》序一，泰东书局1920年版。
④ 梁启超：《新民说》，参见《新民丛报》第1号，1902年2月。

以何道而嗣续，以何道而传播，以何道而发扬？则文学实传其薪火而冤其枢机。"① 新文化运动的旗手鲁迅，不遗余力地批判国民的劣根性，以国民性改造为己任。新文学的发生和发展伴随着国民性的焦虑。② 对文学史书写产生影响的日人著作，如古城贞吉的《支那文学史》也在序论中讨论中国的国民性问题。时代对"国民性"问题的关注也使英国文学史的书写被赋予了神圣的救世意义。由是，此书的出版被寄以扭转学风、"改造国民性"的厚望极其自然。这种"功利"的、以文学救世化民思想不但说明了本书的写作目的（至少是被寄以的），也可以作为解读全书的一个钥匙。在著者看来，既然文学为国民性的表征，那么关键在于"国民"即"文学家"的书写，刻画文学家的性情身世的纪传体，成为一种最佳书写方式。

全书重点在于论人而非论文，颇有点中国古代"文苑传"的味道。对其著作只是在"传"的叙述中提及，专门的著作评价及文本赏析少之又少。即使列举文本内容，或者他人言论，也是为了说明文学家的人格性情。为了凸显文学家风貌，有时也流露出传统姓氏之书喜记轶闻琐事的趣好。除此之外，其叙事流畅，文辞生动，笔法自然，正是纪传体写人物的常见格调。如谈孝素（Chaucer）的 *Canterbury Tales* "其事似寓言。意趣深长。足以风世。非老于世故。深于阅历者。不能道也"③。瑟姆司格尼（Thomas Gray）"为人短小。媚若处子。温柔娴雅。蔼然可亲"。著者也将"不溢美，不隐恶"实录品格在书中加以贯彻。如毫不讳言地指出菲力施德利（Philip Sidney）的小说 *Arcadia*（《阿卡迪亚》）"惟其短处。在规抚意大利小说家之著作。有同剽窃。且坠模拟之习。微嫌乏遒劲之观"。又指出克内列德（Coleridge）"虽工于诗。然其格调神韵。殊欠活泼之精神"。乌那士钦（John Ruskin）为文"明丽稳健。自成一家。惟字句冗长。有时渲染太过。此其病也"。

有时作者甚至不惜篇幅大抒身世之感。谈莎士比亚"……受室之后。生息既多。食指亦繁。而穷困无聊。莫名一技。乃子身走伦敦。于茫茫人海求生活。其难可想。阮籍穷途。杨朱歧路。怀才不遇。中外同悲。能于风尘中

---

① 梁启超：《丽韩十家文钞序》，《饮冰室合集·文集》之三十二，中华书局 1989 年版。
② 参见杨联芬：《晚清至五四：中国文学现代性的发生》（北京大学出版社 2003 年版），第五章《晚清——五四文学的"国民性"焦虑》相关论述，本章对国民性问题在中国文学中的来龙去脉有精彩论证。
③ 本节引文全部出自王靖：《英国文学史》，泰东书局 1920 年版，以后引用该书不再单独做注。

青眼？士而饭之者。除漂母外古今有几人乎"。谈约翰邦杨（John Bunyan）的生平："妻死。邦杨于无可奈何之中。复遭此伤心之事。鼓盆抱戚。牛衣兴悲。叹天下不如意事常八九也。屈子牢愁。韩悲孤愤。乃发奋著书。"对时代背景的叙述更是充满了历史意识，如卷四谈及英国复辟时代：

  盖清教徒以圣经一部。为唯一养命之书。对于文学之趣味甚淡。有倾心于文学新学之思想者。则斥为不合于教律。文运至此，遂生一顿挫。真气雅言。终于沉海。几不复□上世文华矣。当兹斯文扫地之时，广陵散绝响之日。而能翘然特出。挽狂澜于既倒。作文屈之明星者。伊何人。即约翰米而顿即约翰邦杨是二子者。……

由此引出米尔顿、班扬等人，文势可谓跌宕起伏。更为常见的写作策略是，用中国的典故去比附英国文学人物。这种例子在书中俯拾即是。如说爱狄生（Addison）"生性嗜酒。奋髯箕踞……雅有刘伶风范"。称克内列德（Coleridge）与华德司华斯（Wordsworth，今译华兹华斯）的交往"雅有管鲍分金之谊"。"湖边诗人……可与吾邦虎溪三友相颉颃也。"除了人物的类比，还有文体的类比。如著者认为史诗 *Beowulf* "格调似弹词"。华德司华斯的诗"神韵淡远" "如白香山之诗。老妪都解"。蝶夸仁氏（Thomas De Quincey）的杰著笔记 *Levana and Our Ladies of Sorrow* "雄丽隽永" "似中国六朝小品文字"。有时又将某些诗歌冠以"歌、行、吟"等中国古诗的大名。如果文学家得到统治者的赏识，则以为达到了最佳境遇："政府授以（指约翰德拉丹 John Dryden）桂冠诗人之号。每逢国家庆典。赋诗庆祝。宠幸有加。亦可谓极文人之境遇矣。"此言道出天下士子心声。不难看出，著者深受中国传统文化浸染，深谙古代文人理想。

  总的来说，文言写作的思维模式决定了本书批评内容的"我邦"色彩，处处可见对中国传统批评的依赖。文体的类比尽管有局限性，却是特定时期认识外国作家的便捷手段。因此，在外国文学史的书写中，这未尝不是一种行之有效的书写策略。如后来蒋梦麟所说："对于欧美的东西，我总喜欢用中国的尺度来衡量。这就是从已知到未知的办法。根据过去的经验，利用过去的经验获得新经验也就是获得新知识的正途。"① 早期英国文学史书写中存在

---

① 蒋梦麟：《西潮》，辽宁教育出版社1997年版，第68页。

的这种比较，是生于东西方文化碰撞时代的著作者们很常见的研究策略，他们深厚的中国文化底蕴，使得其介入外国文学伊始，就自然获得了比较的眼光。旧识充当了新知的媒介，比较成为与世界对话的途径。后来出现的英国文学史著作，普遍存在着这种自发的比较意识，成为这一时期的一个书写特色。

（二）文学观念变革的时代印记

由于写作年代正值五四前期，清末民初社会文化思想方面的重大变革也或多或少反映在了这本文学史的书写中。文学救世的观念大行其道。"余尝言文学左右世运之力，奇伟无伦；起衰振敝，咸文学是赖。尤其善者，且足以变国俗，移人情。……王靖之欲为国人介绍世界文学史，毋亦有忧于是，而欲发扬文学之光辉，使之照耀人世乎！"① 书中行文也在叙述中强调文学与国运的关系："英国至十四世纪。政治、宗教、始稍稍昌明。民气亦稍开。然非文学左右之。不及此也。故国运盛衰。关系文学靡鲜。"具体到文体方面，"清末民初是一个急剧变革的时代，这一时期的小说，在中国的历史上呈现出空前繁荣的局面。"② 社会上对小说的看法也因晚清以来梁启超等人大力倡导的"小说界革命"得以改变。反映在此书中，著者在谈狄更斯的小说时就慨叹："迭氏细察社会情形。著为绘声绘影之小说。使读者内省自疚。不敢为非。政治风俗乃于无形中渐渐感化。向善国富兵强。今日称雄于世界。小说与有功焉。呜呼小说岂小言詹詹之类耶。"这段文字正面凸显了小说的救世功用，反映出时人对小说价值的高度认可，从一个侧面说明了小说界革命的深入人心和研究者文体观念的现代转变。

民国初年社会上言情小说泛滥，从而"形成中国小说史上继明末才子佳人小说之后的又一'言情小说'的高潮"③。或许是受到这种风气的影响，王靖的笔调也染上了一点才子佳人的味道。如在介绍斯宾塞的身世时，著者写道"斯宾塞成婚八载于兹矣。朗情似醴。妾意如绵。双飞双宿。乐无逾斯。而且熊罴入梦。一索得男。家庭之间。融融泄泄。春风盎然。"又如写拜伦：

---

① 王靖：《英国文学史》序二，泰东书局1920年版。
② 于润琦主编：《百年中国文学史》，四川人民出版社2002年版，第474页。
③ 于润琦主编：《百年中国文学史》，四川人民出版社2002年版，第443页。

拜伦年十四岁。有吊少女诗一首。为一时传诵。其诗云："万木无声兮风寂寂。黄土一坏兮血痕碧。草木芳兮花自红。我所欢兮。今在帝之宫。帝亦无情兮。遽夺予之爱侬。"诗意哀、感顽艳。无愧称为西方温李。按少女名玛格兰德派……幼时竹马青梅。情根已种。方期海燕双栖。岂料孤鸾独宿。盖女皆织素年华。一病恹恹。香消玉碎。摆伦恸不欲生。因作诗悼之。

今人似乎很难想象这样的文字会出现在"文学史"的描绘中。

另外，早期的几部英国文学史在讲到相关内容时都会提到林纾的译本。文学史里的这种提及，为我们认识林纾翻译的时代影响提供了一个侧面的材料。这本书也不例外。如讲到狄更斯的几部小说，用的全都是林译本的名字，如"块肉余生记""孝女耐儿传""冰雪姻缘""贼史""滑稽外史"等。著者还时常引用林纾的评论，显示出文学史书写的"当代"特色。如谈士威福德（Swift）就引用林纾的评论，并据此得出结论："由此以观。士威福德牢骚著书。亦屈原之流亚也。"类似的，有林译本的地方，几乎无一例外地引用林纾的评价。可贵的是，著者时常能看到林纾在文学交流史上的重要意义，并给出极高的评价。如赞赏林纾对司各特《撒克逊劫后英雄略》的批评"考之原书。语语中肯。可称为司氏知己也"。著者指出："林氏不审西文。藉门人口译。而能区别其流派。评其优劣。无不中肯。使迭氏九泉知之。当叹为中土之知己矣。"字里行间充满了对林纾的仰慕之情。虽不免溢美之辞，但在文学史中能指出翻译家的地位和贡献，在英国文学史的书写上，不能不说是具有开创意义的。

（三）文学史料的保存

文学史的书写必然要涉及文学文本。在王靖的这本英国文学史中，虽然以人物为中心的批评占了全书的大部分，并无多少笔墨去谈论作品本身，但有的地方似乎也在做出联系文本的努力。这种努力是否成功就很难说了。不过，这本书有意无意地给我们保存了一些英国文学作品的早期译本。这是一个意外的收获。

如讲到瑟姆司格尼（Thomas Gray）的 *Elegy in a Country Church Yark*[①]

[①] 这里是王靖的笔误，实为 *Elegy Written in a Country Churchyard*，今多译为《墓园挽歌》。

"感喟苍凉。不胜浮生若梦之悲。纵铁石心肠、读之亦当泪下"。大约只是为了证明这个评语,这里竟全文收录了"某君"翻译的"村塚行",占据了近三页篇幅,甚至显得有些突兀。书中收入的译文都是文言旧诗体写成,与本书的写作风格一致。就文本价值而言,也非全无可取之处。有些翻译尚能代表一家之言。这些译本可能并未单独发表过,就文学史料的保存上,是有一定价值的。如在谈及拜伦的《哀希腊》时,称其"感喟苍凉。不胜荆棘铜驼。黍离麦秀之悲。某君当译为中文。"题为"弔希腊歌"。《哀希腊》在20世纪初曾有辜鸿铭、苏曼殊、胡适、马君武、黄侃、胡怀琛、柳无忌等人的多种译文,但有些只能见到片段。这里提供了全文,与几家皆有不同。现将书中所载本篇译文收录于下,略见书中文学史料之风貌。

其一云:希腊岛、希腊岛。和平战争肇最早。沙氏诗人由汝生。低露华碑久擅名。吁嗟乎、欲寻当年繁华景。而今只剩斜阳影。

其二云:莫说侻佴二族事。繁华一夕尽销沉。万玉哀鸣侠子瑟。群珠乱落美人琴。迤南海岸尚纵横。应愧于今玷盛名。侠子美人生聚地。悄然万籁尽无声。吁嗟乎、琴声摇曳向西去。昔年福岛今何处。

其三云:马拉顿后山如带。马拉顿前横碧海。我来独为片刻游。犹梦希腊是自由。吁嗟乎、闲立试向波斯塚。宁思身为奴隶种。

其四云:有王危坐石岩倚。临深远望沙拉米。海舶千艘纷如蚁。此国之民彼之子。吁嗟乎、白日已没夜已深。希腊之民无处寻。

其五云:希腊之民不可遇。希腊之国在何处。但余海岸似当年。海岸沉沉亦无语。多少英雄古代诗。至今传诵泪犹乘。琴荒瑟老豪华歇。当是英雄气尽时。吁嗟乎、欲作神圣希腊歌。才薄其奈希腊何。

其六云:一朝宫社尽成墟。可怜国种遂为奴。光荣忽傍夕阳没。名誉都随秋草枯。岂无国士坐列岛。追念凤昔伤怀抱。我今漂泊一诗人。对此犹惭死不早。吁嗟乎、我为希腊几颦蹙。我为希腊一痛哭。

其七云:止哭收泪挺身起。念汝高曾流血死。不信嚇嚇斯巴达。今日无一忠义士。吁嗟乎、三百勇士今何之。退某倍黎草离离。

其八云:不闻希腊生人声。但闻鬼啸作潮鸣。鬼曰生者一人起。我曹虽死犹助汝。吁嗟乎、希腊之人口尽喑。鬼声相答海天阴。

其九云:叩弦为君歌一曲。沙明之酒杯盈绿。万枪齐举向突厥。流血死耳休未复。吁嗟乎、顾君侧耳听我歌。君不应兮奈君何。

其十云：君今能作霹雳舞。霹雳军阵在何处。舞仪军式两有名。军式已亡舞仪存。吁嗟乎、试读先人卡母书。谁则教君今为奴。

其十一云：且酌沙明盈杯酒。恼人时事不须提。当年政治从多数。为忆阿明克朗诗。吁嗟乎、国民自是国权主。纷纷暴君何足数。

其十二云：暴君昔起遮松里。当时自由犹未死。曾破波斯百万师。至今人说米须底。吁嗟乎、本族暴君罪当诛。异族暴君今何如。

其十三云：劝君莫放酒杯干。白卡之岸苏里岩。上有一线成海湾。斗李之母生其间。吁嗟乎、其间或布自由种。谁实获之希腊统。

其十四云：劝君莫信弗朗克。自由飞可他人託。弗朗克族有一王。狡童心深不可测。可托惟有希腊军。可托惟有希腊刀。劝君信此勿复疑。自由托人徒自劳。吁嗟乎、突厥之暴佛朗狡。希腊分裂苦不早。

其十五云：沙明之酒千钟注。天女连翩齐起舞。眼波如水光盈盈。但将光线射倾城。吁嗟乎、为奴之民孰顾汝。我穷思之泪如雨。

其十六云：置身苏灵之高山。四围但见海波环。波声哭声两不止。一曲歌终从此死。吁嗟乎、奴隶之国非所庸。一掷碎汝沙明钟。①

本书的成稿年代是1917年夏。而在这一年的二月，陈独秀的《文学革命论》刚刚发表，文言与白话之争渐起。但此时文学革命的论争还局限于围绕《新青年》的一小批知识分子。1918年《新青年》才全部改用白话，而文学革命扩大其影响和力量则是要等到1919年五四运动爆发之后了。从这个历史背景来看，王靖写作英国文学史之时，社会上的主流学术话语仍是文言。再加上从书中他对林纾的推崇来看，采用文言写作是自然而然的事情。以后，随着文学革命的深入展开和白话文的推广，不但文学创作采用白话，学术著作的书写也逐渐采用白话了。

总之，作为一部用文言写成的英国文学史，本书既是第一部也是最后一部。它第一次比较系统地向国人介绍了英国文学的历史发展、重要文学家的生平和创作。可以看出，著者是经过了自身的消化和理解对英国文学做出描述和品评的。它的出现也带有鲜明的时代印记。虽有不少局限，但放在历史潮流中看，这本书依然存在着相当程度的进步意义，是民初进一步学习外部世界的一个明证。

---

① 王靖：《英国文学史》，泰东书局1920年版，第69—72页。

二、普及之作：曾虚白、徐名骥、李祁的"英国文学史"

继王靖的《英国文学史》之后，20年代末30年代初，又有两部国人书写的英国文学史著作问世。这就是曾虚白的《英国文学ABC》(1928)与徐名骥的《英吉利文学》(1933)。40年代末李祁的《英国文学》(1948)出版，这是民国时期最后一部通史性质的英国文学史作。因为这三部书依托了出版界的丛书计划，都带有面向大众、普及英国文学知识的性质，故把它们归为一节。

（一）曾虚白《英国文学ABC》

曾虚白[①]的《英国文学ABC》是20年代颇有影响的ABC丛书的一种。在书的扉页附有时任世界书局编辑的徐蔚南写的"ABC丛书发刊旨趣"。ABC丛书的宗旨是要"使人人都能找到各种学术的门径……启发他们的智识欲，并且可以使他们于极经济的时间内收到很大的效果"[②]。根据这一宗旨，著者力求本书的写作"要简单可不能枯燥；要应有尽有，可不能有一些繁文"[③]。1935年，作为一本普及知识的文学史著作，本书又被收入世界书局《西洋文学讲座》，成为后者的第三部分，题名为"英国文学"。《西洋文学讲座》也是一部以"供给爱好西洋文学者以鸟瞰的智识与一般的概念，而提高其向往的兴趣"为目的的书。观其编次：

> 一依文学史之趋势，先以希腊文学，明欧洲文学所从出；继以骑士文学，使知中古文学之梗概。至文艺复兴的曙光照临人间后，英法德意诸国文学，遂如雨后春笋，一齐茁发了，国民文学于焉确立。进至十九世纪，随资本主义之发展，一切文化分野，旁流横溢，直欲冲破国界，齐趋世界的大海；而世界文学的唱导，亦极波涌云蔚之壮观。近代文学的思潮，更日出靡穷，震撼一代的人心。本编于此略述其动向，以观其

[①] 曾虚白（1897—1995），江苏常熟人。早年毕业于上海圣约翰大学，文学家曾朴之子。1928年与其父在上海办真善美书店，主编《真美善》杂志，30年代曾教于金陵女子大学。
[②] 徐蔚南：《ABC丛书发刊旨趣》，见《英国文学ABC》一书扉页，世界书局1928年版。
[③] 曾虚白：《英国文学ABC》序言，世界书局1928年版。

变。最后殿以世界历代文学类选藉供读者赏鉴，一畅其情思。[①]

字里行间洋溢着对西洋文学推崇的激情，在 30 年代的中国，西洋文学在中国的地位已经获得了一定程度的认可。因此，我们也不必仅仅把上述言语理解成"广告文字"。应该说这段话说明了《西洋文学讲座》的编排理念和策略，也显示了编者的文学史观。而最后提到的"世界历代文学类选"实则是我国较早的一个综合性的世界文学选本。

可以看出，《英国文学 ABC》能够入选，基于编者以下几方面的考虑：(1) 以"浅显有味"的语言写出英国文学之大概面貌。(2) 英国文学作为"国民文学"出现自文艺复兴始。与其他诸国文学一起，从属于欧洲文学传统。(3) 英国文学是世界文学的一部分。这三点，基本上规定了作为外国国别文学史的形式、内容和范畴。如引言所说，《西洋文学讲座》编排顺序和著者分别为：希腊文学（方壁著）、骑士文学（方壁著）、英国文学（曾虚白著）、美国文学（曾虚白著）、法国文学（徐仲年著）、德国文学（李金发著）、意大利文学（傅绍先著）、俄国文学（汪倜然著）、现代文学（吴云著）、世界文学类选（陈旭轮编）。从这个顺序也可以看出，英国文学乃是欧洲文学之重头，美国文学紧随其后，亦有显示两者联系之意。各个部分的著者基本都是名家，可见这本《讲座》目的虽是提供"鸟瞰"，但还是保证了相当的学术水准。从某种角度说，《讲座》实际上是一本较为完备的外国文学史，最后给读者提供的"类选"也相当于给文学史配备的"作品选"。在茅盾的《西洋文学通论》（1930）和郑振铎的《文学大纲》（1933）之外，这本书作为民国时期为数不多的汇集名家手笔的外国文学史类著作，尤其应该受到重视。不过，由于本文侧重其中英国文学部分，在此不再详述。

作为较早书写的英国文学史之一，曾虚白的《英国文学 ABC》的缺陷和不足也是很明显的。龚翰熊的《西方文学研究》对该书的优劣得失已有精彩说明[②]。为避免重复，本文选取关于曾著的一场历史争论来重新审视这本文学史。在笔者看来，这场争论很大程度上源于著者的"言行不一"。比如它照顾到了文学发展的概貌，但并不似引言里说得那么浅易，很多地方流于琐碎，没有一定英国文学素养的读者，还是会觉得有些吃力。因此，这本书出来之

[①] 方壁等：《西洋文学讲座》引言，世界书局 1935 年版。
[②] 龚翰熊：《西方文学研究》，福建人民出版社 2005 年版，第 147—150 页。

后,梁实秋曾以"陈淑"的笔名发表了一篇非常不客气的书评(载《新月》1卷10号,1928年12月10日),开篇就说:

> 作者序言里说"中国没有一部像样的英国文学史,这大概大家可以承认的吧?可是据我个人学识之所及,就是英国自己用着二十世纪新眼光来做成的文学史,我还没有见过"。根据这两句话我们至少希望曾虚白先生的《英国文学ABC》第一要"像样些",第二要"用着二十世纪新眼光"。但是我们觉得曾先生的《英国文学ABC》正好有两项短处:第一是太不"像样",第二是没有"新眼光"。

接着文中举出多处该书的翻译错误(如人名翻译、诗句翻译),史实错误及前后矛盾的地方来说明论者认为的"不像样"。曾虚白所谓用新眼光书写文学史,主要在序言中说明了四点。一是针对英国文学史的时期划分。"普通英国文学史的陈旧,就是它们分配时代的失当。他们最习惯的分配法是拿历史上的朝代或大事来做各时代的界石的,比仿像伊利莎白时代哩,复政时代哩,维多利亚时代哩,我觉这是绝端的不适当。政治史是政治史,文学史是文学史;文学的时代自有它自己的特点,何必要借着别人的旗帜来插在它的大门上。"二是普通文学史多注重个人而忽视整个的"毛病",曾虚白试图"重整个而轻忽个人";三是纠正英国人的"重古轻今","打开一本英国文学史来看,提到了十九世纪及二十世纪,简直好像有些无话可说的样子,就像哈代、史文朋,萧伯纳这些别国都认为成功的作家,它也是只有几句话就带过了,至于像王尔德那种'不成器'的小子,大半都提也不提。"四是剔除非文学家在文学史里的位置。"文学的作品是情感的结晶。只有理智而无情感的作品,不能算他是文学。所以在这本小册子里,老实不客气有许多在英国文学史里占惯位置的历史家,哲学家等等都给我一脚踢出去了。"这四点并非全无道理,但曾虚白的努力似乎并不成功,正是这四点受到了梁实秋的强烈批评。

比如针对第一点,论者评论道"然而曾先生的'新眼光'呢?第一做所谓'初创时代',仍然是以'条顿民族占领英吉利'及'脑门占领时期'为界石。第二章所谓'文艺复兴初期',仍然是以巢塞死期及伊丽莎白登位朝之一五五八年为界石。第三章所谓'文艺复兴'时代,仍然是以普通所谓伊丽莎白时期为界石。此外,如清教徒时代如复政时代……完全都是因袭普通文学史的方法。"可见,在论者眼中,曾虚白虽然在章节名称上做了改动,但实质的划分和论述内容仍然没有跳出一般文学史的模式。又如针对第三点,评论者说:"哪一本近来出版的文学史没有史文朋哈代的名字?请曾先生指出来。萧伯纳还健在,文学史里的位置已经稳了,不劳曾先生过虑。至于王尔德呢,大半是不大尊重他,却也不至于大半提也不提。……说到'重古轻今'的毛病呢,当然是不好的,不过做史也有做史的规矩,正在创作期中的作家及尚无定评的作家,都不忙拉进史里去。"

梁实秋以英美文学研究者的身份来审视曾虚白的这本书,颇能点到其痛痒处,甚至毫不留情面地指出本书依据哈勒克(R. P. Halleck)英国文学史的地方很多,"有些地方简直是字字句句的直译",而且这个本子"不是好的本子"!由此得出了这本书"太不像样"的结论。今天读来,依然能感受到十足的火药味。也许正是由于当年这场争论,梁实秋到台湾之后,出版了厚厚的三卷本《英国文学史》,并在序言中谈了文学史的三种写法,各自指出其优劣,算是对这个问题的最终回应。①

暂且不管书写优劣的争论,单单考虑本书普及文学史知识的意图,曾虚白的这本书还是应该受到肯定的。我们不能以今天的眼光来苛求一本九十年前的著作,而更应挖掘其有价值的部分。曾虚白是圣约翰大学的毕业生,在英国文学方面应该说受到过良好的教育。较之王靖的著作,他的这本书用浅易的白话写成,各时代的划分更为细致,内容也要丰富和充实得多。王靖的书只写到19世纪,而本书从英国古代文学一直写到20世纪的现代文学。每个时代又按照文体的不同,分别论述不同文体的代表作家作品。序言中对文学史和政治史及其他非文学之间关系的思考也显示出著者对文学独立价值的认识。这些都是明显的进步,也显示出一般欧美文学史模式的影响。最后的结论部分曾以"英国文学鸟瞰"为题,发表在曾虚白主编的《真美善》(2卷5号,1928)杂志上。其中的有一些话今天读来意味深长,读之深觉作为一个中国人看待外国文学时的复杂态度:

> 你们把这一部英国文学史从头至尾读完之后,大概只觉得他们人才辈出,济济跄跄,热闹的不得了,绝不会感觉到从全盛的莎士比亚时代以迄今日,他们实在只有三百多年简短的历史。……直到最后我把中西纪元参照核对之后,才开始发现所谓一部伟大的英国文学史的时间,实

---

① 梁实秋:《英国文学史》序言,台北协志工业丛书出版公司1985年版,第1、2页。

在只能比上我们清朝一朝的历史而已……研究过中国文学者对于英国文学史必有的错误的映象,因为我们的文学史过分的巨大渊博了……①

为了让读者更清楚英国文学历史的短暂,著者附了一个"英国最要作家中国纪元的生卒表"。从这些可以看出,著者是站在中国历史和文化的长河中去审视英国文学的,既承认英国文学在短时间内取得的成绩,也始终将中国乃文学大国的自豪感藏于胸间。

(二)徐名骥《英吉利文学》

徐名骥②的《英吉利文学》隶属于商务印书馆王云五策划的万有文库,同样是以传播知识为目的。万有文库的著译者多达六七百人,旨在"以全国全体图书馆为对象,所收均为各科必备之书"③,"世界各科名著,各种治学门径之书,无不应有尽有"④。入选如此大型的文库,足见本书获得了时贤的认可。作为当时研究英国文学的必备书,徐名骥的著作较之曾虚白的著作又有了一定的进步,并具有鲜明的自身特色。

本书是民国期间第一部(也是唯一一部)按文体书写的英国文学通史,每种文体的代表作家从古代至20世纪举要写出。尤其注重写20世纪以来的现代作家。但各章内部并不做时代的划分,只在每章开头用简短的语言说出这一文体在英国的概况。虽然各章仍按照作家来编排,但较为侧重作品本身而非作家生平。对于在多种文体上都有贡献的作家,本书不忌重复,分别在各章给出了相应的论述。如高尔斯密士、史各脱、王尔德、夏芝等人。本书论及的作家多数都只有一页或稍多一点的篇幅。等写到拜伦的时候却突然用了近六页的篇幅详尽地论述了作家的生平和作品。这不能不说是时代的影响。拜伦自进入中国,就以其反抗精神深受国人推崇。浪漫主义和现实主义作家

---

① 曾虚白:《英国文学 ABC》,世界书局1928年版,第163页。
② 徐名骥,即徐调孚(1900—1981),浙江平湖人。曾任商务印书馆《小说月报》、《东方杂志》及文学研究会《文学旬刊》编辑。名骥是其本名,以此署名的这本《英吉利文学》是他的第一本书。以后采用"调孚"这个号到逝世,遂本名鲜为人知。参见《中国作家大辞典》第491页(中国社会出版社1993年版)、丁景唐主编《中国现代著名编辑家编辑生涯》(中国展望出版社1990年版)第152页等处。
③ 参见《小说月报》20卷6号目录后之出版广告,1929年6月10日。
④ 参见《小说月报》20卷7号封二出版广告,1929年7月10日。

是文学史家论述的重点。如彭斯、华兹华斯、丁尼生、狄更斯、萨克雷等人。这些也是当时译介得比较多的作家。文学史在这里加重笔墨也是理所当然的。书中涉及的人名、书名、地名等均给出中英文,标点使用也较为规范,比前人著作进步不少。全书叙述精略,结构合理,文字浅显且不失优雅。作为一本英国文学的入门读物,还是非常恰当的。就具体内容来讲,此书尚有以下可说之处。

首先,本书注意了影响和对比。本书在论述史实和文学现象时,不但注意到了不同时代作家的相互影响,而且也注意到了各国文学间的相互影响。如乔叟之于意大利鲍卡西奥的《十日谭》[①];哈代"直接受法国左拉莫泊桑等自然主义的影响"。类似的论述,尽管在书中只是只言片语,但却是建立在文学史实的基础之上的,这种表述较之早期王靖的漫天类比,已不可同日而语。

在谈论单个作家时,也善于在比较中指出作家的风格异同。如比较斯宾塞的《仙后》和乔叟的《坎特伯雷故事集》:"这首诗(指《仙后》)完全是主观的表现,我们能够明显地感觉到他这个世界不是我们存在的世界。他和乔叟的相异处,就在这里。因为《刚脱保莱故事》里的人物都是在现实的世界里有存在的可能性的。"对比华兹华斯和柯勒律治:"华兹华士要使平凡变为新奇,辜勒律己却要使神奇的化为平凡。"简单的两句话,却一针见血,切中要害。对比华兹华斯和哈代:"哈代是英吉利文学中最愁苦的诗人。他和华兹华士一样,是对于自然的绵密的观察者和爱好者,然而他没有像华兹华士这样的从自然获得稳静和安慰。他的很精美,但有些艰深,而所谓艰深云者,并不是由于他的音律,乃由于他的思想。"这样的评价不但显示了著者良好的文学素养,也显示了较高的批评素养。

同一国别、同一文化系统内部的文学比较虽不属于比较文学研究,但作为国别文学研究的重要方法,内部比较仍然有它的意义和价值。在国别文学史的书写中,这种比较有助于读者加深对文学史传承流变的认识和对作家作品的理解,是文学批评日益进步的显著表征。这种书写策略在以后出现的《英国文学史纲》中得到了淋漓尽致的体现。

其次,本书关注了英国女作家。英国文学史上的女作家不在少数,虽然郑振铎在20年代出版的综合性文学史《文学大纲》中已经对奥斯丁做出了评

[①] 徐名骥:《英吉利文学》,商务印书馆1933年版。本节引文全部出自该书,以后不再单独做注。

介,然而她们进入国人书写的英国文学史却是二三十年代以后的事。王靖的《英国文学史》只提到了奥斯丁的名字,曾虚白的《英国文学 ABC》也没有给女作家充分的重视。直到徐名骥的这本《英吉利文学》,女作家开始登堂入室,获得了很高的评价。书中用近两页篇幅论述了勃朗宁夫人,称她是"英国最伟大的女诗人","作品是善于描写心理,很有感人的力量;他的感情、思想、想像都是很丰富的,只有在技巧上似乎欠缺一点,他的诗歌中的韵律不大正确,颇受批评者所訾议"。另外,设专节论述奥斯丁,认为她"是和史各脱同时的最大的女小说家……奥斯丁的小说没有英雄的热情和惊人的奇遇,她所写的只是平常的人地平常生活。她作品的风格也是很平易的,但是细腻深入却是她的长处"。评价她的六部小说"都是完美的小说,有朴素而秀美的文笔,深刻的人物分析和宁静的讽刺。她虽仅仅有六篇小说,但她已是替小说开辟新园地的人,她抛弃了中世纪英雄神话的传说,而从事于现实生活的描写,是后来描写中产阶级人物的创始者"。进入现代作家部分,用近四页篇幅写乔治·艾略特的生平和作品,并指出,虽"时常得到绝端不同的两派的毁誉;但就大体来讲,她在英国的女小说家中总不愧为一个伟大的作家"。这些评价带有明显的译述痕迹,较之欧美学者的研究未必有创新,但其意义在于直接冲击了中国自古以来不重视女作家的文学传统。无论是从篇幅上来讲,还是从认识上来讲,徐名骥对英国女作家的推崇和介绍,都为我们提供了一个更为全面的英国文学史。

最后,对文学传播史的重视。这一点主要表现在对文学作品在我国传播情况的介绍。书中不但介绍了《天路历程》、《威克菲牧师传》、狄更斯小说在中国的翻译情况,而且对近现代的剧作家如王尔德、巴蕾(J. M. Barrie)的剧本在中国的排演情况也做了介绍。甚至将萧伯纳"一九三九年游中国,在上海曾和许多中国文学家晤面"这种文学交流事实也写在了文学史里。

今天看来,这种介绍,应是学术转型时期英国文学史书写的特殊形态,是外国国别文学史书写不成熟的表现。随着时间的流逝,译本的增多,文学传播的日渐复杂,这种书写就需要理念和材料更为先进、更为完善的"翻译文学史"或"文化交流史"来完成了。这里留给我们的思考是:完整的外国文学史或翻译文学史,究竟应如何处理译本?如何看待译本与原著的关系?我们是否应把这种特殊形态转化为文学史中的一般形态?

（三）精简易读：李祁《英国文学》

李祁①的《英国文学》1948年5月问世时，国内已有众多的英国文学史登场，而著者本人亦有较高的英国文学修养，因此保证了这本书的学术价值。这本书是作为"现代文库"的第一辑出版的。"现代文库"的性质就是要做一个"中华百科全书"式的总结，"内容注重精约，期能引人入胜"②。因此，这本小册子只有薄薄的16页，万余言，更像是一篇描述英国文学发展史略的小论文。从史的角度来讲，本书按照英语语言的发展，将英国文学分为"古英文同中古英文时代"和"现代英文的时代"两个大的时代，中间补以"过渡时代"。如此简单而直接的划分，虽是限于篇幅，倒也凸显了论述的逻辑。全书能够注意到英国文学的特殊性和多样性（如历史、哲学、政论、布道讲演乃至科学著作等），也涉及英国文学受到的外来影响。考虑到趣味性的要求，书中并没有罗列繁琐的文学史实，而是以代表性的文学典故点染其间。文笔轻松优美，自然流畅。今天读来，仍有一定的参考价值。

三、详尽之作：金东雷《英国文学史纲》

金东雷③的《英国文学史纲》（以下简称《史纲》）1937年2月由上海商

---

① 李祁（1902—1989），女，湖南长沙人。20世纪20年代曾是徐志摩的学生，并有文学作品发表。徐志摩曾与其有书信往来，从中可见其颇得徐志摩赏识。1933年李祁作为首届庚款留学生留学英国牛津大学学习英国文学。当时考试竞争十分激烈，能够考中的都是才子或才女，英国文学科名额只有1个，第二届考中者为俞大纲，第三届考中者为钱钟书，由此可见李祁当时的中英文造诣是很高的。后来李祁任教于国内多所大学，讲授英国文学。1951年赴美，从事中国文学和英国文学研究。她在中国古典诗词方面也颇有建树，是当代著名的海外女词人。她擅长新儒学批评，学术著作近10种。她的这本《英国文学》出版前，曾有《华茨华斯及其序曲》一书问世（商务印书馆1947年版），是我国研究华兹华斯的最早专著。参见虞坤林编《志摩的信》（学林出版社2004年版）第204—206页、高增德主编《中国现代社会科学家人辞典》（书海出版社1994年版）第818页、谢长法编著《中国留学教育史》（山西教育出版社2006年版）第161页、程新国《庚款留学百年》（东方出版中心2005年版）第151页等处。
② 李祁：《英国文学》凡例，华夏图书出版公司1948年版。
③ 金东雷，名震，江苏吴县人。曾有《东庐诗存》行世。南社诗人萧蜕（1863—1958）曾作诗一首，表达对金东雷成就和为人的赞誉。其诗曰："东雷天下士，韬迹老衡门。一室乾坤大，千秋月旦尊。酒怀著春艳，诗思结霜根。寂寞林家夏，清狂安可论。"参见钱仲联主编《近代诗三百首》，浙江古籍出版社1990年版，第215—216页。

务印书馆出版。这是一本历时三载完成的大部头著作,"用历史的方法记载英国文学的变迁","力求翔实","目的在使一般爱好英国文学的人对英国文学史有一个简略的、系统的认识"。① 虽名为史纲,但它在材料的丰富细致、论述的广阔全面上却胜过民国时期任何一本国人的同类著作,在我国的英国文学学科史上具有里程碑式的总结意义。因此,特别值得注意和研究。关于这本书,龚翰熊的《西方文学研究》曾专节论述,主要从写作原则、历史分期、论述角度和材料选择等方面提出批评和反省,持论相当的专业和中肯。但笔者认为,金东雷这本书尚有讨论的空间。

(一) 著述体例走向规范

时至20世纪30年代,国内的英国文学史著译已日渐增多。学术研究开始进入常规建设阶段。② 《史纲》的问世得到了当时学术界的关注和重视,与国内各大学有着密切的联系。③ 而作者金东雷的身份也是一位学者。这本书的著述体例鲜明地体现了一个严谨的学者为学术建设进行的努力。

全书共十二大章,在分期上参考了国外流行的一些英国文学史。书后附有英国文学大事表一则。目录细致,条理清晰。每章、节、段落都有标题,一目了然。论证结构也非常统一,对重要的作家,基本按照"作家的一生,作家的作品,作家的作风"三大模式进行述评。更值得注意的是,著者在每一章都引用了多种参考书目。这些书目包括文学作品、作家研究、人物传记、书信集等,种类繁多,蔚为大观,且英文材料不在少数。这在之前的英国文学史书写中是没有的,应是学术逐步规范化的一个表征。粗略统计,书中列举出的中英文材料约250余种。从这些材料我们可以了解到这本文学史形成的学术环境和著者的学术功底。

---

① 金东雷:《英国文学史纲》凡例,商务印书馆1937年版。
② 陈平原先生在《中国现代学术之建立》(北京大学出版社1998年版)第6、7页中论及:"1927年以后的中国学界,新的学术范式已经确立,基本学科及重要命题已经勘定,本世纪影响深远的众多大学者也已登场。"笔者基本认同这一说法,认为20世纪30年代英国文学学科也开始进入常规建设阶段,却很难说到此时英国文学史书写领域真正有大学者出现。这恐怕是源于就西方文学整体来讲,对国人都是一门新兴的学科,因此尚处在"学生"阶段。
③ 本书自序一篇,他序三篇,作者分别为吴康(时任国立暨南大学兼大同大学英文教授)、张士一(时任国立中央大学英文教授)、傅彦长(时任国立暨南大学兼持志学院外国文学教授),当时的北京大学校长蒋梦麟为本书题写了封面。

主要的中文参考文献除了王靖、曾虚白等人的英国文学史著述外，尚有钱基博的《现代中国文学史》、张乃燕的《欧洲大战全史》、刘大杰的《现代英国文艺思潮概观》、蒋启藩的《近代文学家》、特里维廉（G. M. Trevelyan）的《英国史》（钱端升译）、威尔斯（H. G. Wells）的《世界史纲》（梁思成译）、小泉八云的《英国文学研究》（孙席珍译）、厨川白村的《文艺思潮论》（鲁迅译）、本间久雄的《近代欧洲文艺思潮概论》（沈端先译）、昇曙梦的《现代文学十二讲》（汪馥泉译）等。

英文部分的参考文献主要是欧美比较通行的英国文学史著作，如 Legouis Emile 的 *A history of English Literature*，W. F. Collier 的 *A history of English literature in a series of biographical sketches*，A. W. Ward 与 A. R. Waller 合著的 *The Cambridge history of English literature*，Andrew Lang 的 *History of English literature from "Beowulf" to Swinburne*，Henry. S. Pancoast 的 *An Introduction of English Literature* 第四版，W. A. Neilson 与 A. H. Thorndike 合著的 *A history of English literature* 等。

著述体例的规范源于对现代学术精神的认知。科学严谨成为学者新的诉求。形式的改进也伴随着学术研究方法的日益成熟。从这些参考书可以看出，著者不仅参考了国内的几部先行著作，而且借鉴了不少国外的经典文学史著作。其涉猎面非常广，不仅有包括作家研究和思潮研究在内的文学史资料，还有战争史之类的历史资料。这些信息告诉我们，著者研究英国文学史并没有局限在这一学科，而是注重从跨学科的角度去思考问题。对各路评论的引用丰富了本书的内容，反映了著者灵活的学术思维。应该说，著者尽可能地把握了当时国内外的最新研究成果，及时地把它们反映在了自己的文学史中。

（二）文学与文学史观的表达

写文学史者都有自己的文学史观，什么是文学？什么是文学史？文学史应该怎么写？这些问题在民国时期的中国学界就已经引起了思考。很多中国文学史的书写者都喜欢开篇先谈文学或文学史的概念，显示了对这一问题的兴趣。对中国人来说，文学史本质上是一种外来的书写方式，它迫切地需要中国式的界定和支撑。先前的英国文学史很少明确地表示著者的文学史观，多是只言片语，不成系统。此书则不同，全书有绪言一篇，详细展示了著者的文学观和文学史观。单凭这一点，就可以看出当时英国文学史书写的进步，反映了先驱者在文学史理论建设上的努力。

这些论述明显受到当时学术界对文学及文学史认识的影响，映射出了一定的时代学术语境。如引用孙俍工所编《文艺辞典》里关于文学的定义，阐述自己的文学观："广义些讲，凡文字所表现的一切记录，即哲学和历史等，也都可以称作文学；但所谓纯文学，却是些思想的及感情的艺术作品，如散文、小说、诗歌和戏曲。"[①] 著者采用的显然是广义的文学观，虽侧重点在纯文学，但对英国文学史上的历史著作、政论著作等也照国外英国文学史的一般做法予以收录。这一点和曾虚白的激进主张大有不同了。金东雷的收录广而全，采取的是一种比较稳健的选择策略。

在谈"文学史"的概念时，著者推崇以钱基博为代表的"科学"观点。后者在《现代中国文学史》中写道："夫史以传信，所贵于史者，贵能为忠实之客观的记载，而非贵其有丰厚之主观的情绪也，夫然后不偏不党而能持以中正。推而论之，文学史非文学，何也？盖文学者，文学也；文学史者，科学也。文学之职志在抒情达意，而文学史之职志在纪实传信。文学史之异于文学者，文学史乃记述之事，论证之事，而非描写创作之事，以文学为记载之对象，如动物学家之记载动物，植物学家之记载植物，理化学家之记载理化自然现象，诉诸智力而为客观之学，科学之范畴也，不如文学抒写情志之动于主观也。"[②] 在此标准下，《史记》因"工于抒慨而疏于纪事"，胡适的《五十年来之中国文学》"好为议论""扬白话而贬文言""成见太深而记载欠翔实"都不被钱氏列为史作。在他看来，"史之云者，持中正之道记人之作业也。文学史云者，记吾人文学作业者也"[③]。

金东雷可谓钱基博这些观点的拥趸。金著写道："文学是诉诸空想的情感的创作，史则不然，事事贵有证据，注重客观的实录，不需主观的情绪。最忠实的史家就在能用客观的态度和科学的方法来记载事实，不凭个人的理想为好恶，舍取和褒贬之标准。所以文学非科学，文学史乃是科学。文学的使命在发泄个人的或人类的情感，文学史的使命只是以文学的作品分别编成一部实录，使后人可以参考和研究。换句话说，文学史就是文学作品的一篇总帐，记载着全时代的，某一时代的或某一国家的散文、诗歌、小说、戏曲；

---

① 金东雷：《英国文学史纲》，商务印书馆1937年版，第3页。
② 钱基博：《现代中国文学史》，世界书局1934年版，第4页。
③ 钱基博：《现代中国文学史》，世界书局1934年版，第4页。

正和物理、化学的记载自然现象相似,是一种客观的学问。这全是科学方法。"① 虽然一个文言,一个白话,但两种说法可谓如出一辙。

综合来看,这两段话都强调了文学史是一门科学,必须具有科学精神。民国时期,学术的科学化是一个显著的时代趋势。近代有识之士多认为西方学术更为精密完备,自改良派就开始了对科学概念和科学精神的提倡:"有系统之真智识,叫做科学;可以教人求得有系统之真智识的方法,叫做科学精神。"② 在此基础上,中国史家的实录传统,清代汉学的"实事求是,无征不信"都被认为更近于科学而重新得到肯定。加之19世纪末20世纪初西方的实证主义思潮在我国的蔓延,各种内外因素的综合作用使得对科学精神的强调成为各门学科的鲜明旗帜。因此,这里体现出来的文学史观是内在传统与外来刺激双重作用的产物。当然,以今天的眼光看来,仅仅将文学史视为"总账",与物理化学相类似,有简单化和肤浅化的倾向,并不能获得我们的完全认同。这样做忽视了文学的审美价值和文学现象之间的内部联系,也忽视了文学史家采取的文学史观的不同对书写结果的影响,局限性很大。但是,把这种观点放在那个时代来看,它却恰恰体现了当时的学术精神。

在著者看来,什么是科学的文学史观呢?"文学是政治的产物","文学是政治的产儿,是社会的产儿,也是历史的产儿;政治上大革命形成了革命色调的文学,社会上的平民化促成了平民主义的文学,历史上的大改造,同时也推动了文学改造的大枢机。"具体到英国文学这个领域,认为英国文学反映了英国人民的历史,它的丰富多彩正和大英帝国后来的强大相呼应。"英国的历史有变更的时候,英国文学的内容往往亦随之变更","英国文学的几个大段落也就是英国历史的大段落,他俩形影不离,相依为命"。③ 可见,著者反复强调的是文学与政治、文学与历史的关系,认为这才是科学的文学史观,带有明显的唯物倾向和一定的机械色彩。著者对文学与人民关系的强调,则具有一定的阶级论色彩。可见著者看重的是影响文学发展的"外部因素",文学作品的反映功能,对于文学发展的内在机制和审美功能缺少重视。实际上,在20世纪30年代,唯物论和阶级论是新进的、流行的文学批判方法,对文学史有决定性的影响。在中国文学史书写领域,多有尝试运用者,在英文

---

① 金东雷:《英国文学史纲》,商务印书馆1937年版,第3页。
② 梁启超:《科学精神与东西文化》,载《时事新报·学灯》1922年8月23日。
③ 金东雷:《英国文学史纲》,商务印书馆1937年版,第4、153、219页。

学史书写方面,学风所及也可见一斑。著者还认为文学史是"人民内心生活的总帐",与民族动力密切相关,研究者不能忽视。这实际上是民国时期从泰纳到勃兰兑斯"文学史是民族心灵史"这一通行观点的翻版。

那么,金东雷何以贯彻他在绪言中力主的"客观""实录"与"不需主观情绪"等精神呢?其中一条策略是引用作品原文而不加翻译。如原文引用乔叟《坎特伯雷故事集》中的一节,原文引用英国民歌 Edward,并说它有"可以意会,不可言说的深情"①。著者大概认为这样比较符合实录与客观的精神,有意让读者自己去体会作品的风格。但是,文学史最主要的矛盾就是"史"与"诗"的矛盾,每个文学史家都要面对如何统一文学性和历史性的难题。列举原文,不加评论固然是一种尝试,但有时未免过激。限于篇幅,著者不可能过多这样做。于是,他在以后的章节中最终放弃了这种做法。绪言中虽说"不凭个人的理想为好恶,舍取和褒贬之标准",行文中似乎也没有严格遵守。如讲到斯宾塞和培根,分别冠以"才德兼全"和"才高德薄"的标题,带有明显的道德判断。书中也多次出现"据我观察","我说"这样的字眼直接表明著者本人的观点。无产阶级、小资产阶级、帝国主义和人道主义等概念也大量使用,甚至有一小节专门是"含有主义的小说"②。这些表述也在一定程度上反映了著者的个人观点和趣味选择。可见在一本个人著述的文学史中,完全没有主观情绪是不可能的。金著恰好表明,能反映时代学术特色的、有个性的文学史反而是具有文献价值和理论价值的。

(三)对"翻译文学"与"民间文学"的重视

《史纲》的另一个重要特点就是重视了英国文学史上的翻译文学。由于晚清以来大量翻译文学在中国的出现,对翻译文学的重视在民国时期的中国文学史中不乏其例,胡适的《白话文学史》、陈子展的《中国近代文学之变迁》、王哲甫的《中国新文学运动史》等都专章讲中国的翻译文学。从中国比较文学学科史的角度上来讲,20世纪20年代梁启超就在《翻译文学与佛典》等著作中率先尝试从跨文化的角度将翻译文学作为一个独立的研究对象。到了30年代,关于翻译文学的论争最终确立了翻译文学具有独立的地位与价值,这一点成为当时学术界的一个共识。

---

① 金东雷:《英国文学史纲》,商务印书馆1937年版,第48—49、67—70等页。
② 金东雷:《英国文学史纲》,商务印书馆1937年版,第301页。

在英国文学史的书写中,《史纲》却是唯一明确提出"翻译文学"这个问题的。该书第六章专节论述莎士比亚时代的"翻译文学",除举出主要翻译文学作品,还探讨了"翻译文学发达的原因"。著者认为:

> 文艺复兴以后,一般读者已扩大眼光,注意到世界文学。乔叟时代遗下的作品既陈腐不堪,难以研习;而当时的教育又十分发达,人民求知心切,颇有供不应求的情形,因之,英国文坛上一时添了不少由外国文翻译过来的英文读物。这些读物在形式上是英国的,但在精神上仍是富于外国的口味。加以那时英国自己的新文学正在将成熟与未成熟的时候,热心的文学研究者比较平时增加了数倍,创作者则正在酝酿,尚未尽量发露,故外来的读物,备受欢迎,这都是翻译作品所以发达的原因。①

这段文字从时代发展、读者需求及文学变迁的角度论述了文艺复兴以后英国翻译文学兴盛的原因,深入浅出,可做一家之言,显示出著者自己的思考。最后,著者不无幽默地说道:"翻译文学发达的结果,拉丁文和希腊文的伟大著作,一时都穿上了英文的衣服,移居到英国,内容是拉丁文和希腊文,而外貌都像英国的。"② 这里的论述不免让人想起近现代翻译文学在中国的历程,著者这样写是否也含有对中国近现代翻译文学现象的思考呢?或者,在这里,著者提供了一种参照,即任何国家的文学都需要外来文学的刺激和更新,英国如此,中国也如此。

《史纲》不但注意到了英国文学史上的翻译文学,而且对英国文学史上的民间文学给予了充分的重视,并列出了专章讨论英国民间歌谣的形式和内容、代表作家作品、中世纪的民众戏剧等。在著者看来,民间文学是"天籁的、粗糙的、自然的,不用文字写着而充分地富有文学意味和价值的"③,与专供有闲阶级赏玩的文学不同,是普通劳农情感的发泄。著者突出了民间文学和文人文学的对立,认为民间文学是劳动人民风俗和习惯的历史性表达,代表了英国的民族性和习惯性。

---

① 金东雷:《英国文学史纲》,商务印书馆 1937 年版,第 117—118 页。
② 金东雷:《英国文学史纲》,商务印书馆 1937 年版,第 118 页。
③ 金东雷:《英国文学史纲》,商务印书馆 1937 年版,第 65 页。

民国时期的学者受西方学术思潮的影响，大都十分重视民间文学。鲁迅、胡适、郑振铎等人都曾认为，文学发展的动力不但在于外来文学的刺激，而且在于民间文学的启迪。过去受到文人鄙视的民间文学被视为文学中的精华，而突出文人文学与民间文学的对立，成为这一时期文学史研究的新趋向。① 其中，胡适的文学史思想又最具有代表性。胡适的《白话文学史》确立了文学史上文人文学和民间文学交替转化的通例。这是胡适对当时学术界影响最大的观念。20世纪30年代以后的文学史著作多多少少都受到了这一观念的影响。② 以本书著者对胡适译文的引用和30年代胡适的学术影响来看，上述论断不无道理。

需要补充的是，从曾虚白、徐名骥等人开始，英国文学史的书写就已经涉及了文学的外来影响、作家对比、历史传承等内容。到了《史纲》这里，著者将这种特色发挥到了极致。《史纲》特别重视英国文学史上不同作家之间的对比，善于从对比分析中显现各家特色。书中进行对比的作家有：乔叟和斯宾塞，吕却生（Samuel Richardson）和费尔亭（Henry Fielding），蒲伯（Pope）和克拉白（Crabble），拜伦、雪莱、济慈三家，兰姆（Lamb）和地·昆散（De Quincey），丁尼生与勃朗宁，卡莱尔和麦考莱，狄更斯与萨克雷等。这些对比分析体现了著者对英国文学史深入的理解和认知，在今天仍有借鉴意义。

另外，《西方文学研究》一书认为《史纲》过分强调了外国文化对英国文学的影响。这一点固然中肯。但笔者认为《史纲》在强调英国作家受到的外来影响的同时，也注意到了英国文学对别国文学的影响。在讲吕却生的文学成就时，用趣闻轶事来说明他在欧洲引起的轰动。讲到爱德华·杨（Edward Young）的《夜思》（*Night Thoughts*），指出"对德国诗人克洛白士带克（Klopstock）很有影响"。在讲华兹华斯时，引用日本评论家昇曙梦的话来论述他对日本自然主义的影响。③ 虽然这些表述有时只是一语带过，但至少表明著者意识到文学的交流是一种双向的互动。

总之，作为早期的一本英国文学史，《英国文学史纲》在文学观念和研究

---

① 陈平原：《小说史研究方法散论》，见黄修己编著：《中国现代文学研究方法论集》，首都师范大学出版社1994年版。
② 陈平原：《中国现代学术之建立》，北京大学出版社1998年版，第154页。
③ 参见金东雷：《英国文学史纲》，商务印书馆1937年版，第200、214、232等页。

方法上，较之前几部英国文学史都有了显著的进步。因此，它在当时就受到了相当高的学术评价。甚至有人指出这本文学史"尤其英国人当买来读读，可以使他们明了研究英国人内心生活及文学价值的学者，中国是大有人在的"[①]。直到现在，这本书仍然可以成为英国文学研究者的重要参考资料。当然，《史纲》问题仍然不少。如在章节安排上，先按照文体划分，文体下又以作家分。作为文学史的一种书写策略，从形式上虽然显得统一有序，便于著者展开论述及读者把握要领，但难免让人觉得单调乏味。目录虽然做的很细，但有时显得不精炼，缺乏吸引力。人名或书名的翻译也多有不规范之处。参考书目虽多，但大多责任项不全，其中的英文材料对一般读者来说恐怕难以寻觅。这样一来，就不利于批评的展开和观点的交流。书中哪些是著者自创的观点，哪些是借鉴甚至照搬国外的观点，更是难以辨别。这些恐怕都是时代的局限造成的。

从历史的角度来看，王靖的第一部英国文学史没有涉及20世纪以后的英国文学，曾虚白的著述刻意标榜纠正"厚古薄今"的偏见，甚至遭到将现代作家"慌忙拉进史里"去的诟病。徐名骥开始重视英国现代文学的内容，到了金东雷那里，对现代英国文学的介绍已经较为全面了。30年代民国学界对英国现代文学的研究逐步系统化，并使其逐渐摆脱了附着于通史的地位，出现了专门的研究之作，参与了这一时期学者对英国文学史的叙述与建构。这些变化表明了著述者不断进化的学术自觉和强烈的当下意识。

20世纪初的几十年，许多现代作家是和无数古代近代作家一齐涌入中国的。读者有条件接触到从古至今的许多优秀作家作品。而现代作家在改造社会的精神和理想上，往往得到我国有识之士的仰慕与共鸣，介绍他们当在情理之中。这种情况在以后的英国文学史，尤其是断代史和专题史中，尤为突出。

这一讯息实则极为关键。从外国文学学科的发端，周作人在北京大学讲授欧洲文学，他的讲义《欧洲文学史》是厚古薄今的，他受历史循环论的影响，强调人性中情感和理性的二元交替，看重欧洲文学源头的作用。这和中国传统的历史观念有一定联系，因为中国传统的时间观是循环式的。但从严复翻译《天演论》开始，这一观念开始受到冲击并瓦解。进化论作为一种认识和观察世界的方法，对晚清以来的中国知识分子产生了极大的影响，是他

---

① 金东雷：《英国文学史纲》吴序，商务印书馆1937年版。

们回答本土问题的思想基础。如胡适在强调民族文学源头的同时,认为文学史必须对当代的文学现象加以关注,必须培养学生的当代意识,激发学生对当代社会问题和哲学的兴致。"为了这个目的,高尔斯华绥(Galsworthy)就比高德斯密斯(Goldsmith)更重要,肖伯纳(Bernald Shaw)比莎士比亚(Shakespeare)更值得偏爱(preference)亲近。"① 当下意识是不断上升的时间经验,是文学进化的结果。胡适的文学史思想从影响上来看是超过周作人的,他的这种观点在 30 年代逐渐占据了话语权。30 年代以后,这种历史视角的进化论不同程度地存在于这一时期的文学史书写中。40 年代末,李祁从英语语言发展的角度出发,直接将古英文与现代英文对举讲述英国文学,更是这一观念的极端体现。

第二节 英国文学断代史、专题史的书写

前文对民国时期的几部英国文学通史做出了较为详细的分析与评说。这一节将探讨民国时期英国文学断代史、专题史的书写。这一时期作为专著出版的此类著作并不多,纳入我们视野的有费鉴照的《现代英国诗人》(1933)、李子温的《现代英国文学》(1936)、滕固的《唯美派的文学》(1927)、萧石君的《世纪末英国新文艺运动》(1934)四种。方重的《英国诗文研究集》(1939)中收入的部分文章(如《十八世纪的英国文学与中国》《英国小品文的演进与艺术》)也涉及英国文学专题史的研究。

一、"学生的习作"与"先生的讲义"

费鉴照的《现代英国诗人》重点探讨英国现代文学史上的诗人诗作,既是一本论文集,也具备一定的断代专题史研究范畴。写作此书主要章节时,著者还是南京中央大学的学生,受业于闻一多、梁实秋等先生。他的这本书可以算是"学生的习作"了。1928 年,著者在南京中央大学听闻一多先生讲"英美现代诗",从而对英国现代诗人发生了兴趣。② 闻一多不但鼓励费鉴照将

---

① 季羡林:佐克尔《西方文学第一卷:希腊和罗马》序言,参见《胡适全集》(安徽教育出版社 2003 年版)第 35 卷,第 288 页。
② 费鉴照:《现代英国诗人》闻序,新月书店 1933 年版。

最初写好的几篇拿给《新月》发表，而且还为他提供参考书，鼓励他多写。闻一多还审阅了书中收入的所有文章，书出版时，又亲自为它写序。另外，梁实秋、时昭沄也对本书的写作提出了修改意见。凌叔华为本书题写了封面。可以说，众多先生的热心培植，使得这本"学生的习作"最终问世。①

本书共涉及九位诗人，分别是梅士斐尔特（Mansefield, 1878—1967）、哈代（Thomas Hardy, 1840—1928）、白理基斯（Robert Bridges, 1844—1930）、郝思曼（A. E. Houseman, 1859—1939）、梅奈尔（Alice Meynell, 1850—1922）、白鲁克（Rupert Brooke, 1887—1915）、德拉梅尔（Walter De La Mare, 1873—1956）、夏芝（William Bulter Yeats, 1865—1939）、奈陀夫人（Sarojini Naidu, 1879—1949）。每位诗人单列一章，除做简要的生平介绍外，主要对其诗作进行艺术鉴赏和分析，并对诗人的创作特点进行归纳总结。从这些总结来看，著者对英国诗人是有自己的认识的。书中还全部直接引用英诗原文，显示出著者的英诗鉴赏水平。从书中对诗人生卒年的标记来看，部分诗人当时尚未作古，是名副其实的"现代诗人"。

本书的争议在于诗人的选择，除了收入英国本土的现代诗人，还收入一位印度的女诗人——奈陀夫人。著者认为奈陀夫人用英语写诗，受英国诗歌影响很大，而印度其时并未脱离英国统治。而且奈陀夫人的诗从质上来讲，与泰戈尔足以比肩。② 这当然是著者的一家之言。闻一多在序中表示同意并尊重著者对"现代诗人"的选择，不过也含蓄地指出，谈断代文学的通病，是容易夸大这一时代与以往时代的不同，而忽视其相同的地方。作为矫枉过正的文学史写法，有时也是不可避免的。③ 这个意见至今仍可做我们的参考。

如果说《现代英国诗人》主要研究诗人和诗歌，是"学生的习作"，李子温的《现代英国文学》则涉及多种文体，是"先生的讲义"。后者先是在当时国立北平师范大学主办的《师大月刊》（第 30 期，1936 年 10 月 30 日）上发表，又作为讲义抽印出来。目前能看到的只是一个注明"未完"的残本。这本小册子篇幅并不长，所谓"现代英国文学"是指 20 世纪初的英国文学。著者在绪论中认为这一时期英国文学受"一战"带来的"社会的不安"以及"科学，社会学和哲学"的影响，显得"乱无头绪"。书中（残本）按小说和

---

① 费鉴照：《现代英国诗人》自序，新月书店 1933 年版。
② 费鉴照：《现代英国诗人》，新月书店 1933 年版，第 2、197 页。
③ 费鉴照：《现代英国诗人》闻序，新月书店 1933 年版，第 6 页。

诗两种文体,分别介绍了 20 世纪初英国文学的代表作家和作品。在讲诗歌的时候,也收录了著者的部分译作。如叶芝的《湖中伊尼思菲岛》(*Lake Isle of Innisfree*)、罗素的《不知之神》(*The Unknown God*)等。从整体上看,作为"现代英国文学"的讲义,这本小册子是标准的断代史书写尝试。虽条理清晰,叙述清楚,但还是略显单薄,研究力度不足。

一个是"学生的习作",一个是"先生的讲义"。有意思的是,从学生到先生这个轨迹在方重身上统一起来。方重的《英国诗文研究集》作为一部含有多篇研究论文的专著,在民国时期是具有相当的分量的。书中收入的两篇文章《十八世纪的英国文学与中国》和《英国小品文的演进与艺术》涉及了文学史的书写问题。前一篇文章作者称是"读书时期的工作",实为他海外留学其间的博士论文核心部分,以材料丰富、考证翔实见长。作为研究中国文化文学影响外国的论文,此文早已引起了我国比较文学研究界的注意。如徐志啸的《中国比较文学简史》(1996)和王向远的《中国比较文学百年史》(2007)等比较文学学科史著作均对此文做出了较高评价。从英国文学史书写这个角度看,该文实际上涉及了"中国题材英国文学史"的书写。作者研究的内容集中在 18 世纪,并按照历史的逻辑线索,将英国文学对中国题材的利用,分为开端、全盛和衰落三个时期。方重的这种研究是比较文学实证研究的典范,对于今天扩充和丰富英国文学史的书写也有较高的借鉴意义。

方重海外学成归国后,30 年代曾在武汉大学外文系任教,主讲英国文学史、英诗、散文等课程。因此,作者称《英国小品文的演进与艺术》是"三四年来教学的成绩"。这篇文章谈小品文(Essay)在英国的演进和艺术,具有明显的历史逻辑,实际上是一篇具体而微的英国文学专题史。该文仍然发挥了扎实的文献功夫,显示了著者广博的学识。全文从小品文的起源讲起,涉及从 16 世纪到现代的多位英国小品文作家。从最后的结论,我们可略见该文风貌:

> 概括全文,英国小品文的演进大致可以分为四大时期:蒙旦、培根以至考莱可谓尝试期;然后由十七世纪的人物小品而进为十八世纪的期刊小品为一大正流,可谓第二时期;再由哥尔兹密司到兰姆、哈士列脱,可谓全盛时期,是小品文史上的最高顶;塞哥雷、司蒂文生直至林德为第四时期,继承前期名家,稳固已有的根基。至于英国小品文的艺术我们可以分列三点:其一,个人的、坦白的态度;其二,闲适的、恳切的

格调；其三，内容以日常的形态、意想，或各自的情感与经历为宜。而最真的小品文家所写的最美的小品文则以可爱的人格为主体，再由这人格流露出来的文调做作者与读者中间的媒介；所以不但作者的人格需要陶养才能不做无的放矢，并且读者的人格也需要相当的标准方能受益，方能再与作者的人格融合；我们不可看轻了小品文，因为研究英国的小品文史我们得到了这个有价值的教训，有意味的结论。[①]

小品文在中国现代文坛是一道独特的风景线。新文化运动以来，"散文小品的成功，几乎在小说戏曲和诗歌之上"[②]。英国小品文对中国小品文的创作有一定的示范意义。30年代，林语堂曾大力提倡以"闲适"和"性灵"为特征的小品文写作，并主办《人间世》《宇宙风》等小品文期刊加以实践。文坛上的"小品文论战"随之而起。

且不管中国文坛的这种风起云涌，单单在这种时代背景的映照下，方重这篇文章不能不说是"他山之石"，他得出的结论颇有点"意味深长"的味道。不但涉及小品文本身的文学特质，对作者和读者的审美鉴赏力也提出了较高的要求。最后强调"不可看轻了小品文"，多多少少也反映了当时的文坛之风和著者的态度取向。作为专题史书写的尝试，方重的两篇论文在写作体例上也较为规范，显示出作者受过西方良好的学术训练。每篇文后都有大量的注释解说，对于材料出处，也一一详细注明。第二篇文后还列出英国小品文代表作若干种，供读者参考。因此，从历史梳理和文献索引等方面来讲，这两篇文章时至今日仍具有重要的参考价值。

二、唯美派文学研究的双璧

作为系统介绍英国唯美主义的论著，滕固的《唯美派的文学》（1927）和萧石君的《世纪末英国新文艺运动》（1934）分别出版于20年代末和30年代初。这一时期唯美主义思潮因其具有个性解放的色彩，一登陆中国便受到中国作家、艺术家的热烈欢迎。王尔德的作品在新文学初期就几乎都有了中译本，中国文坛也一度受到英国唯美派的影响。1924年方光焘、滕固、滕刚和章克标、倪贻德等人创办了《狮吼》杂志，树立了"唯美派"大旗。1926年

[①] 方重：《英国诗文研究集》，商务印书馆1939年版，第130页。
[②] 鲁迅：《小品文的危机》，《鲁迅全集》第四卷，人民文学出版社1981年版，第574页。

邵洵美从欧洲回来,加入了《狮吼》,后来邵洵美在上海开金屋书店,又创办了《金屋月刊》(1929),成了中国"唯美派"的领衔人物。一时间上海形成了一个唯美颓废主义作家群。《创造周报》《新青年》《新潮》《小说月报》等刊物纷纷对佩特、前拉斐尔派、王尔德和比亚莱兹的文艺作品与文艺思想进行评介。

众多零散的介绍研究之后,滕固和萧石君的这两本著作因其选题的特殊性和系统性使得它们具有了文学史的特征。唯美主义作为19世纪末英国的一股文学思潮,自然与英国文学史息息相关,亟需从文学史角度对其做出概括和总结。这两本书就是中国研究者积极努力的见证。因此,我们把它们归纳到这一时期英国文学史的写作实践当中。作为研究英国唯美主义文学的史作,这部书实际上具有专题史和断代史研究的双重特征。它们以其较高的学术水准传之于世,堪称民国时期英国文学专题史的经典之作。

(一) 艺术与文学的结合:滕固《唯美派的文学》

滕固的《唯美派的文学》是我国第一部系统介绍唯美主义运动及其文学的专著。对于研究唯美主义者,至今仍是一本不可忽视的参考书。本书是著者受某校演讲之邀而作,实际上是一种"文学讲义"。其中很多认识得益于著者在日留学期间对英国唯美派文学产生的兴趣。邵洵美等人于本书的完成也起了推动作用。著者滕固是学美术出身的人,曾赴日本、德国等留学。他是中国现代美术史研究的奠基人,中国现代美术教育和艺术理论研究的先驱者。本书问世前不久,他发表了《中国美术小史》一书,至今仍为学界所推崇。后来还有《唐宋绘画史》《圆明园欧式宫殿残迹》《中国艺术论丛》等艺术史类专著。滕固早年便与文学结缘,他自幼就对中国古典文学和绘画潜心研习,在日留学期间曾与创造社的田汉、郭沫若等人交往。回国后又加入了文学研究会,发表文学作品。因此,著者是以一个美术家兼文学家的身份来写作这本书的。

《唯美派的文学》条理清晰,线索分明。它的最大特点是,作者并没有局限于一时一地的唯美主义文学本身,而是用历史的、发展的眼光去进行研究。书中联系18世纪英国诗人兼画家布莱克、19世纪诗人济慈等人,并结合整个欧洲大陆的艺术趋势,指出"唯美运动,远之是完成浪漫派的精神;近之是承应大陆象征派的呼声"[①]。可以说,滕固集美术史家和文学家于一身。这种

---

① 滕固:《唯美派的文学》小引,光华书局1927年版,第3页。

双重身份的特殊性决定了他论述文学时天然地具有了跨学科的眼光和意识。而英国唯美主义运动本身与美术界、艺术界千丝万缕的联系，也决定了滕固在当时是书写这一论题的最佳人选。艺术与文学的结合，成为本书最大的特色。早在1921年3月他发表《诗歌与绘画》一文时，就认为"诗歌与绘画换一句说就是文学与美术，也是二而一"[①]，初步显现了这种跨学科研究的萌芽。在《唯美派的文学》中这种观念更加突显。如讲勃莱克的诗歌，特别强调他作为画家的成就，认为他是近代文化史上介于米开朗琪罗（Michealangelo）与罗丹（Rodin）之间的一位巨人。提出了他为《神曲》《失乐园》《夜思》等文学作品作的插画"奇伟诡怪，隐有特异的热力，富有泼辣的肉感"，并进一步指出"他的艺术观，是象征的艺术观"。谈文学，兼及绘画乃至艺术观，避免了就事论事的孤立与片面，更全面地还原了历史的真面目。谈拉斐尔派也是联系绘画运动来讲，"他们在英国绘画史上的业绩，是一种开展自己的独创精神。从这运动的出现，不但旋转了画风，同时文学上也旋转了一种诗风"，并用"文起八代之衰"来形容这一派的意义。有时，作者甚至直接引用绘画史的材料，加入对绘画作品的艺术分析（如对罗塞蒂和彭琼孙绘画中女性特点的分析），来辅助论述作家兼画家的艺术特点。这些地方往往显示出著者的专业优势，能道外人所不能道。[②]

本书除了注重这种文学史上的外部联系，也特别重视文学文本的内在分析。书中多次引用作品本身（提供原文和译文，且译文精美），并做出了细致敏锐的艺术评论，显示了一个艺术家高超的鉴赏水平。如在讲济慈诗中的感觉美时，就细分为视觉、嗅觉、味觉、痛觉、冷觉、温觉等六种。每一种都有具体诗句佐证，可见著者对诗人作品研读之精细，洞察之深刻。著者还善于从单个的文学现象中总结规律，提升理论。例如，在分析济慈诗中的美时，将它分为四个阶段："在纯感觉中所见的美"，"在通彻想象的感觉中所见的美"，"从感觉跃进于超感觉中所见的美"，"持一切的感觉驱使尔利用其美，创造新的世界"，并结论说"后年英国唯美诗人所盘桓的道程，怕也不出乎这四者"。可以说，书中无论是论画还是论文，都能带给读者"唯美"的享受，使人受到双重的熏陶。

[①] 滕固：《诗歌与绘画》，载《美术》，第2卷第4号，1921年3月。
[②] 本节引文参见滕固：《唯美派的文学》，光华书局1927年版，第19—20、31、56、62、78、83等页。

无论是谈艺术还是谈文学,著者都显示出较为专业的学术水平,即便在今天看来也是不寻常的实力和修养。这也使得《唯美派的文学》不同于一般文学史著作,而是具有了艺术史和文学史的双重品格。如果考虑到本书的成书年代远在上个世纪 20 年代末,我们就更要为著者的这种研究实力表示钦佩了。

(二) 哲学的思辨:萧石君《世纪末英国新文艺运动》

如果说《唯美派的文学》以一个关键词介入历史,贯通古今,因而具有了文学史书写中"专题史"的特征。那么,与这个选题相似的《世纪末英国新文艺运动》则是一本更具断代史性质的专题文学史著作。《唯美派的文学》已经显示了论者对唯美主义不俗的认识和领会,七年之后问世的《世纪末英国新文艺运动》则把这种认识更加细化和深入,论述也更集中更有针对性。萧石君在出版此书前,发表过《世纪末英法文坛的关系》(《文艺月刊》1 卷 12 号,1930 年 9 月 15 日),《裴德的哲学思想与英国世纪末文学》(《华北日报》副刊,1930 年 11 月 24 日)等文章。这些文章大都充分占有了材料,今天看来,属于典型的比较文学影响研究,为专著的出版打下了基础。

全书重点论述了 19 世纪末英国文坛的唯美主义潮流,裴德等人对这一时期英国文坛的影响,对主要作家作品、流派和特色都有归纳和总结。著者认为,"世纪末英国文学呈出历史上未曾有的变动,在这时代所称的新文学大都还有异国(Alien)成分。这时代的作家却非无意识的盲目的向这方面进行,在某种程度上大半是有意识的不谋而合的希望新文学的建设。一种事实发生常有主要思潮作它的背景,文学也是一样。"① 可见,本书虽书名为"世纪末英国新文艺运动",即英国唯美主义运动,但著者并不局限于运动本身,而是触及唯美主义兴起的思想背景、理论根源和外来影响。这段话实际上也涵盖了本书的两个书写特点,一是重视外来文学(主要是法国文学)对英国文学的影响。二是注重探讨文学现象背后的思潮背景。这使得全书充满了哲学的思辨色彩。

绪论首先就是这种思路的实践对象,它结合历史事实、社会变迁、作家作品乃至学术发展,概述英国文学史上的文学潮流。著者深谙文学史上"否

---

① 萧石君:《世纪末英国新文艺运动》绪论,中华书局 1934 年版。

定之否定"的规律,着重谈文艺复兴对英国的影响,再谈"拟古典主义(德莱顿、蒲伯等人)"、"浪漫主义"、"乐天主义(丁尼生等人)",对各时代的文学潮流及特色均有准确的把握。文字流利老到,概括精炼有力,认识深刻到位,可以称得上一篇简略的英国文学思潮史。作者写道:

> 在世纪末的十年前后文坛风气大变。一部分敏感的青年既不满意于丁尼荪等乐天安命的文学,而因科学所破环的信仰一时无从建设,关于实际问题如社会主义、社会政策等又嚣然尘上,结果对于过去全人类的努力不得不发生根本的疑问。在这时候介绍外国文学之人甚多。这种风气倡自卡莱尔介绍德国文学和安诺德赞赏法国文化,而唯美派大师裴德亦致力阐扬希腊主义和意、德、法等国的文艺。裴德的思想和法国文学二者给英国世界末文坛的影响最大。①

接下来第一章,结合裴德《文艺复兴时代研究》和赛孟慈《文学上象征主义者的运动》②等论著深入讨论了裴德的哲学思想和文艺思想。指出裴德之所以将诗歌和艺术看做生活的最高理想,是与他悲剧性的生命观相联系的。裴德认为要获得生命的体验唯有依赖热情,热情的瞬间可以让我们从卑贱的现实中获得解放,"走进观照的世界",即创造出杰出的文艺作品。这些实际上正代表了唯美主义者的思想倾向。第四章"狄卡耽的意义"认为狄卡耽的风格是"变态的,病的,乖常的","狄卡耽的艺术非古典的,亦非浪漫的。如果古典派文学的特征是完整、匀称、健全。那么狄卡耽的文学是一种新奇美丽而有趣的病"。③这些归纳都是较为准确有力的。

总之,这两部著作延续了五四文学革命以来有过的"王尔德热",是英国唯美主义对中国文坛持久而深入影响的显著表征,代表了一段时期内我国学者对唯美主义研究和认识的最高水平。正如解志熙所说,这两部著作"在更具国际性的文学视野中对英国唯美主义文学作出了正本清源的叙说。这种深

---

① 萧石君:《世纪末英国新文艺运动》绪论,中华书局1934年版。
② 裴德即 Walter Pater(1839—1894),英国作家、艺术批评家,著有 *The Rennaissance* 一书。赛孟慈即 Arthur Symons(1865—1945),英国诗人、批评家,著有 "The Symbolist Movement in Literature" 一文。
③ "狄卡耽"即 decadent 的旧译。本节引文参见萧石君:《世纪末英国新文艺运动》,中华书局1934年版,第22、105、109页。

度和广度都是以往的介绍所无法比拟的。"① 从文学史的角度来讲，它们分别涉足了英国文学史专题史和断代史的写作，其光彩在同时期类似的英国文学史写作中也是极为闪耀的。

二三十年代既是中国文学史的书写高峰期，也是各种国别文学史大量涌现的时代。两位著者本身理论上并没有自觉的文学史写作意识，却都不约而同地融入了文学史写作这个时代潮流。但是就国别文学史而言，常常是介绍性的著作多于研究性的著作。中国学界尚处于对西方文学的初步学习阶段，介绍一般文学史知识的著作更能满足人们的阅读需要。这种现象也是与学术的发展规律相吻合的。这两本书却以其高水平的研究大大提高了国别文学史的书写层次。从这个角度来讲，这两部"文学史"著作也具有一定开创意义。它们第一次明确地从文学思潮、文艺潮流的角度，丰富了英国文学史的书写。相对于罗列文学史实的写作方法，这种从更高的角度来对文学史实进行提炼和概括的文学史著作，显然具有更长久的学术生命力。即使在今天，我们也需要更多这样的文学史，才能将文学研究推向前进。"文学史写作"与"研究写作"的合二为一，是否也意味着中国现代学术正在逐步构建自己的理论体系和话语方式，正在从模仿走向创造？如果说写作文学史的关键，在于掌握"带有近代特征的概念和术语"②，那么前文论述的各种英国文学通史在文学史的叙述语言上，确实一个比一个成熟了。到了滕固和萧石君这里，几乎看不到中国传统学术的痕迹。他们从框架到语言都遵循了西方的学术规范，内容的创新已初见端倪。

值得思考的是，民国时期英国文学史书写的第一个十年，与中国现代文学史上的第一个十年颇有对应关系。比如王靖开始写作第一本英国文学史的1917年，到滕固出版《唯美派文学》的1927年，差不多正是新文学创作的第一个十年。以后文学史写作和翻译的每一个十年又几乎都与新文学创作的历史分期相对应。如20年代是英国文学史写作的起步期，这一时期现代文坛开始对英国文学有比较深入的了解，中国的文学社团在对英国文学的译介中具有各自的审美倾向，如对唯美派文学的介绍伴随着文学创作中类似潮流的兴起。进入30年代，英国文学史的写作走向系统化和全面化，而对英国经典文

---

① 解志熙：《英国唯美主义文学在现代中国的传播》，载《外国文学评论》1998年第1期，第130页。
② 戴燕：《文学史的权力》，北京大学出版社2002年版，第26页。

学的推崇者闻一多、徐志摩、梁实秋、吴宓等人又大都在这一时期极为活跃。到了40年代,随着抗战的展开与深入,对世界反法西斯进步文学的重视,传统的英国文学史的写作逐渐边缘化。这或许不是偶然。正如查明建、谢天振先生所说:"中国文坛的译介实际上为20世纪的中国读者对英国文学的认识和文学价值的认同起到了导向作用。"① 同样,文学研究选题的形成与确定也与时代的创作倾向有一定的关系。从20世纪中外文学关系角度来看,如果了解这一时期包括英国文学史在内的各种国别文学史的输入与消化,我们将有可能更好地理解新文学创作中的世界性因素。

第三节 民国期刊中的英国文学史书写

前面讨论了民国时期作为单行本出版的英国文学史著作。事实上,民国时期的各种报纸杂志也承载了众多英国文学史的书写实践。由于期刊在现代中国具有迅速传播知识和启蒙民众的特殊意义,它们刊登的英国文学史研究文章和已出版的单行本一起,共同构成了民国时期我国英国文学研究的整体格局。本节将对民国期刊中涌现出来的英国文学史书实践写进行关照。我们的研究范围主要限于期刊中关于英国文学概论、概述,或介绍一时代之文学、或一种文体之演变等内容的文章。这一部分文章更具有"史"的逻辑与价值。对于单独的作家研究,则作为参照存而不论。

一、近现代英国文学研究热

作为介绍和研究英国文学史的重要园地,民国期刊中涌现了大量国人的研究之作。很多后来成为单行本的论著,都是先在期刊上发表的。除了我们前文介绍过的李子温的《现代英国文学》,费鉴照的《现代英国诗人》等著作,郑振铎的名著《文学大纲》中的《十七世纪的英国文学》和《十八世纪的英国文学》两章,也作为单篇在《小说月报》上发表过。

在国人对英国文学史的介绍研究中,近现代英国文学成为期刊关注的重点。这方面的代表文章有《近代英国文学概观》(愈之著,《东方杂志》18卷

---

① 查明建、谢天振主编:《中国现代翻译文学史(1898—1949)》,上海外语教育出版社2004年版,第257页。

2号，1921年1月25日）、《最近之英国文学》（化鲁著，《东方杂志》19卷20号，1922年10月25日）、《近三十年英国文学》（苇丛芜著，《现代文学》1卷5期，1930年11月）、《现代英国文学之趋势》（于佑虞著，《文艺月报》1卷3期，1934年12月1日）、《今代英国文学鸟瞰》（费鉴照著，《文艺月刊》5卷1期，1934年1月1日）、《战后英国文学》（林白著，《清华周刊》43卷11期，1935年8月27日）等。

从20年代起，中国知识分子倾心于同时代的西方文学的原因就在于其反映了现代意识。30年代至抗战爆发前研究英国现代文学的文章大量涌现，成为这时期的一个特色。茅盾就在《小说月报》上撰文主张"介绍西洋文学的目的，一半是欲介绍他们的文学艺术，一半也为的是欲介绍世界的现代思想"①。他强调多介绍"新派小说"，其中就包括了英国作家萧伯纳、高尔斯华绥和威尔斯的作品。可见，现代意识的诉求和国内的研究导向对英国现代文学的介绍起到了推动作用。以上提到的关于英国现代文学的文章，总的特点是对一个时代的文学做出整体性描述，不局限于某种文体，具有较强的时代感、总结性或预见性。下面，我们以1934年年初和年末出现的两篇文章为例略作说明。一篇是费鉴照的《今代英国文学鸟瞰》；一篇是于佑虞的《现代英国文学之趋势》。

费鉴照的《今代英国文学鸟瞰》在书写上显示出对于"当代文学史"书写的困惑与思考，透露出一种警醒的批判态度。文章认为这个题目的书写有两种困难：首先，20世纪是一个复杂的时代，文学固然是时代的反映，但对于"站在时代以上"的作家，这样评判就不公允了。其次，今代的作家大多还在继续创作。在艺术与思想仍处于变化的时候，很难下肯定的断语。鉴于这种困难，作者按照作品内容、文体形式、文学趋向等多种归类方式，以期待对英国现代文学做出较为全面的概括。如作品内容，按"帝国主义""传统主义""社会主义"这样的名目分类；文体形式又以小说、戏剧、诗歌来分；文学趋向又分为"要从人们心灵的混乱里造出秩序来"的文学和"要渡过混乱与变动来寻觅新的途径"的文学两种。可以看到，作者对多元标准的尝试和努力，只不过在一篇文章里，试图用这么多分类标准，涵盖英国现代文学的全部内容，还是有些勉强和混乱。但是，文章的一些观点颇具预见性，指

---

① 茅盾：《新文学研究者的责任与努力》，载《小说月报》第12卷第2号，书目文献出版社1981年影印版。

出以劳伦斯、乔伊斯和伍尔夫为代表的作家,"从历史的立场说这般作家开辟一条新途径,创造一个新形式,无论我们现在对他们的意见如何,他们在文学史上一定会得到相当的地位的。"这话可谓掷地有声,不但看到了劳伦斯等现代主义作家的独特价值,也对他们最终进入文学史做出了准确的预言。费鉴照的著述前文已有论述。这篇文章写于他的《现代英国诗人》出版之后,从中可以明显看出其观点的成熟与进步。

与这篇文章论述对象相似的《现代英国文学之趋势》,是作者于佑虞在日本东京所写,后发表在国内著名的文艺刊物《文学月报》上。这是一篇颇有研究深度的论文,主要对"一战"前后英国文学的发展趋向,各种文学思潮的来源,以及具体的代表作家做出了分析和评判。文章认为:"文学是沿着时代思潮的轨道往前进的,时代如有了变迁,文学是不得不跟着转变,所以,一时代有一时代的特色。"英国文学以大战为界,战前是社会的写实主义时代,战后是新浪漫主义与理智主义的运动。对于英国现代文学思潮的来源,文章归纳出"精神分析学的盛行""性道德的变迁""美术思潮的影响""外国文学的先例"等四方面原因。这些角度可谓视野开阔、思维发散。特别是后两点原因的分析,显示出作者广博的知识背景。文章最后说:"现代文学的趋向,是由外部移向内部,轻客观而重主观,在文学形式上,描写手法上都与前世纪截然不同,打破已往的定型,揭弃了陈旧的观念,大胆地赤裸裸地描写着心的深处,发掘着社会的根底,人情的源泉,毫无顾忌地透露出兽欲的变态活动。"这个结论显示出作者敏锐的文艺感受力,较为准确地说出了现代文学的特征。文章最后还不惜篇幅,用英文详细列出了20余位英国现代作家的代表作,使得此文更具"文学史"的文献价值了。

二、英国文学诗歌史与思潮史研究

在专题史的研究文章方面,国人的主要关注点在诗歌和思潮上。诗歌研究方面的主要文章有《谈英国诗歌》(梁遇春著,《现代文学》创刊号,1930)、《现代英国诗歌鸟瞰》(海燕著,《益世报》,1934年8月15日)等;思潮研究方面主要文章有《现代英国文艺思潮概观》(刘大杰著,《现代学生》1卷1期,1930年10月)、《英国文学思潮》(高昌南著,《读书顾问》创刊号,1934年4月)等。其他尚有几篇关于散文、戏剧等方面的文章。如《英国现代四位散文作家(刘卡司、林罗伯、赫胥黎、普利斯特利)》(I. E. 著,

《南大半月刊》8、9期)、《英国现代戏剧》(石质译,《益世报》,1932年12月)等。下面我们选取梁遇春的《谈英国诗歌》和刘大杰的《现代英国文艺思潮概观》为例,分析这一时期诗歌史和思潮史研究的得失。

梁遇春的《谈英国诗歌》发表在《现代文学》的创刊号上,是一篇约两万字的长文。文章分六小节,讲述了从英国古代的民歌到近代的诗歌,可以算是一篇英国诗歌小史。作者将英国诗歌的源头追溯到古代民歌,指出其特色,并介绍了国外关于民歌的选本。但文中并未提及英国古民歌的代表作品,多少令读者有种雾里看花的感觉。对于"伊利莎白时代的诗歌",作者尤为推崇其抒情诗,称其"可口""清新""天真流露","好似我们的《古诗十九首》"。作者对这一时代的诗人各给出百余字简要介绍,侧重其创作特色,但限于字数,只能明其大概。"十八世纪诗歌"和"十九世纪诗歌"是该文介绍的重点,不仅点评主要诗人的创作特色,还对时代的诗歌潮流做出了分析。这一部分在民国时期我国曾有大量译介,在普通读者的英国文学知识系统中占据重要地位。对于近代英国诗歌,作者只列举了数人略作介绍。

全文按照历史的逻辑来描述英国诗歌,从中可略观英国诗歌发展之风貌,个中点评也折射出作者独特的品位和情趣。但若从文学史的角度看,它并不能称的上是一篇较好的史论文字。如,对各时代诗人有时缺乏提炼和筛选,乔叟这样的大诗人居然不在谈论之列,斯宾塞和莎士比亚也只是略谈。况且,谈论诗歌没有具体的作品分析做辅助,单对诗人作简介,很难使读者对英国诗歌的流变和艺术有更深入的了解。文章似乎止于就事论事,虽然花了这么大的篇幅力图囊括古今,但没有得出什么有意义的结论,也很难说有什么明确的文学史观。这些情况说明英国诗歌史在这一时期的书写还是极不成熟的。

相对于不成气候的英国诗歌史书写,对英国文艺思潮的研究更为引人注目。

刘大杰的《现代英国文艺思潮概观》指出"一战"以后英国文坛的三种不同倾向"社会主义""反社会主义""精神分析学",并指出了在每种倾向下的代表作家。如谈高尔斯华绥,"他个人虽是同情于社会主义,但是在他的作品里,并没有把这种思想露骨地表现出来。掩盖着他这种思想的,是一种温情的艺术的芳香。"谈作者最喜爱的赫胥黎,"他们这般人,都是不能完全信仰新的社会理想,而又不能满足布尔乔亚的生活,于是乎不得不藉精神分析学之力,去解开人间精神的永远的谜,在这理解上,见出新的生活的基础来。"赫胥黎被作者誉为"马克斯和佛洛特的结合"。作者所说的"反社会主义的倾向"是指"通俗的倾向",写实小说、大众小说、侦探小说都在这个范围内,介绍了当时畅销的一些英国文学作品。作者还特别指出,由于美国廉价电影的影响,演社会问题的小剧团,势力其实很小。这些情况为我们了解当时英国文学状况提供了史料。

总体来说,本文的质量是较高的,显示了作者对英国现代文学较为深入的理解和理论概括力。刘大杰属于"五四"运动以后成长起来的一代学者,他的《中国文学发展史》奠定了其在中国现代学术史上的地位。20世纪20年代末,他曾留学日本,学习欧洲文学,导师小铃寅二是英国和德国文学专家。这段经历对他的学术生涯产生了重要影响。他学会了日文和英文,不但具备了阅读和翻译外国文学作品的能力,还积极展开了相关研究。这使得他在日后从事中国古典文学研究时拥有了较为强大和丰厚的知识基础。[①]

高昌南的《英国文学思潮》也是思潮类研究的一篇较有特色的文章。这篇文章把从古至今的英国文学思潮分为七个部分,分别是"文艺复兴以前的英国的文学""文艺复兴""清教主义""唯觉主义""古典主义""浪漫主义""真理主义"。作者对各种文学思潮的演变与传承作出了较为深入的描述,对文学史"反动之反动"的规律也有较为清醒的认识,这实际上也是进化论在文学史中的一种表现:

> 文艺复兴是中世纪长时间睡眠后的醒觉,至此才如狂风暴雨,火山喷裂,无可阻止。这时人心之奔放,情感之澎湃,思想之自由,早把几年前的道德观念全都沦亡,人类惟求现世的快乐和生之喜悦。在这种绝对主义的作风下,清教主义就自然应运而生了……古典主义为了冷的理智,压没了热的感情,为了形式,忽略了内容,单单用心于不违希腊拉丁时代的法则与标准,专从模仿,个性的表现,既没有活泼的力,有没有人类灵魂上的自觉。因此僵式的古典主义,大家都渐渐的感到枯燥无味,于是浪漫运动就起来推翻古典主义以自代……可是因为浪漫主义过于奔放,过于热情,过于自由,过于幻想,结果就过于荒唐无稽,忽视

[①] 董乃斌:《刘大杰文学史研究的成就和教训》,见陈平原主编:《中国文学研究现代化进程二编》,北京大学出版社2002年版,第254—255页。

人生的现实,追逐轻薄的空想。这与英国国民性相背驰。三人一死,浪漫主义一落千丈,科学进步兴起。①

可以看到,作者把文学潮流与英国国民性结合了起来,这似乎是他把握英国文学的一个钥匙。基于此,丁尼生、白朗宁等人被归为"真理主义",因其"以思想家的态度来做诗","本来是最合英国人的胃口的"。王尔德等"一般人跑进象牙塔,与现实社会分离,做他那为艺术而艺术的好梦","根本违反英国人的本性"。作为一篇介绍从古至今英国文学思潮的文章,本文的结论显得较为薄弱,单以英国现代文学的趋势代之,称其"没有鲜明的旗性,动人的口号",只是"五花八门,各尽其极"。这与事实不尽相符,表明作者对距离自身时代较近的文学现象还未提炼出有高度的结论。因此,堂而皇之放在"结论"部分,使本文有点虎头蛇尾,限制了全文的深度。

---

① 高昌南:《英国文学思潮》,载《读书顾问》创刊号,1934年4月,第21—24页。

第三章 作为学术译著的"英国文学史"书写

民国时期是翻译文学大发展的时期,英国文学的翻译也是蔚为大观。这一点已经成为学界的一个共识。翻译文学研究、翻译史研究近年来从理论到实践都取得了许多重要成果。但是,翻译的外国文学史的价值和意义却并未引起太多人的注意和重视。难道它们不是翻译史的一部分?学术译著在中国近现代史上曾起过至关重要的作用。它们参与了现代中国学术史的构成,这从严复翻译《天演论》就已经开始了。外国文学史的翻译应和了各种西方文学思潮在中国的演化和西方文学作品在中国的传播,对于中国文学的发展也起了刺激作用,因此它们也是值得总结的。基于此,本章将关注作为民国时期一种特殊书写形态的英国文学史译著。

民国时期,我国的英国文学学者和翻译家,十分注意翻译异域的"英国文学史"。由于语言和文化的优势,英语世界的英国文学史书写,受到了特别的重视。从上文"出版情况表"可以看出,此间翻译的大部分英国文学史类著作都是英美人原著,个别有转自其他国家的翻译,翻译家也多是有建树的研究者。由于传播知识的需要和现实情况的限制,民国时期的英国文学史翻译也存在着编译、译述等情况。这当然是学术初建时期的表征。但也正因为此,使它们具有了特殊的研究价值。根据译著的体例和内容,我们大致按照"英国文学通史翻译"和"断代史及专题史的翻译"这个顺序展开论述,并适当对民国期刊中出现的英国文学史类译文进行关注。

第一节 英国文学通史翻译的"欧风美雨"

英国文学通史,需要梳理英国文学从古至今的作家作品,它涉及的内容多,范围广,书写的难度也大。在中国的英国文学研究刚刚起步的阶段,翻译一本翔实可靠的文学通史,是了解英国文学全貌的最便利途径。这方面的译介,早在 1926 年,就有孙俍工根据日本人多惠文雄所编的《世界二百文豪》译出的《世界文学家列传》。其中的英国文学部分收入了从莎士比亚开始到近现代的英国文学作家 20 人,并对他们的生平和创作做出了简介。这是继 1908 年商务印书馆响应英国传教士李提摩太的倡议出版译著《世界名人传略》之后又一部较为专门的工具书。1934 年张越瑞编译的《英美文学概观》前半部分也对英国文学从古至今的发展做了简略介绍。这两本书都不是严格意义上的文学通史著作,分量有限。真正的英国文学通史的翻译,20 年代、30 年代和 40 年代分别出现过一本。它们的著译者分别是欧阳兰(1927)、林惠元(1930)和柳无忌(1947)。

一、"最适宜于初学":欧阳兰的《英国文学史》

欧阳兰[①]的《英国文学史》是民国时期最先翻译过来的英国文学通史。全书约 10 万余言,书中附有英国文学家肖像十五幅。封面题名出自梁启超。20 年代著者在河北大学讲授"英国文学史",依据的教本是"何威士之英国文学"。这本书主要就是根据该教本编译而来的。经过查证,原著为艾比·豪斯

---

① 欧阳兰,生卒年不详,江西人,曾就读北大。20 年代与人在北平组织蔷薇社,出版过诗集《夜莺》,后在北平的《晨报副刊》、《京报副刊·妇女周刊》任职。他曾以"琴心"的笔名发表文学作品,但因有内容曾抄自外国文学,因而遭到了鲁迅的批判。鲁迅著作集中曾多次提到"琴心问题",参见《华盖集·并非闲话》、《集外集拾遗·通讯》、《集外集·杂语》等文章。另可参见房向东编著《鲁迅和他"骂"过的人》(上海书店出版社 1996 年版)第 311—312 页。后欧阳兰将编辑权交给石评梅、陆晶清等人,蔷薇社的编辑部转至北平师范大学。欧阳兰在 20 年代还曾与徐志摩有书信往来,涉及罗素的幼儿教育观念及新文学的文字文体等内容。可谓一时之间"风头正劲"。参见韩石山编《徐志摩书信集》(天津人民出版社 2006 年版)以及赵遐秋等编《徐志摩全集》第 4 卷散文集下(广西民族出版社 1991 年版)。

(Abby Howes)所写的《英国文学入门》(*A Primer of English Literature*)。原书初版于 1903 年,后于 1908 年、1909 年、1924 年多次再版,是当时较为流行也较为可靠的本子。除此之外,编译者还参考了威廉·朗(William J. Long)和斯托普福德·布鲁克(Stopford A. Brooke)等人的相关文学史著作。下面是两书的目录对照表:

两书目录对照表	
Howes 原书目录	欧阳兰编译目录
Chapter I The Early Literature of Great Britain	第一章 英国古代的文学
Chapter II From the Conquest to Chaucer (1066—1300)	第二章 诺曼征服后的英国文学
Chapter III The Age of Chaucer, the Fourteeth Century	第三章 十四世纪英国文学
Chapter IV From Chaucer (1400) to the Reign of Elizabeth (1558)	第四章 文艺复兴时代英国文学
Chapter V The Age of Elizabeth (1558—1637)	第五章 意利沙白时代文学
Chapter VI The Puritan Age	第六章 清净教徒时代文学
Chapter VII From the Restoration to the Death of Pope (1660—1744)	第七章 王政复古时代文学
Chapter VIII The Age of Dr. Johnson (1745—1784)	第八章 约翰生时代文学
Chapter IX The Age of Revolution (1784—1832)	第九章 浪漫主义时代文学
Chapter X The Modern Period (1832—)	第十章 维多利亚时代文学
	第十一章 英国现代的文学

从上表可见,欧阳兰基本遵循了豪斯(Howes)原书的章节安排,只是到了近代部分,又细分为"浪漫主义时代文学""维多利亚时代文学""英国现代的文学"三部分。由于原著出版于 20 世纪初,时代局限使得原著者对近现代英国文学的整体认识与我们今天对英国文学史的一般理解也有一定的偏差。比如,原著者所言 The Modern Period 以 1832 年英国议会改革为起点。到了 20 世纪 20 年代,这种认识当然已不完全符合文学史家心目中的"现代时期"了。这是原著的历史局限。编译者正是看到了这一点,认为有必要对 20 世纪以来的英国现代文学进行补充介绍。因此,这三章没有囿于原著,而是按照编译者所理解的更为"先进"的文学史理念重新划分编排。英国的浪漫主义时代文学以诗歌最盛,维多利亚时代文学则以小说的巨大成就辉照后

世。它们依托于不同的社会历史背景,具有各自鲜明的特色。将它们分别作为一个章节的题目,显然,编译者认为这样的编排更为醒目,也更符合英国文学的发展史实。

这种处理也应和了当时国内对英国文学的认知情况。近代以来的英国文学,特别是充满革命精神的浪漫主义文学,在晚清至民国期间译介最多,影响也最大。分章介绍更有利于突出重点,强化印象。编译者认为,自维多利亚女王逝世后,"在最近这二十几年中,英国文坛,又已开放了几朵美丽的文艺之花"[①],其影响早已传遍全欧洲,因此也需专辟一章。这本文学史是面向中国一般读者的,提供较为全面的文学史知识自然成为编译者首先要考虑的事情。原著和译著这个差别,表明翻译者并没有照抄照搬,而是依据时代的需要,对文学史做出了重新的编排与调整。

在每一章具体行文上,除翻译原书正文,还保留了原著各章最后列出的参考书。为方便中国读者,译者还在每章开头撰写一段该时期社会文学发展背景的简介。根据 Howes 原书的序言,原书主要为初学者提供关于英国文学的系统而简明的知识。在篇幅上既不过于简略,也避免过于庞大。因此,作为一本英国文学的入门书,原书"最适宜于初学",可见欧阳兰的选择还是非常合适的。20 年代,欧阳兰有感于当时"此项译著,在国内尚形缺乏,多数嗜好英国文学之青年,均苦无相当之中文史书",故选择此书编译出版。因此,这本书在当时还具有填补此方面译著空白的意义。全书行文也保持了原书语言浅易、叙述简明的格调。书中在引文的使用上,采取了统一的标准:"凡目的在显示原文之文体及风格者,则注重原文之引证,而以译文附之;但目的如在显示作者之思想,或感情者,则原文之引否,似无关重要,故只单录译文,以节篇幅。"这个办法在当时来说虽为权益之计,但却行之有效。

值得注意的是,全书有自序一篇,曾发表在当时的《世界日报》上(1927 年 12 月 19 日),阐述了编译者对英国文学的总体认识,亦可作为理解此书的一个入口。这篇序言从英国文学不同于欧洲大陆文学的原因谈起,认为岛国地理环境决定了英国国民性与欧洲大陆的差异,这一点又导致了文学的差异。英国国民有"不刚不柔,不强不弱,刚中带柔,柔中带刚"的"中和的气质"。英国文学在世界文学上的特色也在于既拥有"热烈的情绪"而又"不失其严正的态度","既有沉痛的调子","又不脱其滑稽讽刺的风味",保

---

① 欧阳兰:《英国文学史》,京师大学文科出版部 1927 年版,第 181 页。

持了"中和的气质"。至于"英国文学史"的"职能",欧阳兰认为,就在于从散漫的文学里,找出一条线索,找出各时代各个人文学的特质。①

国民性与文学特色之间的关系在民国期间的多种文学史著作中都有涉及,这是当时文艺界的一个重要话题。早在 1908 年 2 月,鲁迅发表的《摩罗诗力说》一文中就谈到国民性的不同导致作家的创作有所差异。1921 年以后,沈雁冰主导的《小说月报》作为介绍外国文学的主要期刊之一,明确表示"同人等深认一国之文艺为一国国民性之反映,亦惟能表现国民性之文艺能有真价值,能在世界文学中占一席地"②。这样看来,欧阳兰在论述英国文学时,不但谈到了英国国民性的特征,而且将这种特征形成的原因归结到地理环境上面,体现了鲜明的时代特征。

联系当时的文化背景和学术风气,我们发现这绝非偶然。从序言最后提到的"梁任公先生在病中给我题书面字,这种情谊,我也非常感谢的"③ 数语,可知作者与梁启超是有直接交往的。梁启超是从文化地理学角度研究文学的热心倡导者和实践者。他的《地理与文明之关系》一文就征引英国学者洛克的论点,称"地理与历史之关系,一如肉体之于精神。有健全之肉体,然后活泼之精神生焉;有适宜之地理,然后文明之历史出焉"④。著名的《论中国学术思想变迁之大势》一文则以南北介分学派,论证不同地域的自然环境,如何造成了南北两派迥然不同的学术品格。类似的论著还有《近代学风之地理的分布》、《中国地理大势论》等。可见梁启超对从文化地理角度研究文学深以为然。有意思的是,梁启超早年的政敌刘师培在《南北文学不同论》中也持相似观点。可见,以地理论民族人格乃至文学,实属时人共同的问题意识。

欧阳兰写作此序时已是 1927 年,梁启超众多传世之作也已悉数登场,我们有理由相信欧阳兰受到了这种从这种文化地理视角论文学的学术风气的影响。甚至可以说,经过梁启超们的一再弘扬,这个文化地理的角度早已成为一种学人论学的常见模式,乃至不仅中国文学论者持此论,就连英国文学论者亦津津乐道。欧阳兰的这种论述思维可以说远承泰纳的文学史论,近接近

---

① 欧阳兰:《英国文学史》例言,京师大学文科出版部 1927 年版,第 2 页。
② 《小说月报》之《改革宣言》,见《小说月报》第 12 卷第 1 号,1921 年 1 月 10 日。
③ 欧阳兰:《英国文学史》例言,京师大学文科出版社 1927 年版,第 3 页。
④ 梁启超:《地理与文明之关系》,见《东方杂志》1913 年第 8 号。

现代以来中国学界的文化地理学思考。我们要批判地看待的是，虽然地理环境决定论不能解释所有的文学现象，但从地理环境入手，分析民族的差异，从而找出文学的差异，亦有其自身的学术价值。现今的文学史写作，似乎少了这一点。

二、"双林联手"的《英国文学史》

欧阳兰编译的《英国文学史》适用于初学者，无独有偶，同类著作很快就出现了。1930年1月，英国德尔梅原著，林惠元[①]翻译，林语堂校对的《英国文学史》作为上海北新书局"世界文学史丛书"的一种问世。同年3月就有再版。林惠元是林语堂的侄儿，备受林语堂等前辈的器重与培养。校对者林语堂我们都不陌生，这里不赘述。以林语堂的英国文学素养来看，这本书也是经过了严格的校对的。因此，这本"双林联手"的译著在翻译上称得上"忠实"二字。译者依据的原本乃是弗雷德里克·德尔梅（Frederic Delmer）[②] 所著《英国文学：从贝奥伍甫到萧伯纳》（*English Literature from Beowulf to Bernard Shaw*）。原书初版于1913年，针对的读者多为各种类型的在校学生，因此也具有教科书的性质。

作为一本译著，本书基本以政治时代来划分文学时代，重要历史时期的文学成就有时分几章单独介绍。每一章又分为若干小节，每个小节论述或说明一个小题目。每一大章最后都有"撮要"，总结本章内容。多数章节后还列

[①] 林惠元（1905—1933），福建龙溪人，出生于一个基督教徒家庭。叔父林玉霖、林和清、林语堂、林幽等都是知名的学者、教授、作家。特别是其五叔林语堂对他极为赏识，自林惠元高中毕业，就将其带在身边，精心培养。林惠元由此得以和上海的文坛名人接触，与鲁迅、郁达夫等作家都有交流，受到了良好的文化熏陶，成长为一个充满爱国热情的文学青年。曾向《北新》、《语丝》等刊物投稿，也曾以"若狂"为笔名出版诗集，备受当时的文坛前辈器重。抗战前林惠元回到福建，组织开展反帝爱国斗争。1933年5月18日，因宣传抗日，查抄日货，拒绝军阀的行贿说情，被诬以"通匪"罪名，惨遭杀害。同年6月2日，蔡元培、宋庆龄、鲁迅等人联名发表《为林惠元惨案平冤宣言》要求严惩凶手，但终因军阀内部矛盾重重，不了了之。参见陈方、黄夏莹主编《闽南现代史人物录》（中国华侨出版社1992年版）第124—125页，《漳州文史资料》第21、23辑相关文章，以及鲁迅《鲁迅日记》第二册（人民文学出版社2006年版）第130页等处。

[②] 弗雷德里克·德尔梅（Frederic Delmer，1865—1936），出生于澳大利亚，是柏林大学（Berlin University）的英国文学教授，因此，封面著者题名才会有"Professor F. Sefton Delmer"的称呼。

出一个文学年表,将重要的政治事件和文学事件与西历对照。在第二十章后,附有"各杰作的分析",列出从古代到近代英国文学的主要文学作品,介绍它们的主要内容及对它们的文学批评等内容。或可以称之为"英国文学名著快读"。本附录内容可以与正文论述相结合,加深读者的印象。

本书尤为重视文学形式的讨论,如第二十章专门讨论现代英国的诗律。书的最后,还列有"有关于英国文学的英国历史大事表",时间从"纪元前 Julius Caesar 侵略不列颠"截止到"1911 年南非洲的移民联合而成南非洲合众国"(Union of South Africa)。译著中多处有注。有些人名、地名和书名不加翻译,而直接采用原文。应该说,在译名不统一的时代,采用原文名称反而是一种清楚简明的手段。"美国及殖民地文学"被列在"英国文学史"之后,甚至在历史大事表中,将发现美洲这样的事迹也列上。这些也说明,美国文学的独立价值尚未完全被认识。总的来说,原著以史料详尽、条理清晰取胜的特色在译作中得到了忠实体现。

三、作为"部定大学用书"之《英国文学史》

英国文学通史在民国期间的翻译到了 40 年代又有显著进步。20 年代欧阳兰的译著和 30 年代林惠元的译著作为英国文学研究者的入门读物,特点在于条理清晰、叙述简明,介绍性的成分占了较大比重。到了 40 年代,一本旨在为大学英文系学子提供参考的英国文学通史出现了。这就是由当时的国立编译馆出版,经国民政府教育部审定的《英国文学史》。这本文学史原著者为"莫逖、勒樊脱",译者为柳无忌和曹鸿昭。这本书的翻译绝非偶然,而是出于现实的需要。随着中英文化交流的深入,英国文学作品在我国译介的不断增多,也由于高等教育中英国文学学科的进一步发展,之前译介的英国文学通史,包括国人自己的几部英国文学史,已经不能满足人们的需求。然而,由于资料等各方面的限制,"要博览群书,能从头绪纷繁的英国文学史料中找出一个线索,作一个系统的叙述,适合的评介,实在是一件艰巨的事情"①。在这种情况下,我国的英国文学学者"避重就轻",选择了文学史的翻译。

主要译者柳无忌(1907—2002),江苏吴江人。出身于柳亚子先生的书香世家。十岁时就加入了柳亚子组织的"南社"。早年在圣约翰中学及大学学

---

① 莫逖、勒樊脱:《英国文学史》译者序,柳无忌等译,国立编译馆 1936 年版,第 1 页。

习,后入清华,师从朱自清。1927年公费留美,攻读西洋文学。回国后,30年代曾任南开大学英文系主任,主讲"西洋文学入门"和"文学名著选读"等课程。南开的英文系在柳无忌的主持下获得了较大的发展。抗战时期,南开随北大清华转入内地,三校组成西南联大。柳无忌遂在西南联大、重庆中央大学任教,讲授的正是"英国文学史"等课程。在译本出版前一年,柳无忌曾出版过一本《西洋文学研究》的小册子,所收文章10余篇,多处涉及英国文学史论,显示出较高的英国文学修养。而这本书的翻译从民国二十三年(1934)译者还在南开时就开始酝酿,"中间因为战事的延阻,至民国三十年初(1941)初稿始告完成"。1947年该书出版时,南开已经复员,从开始翻译到成书竟长达十几年之久。可见其诞生之艰难与译者的矢志不渝。

从译序中可知,这本书的译稿得到了当时多位英国文学专家的校阅,包括昆明英语专修学校校长水天同先生,四川大学外文系主任罗念生先生,暨南大学外文系主任陈麟瑞先生,以及中央大学外文系主任范存忠先生。酝酿多年,再加上专家把关,使得这部书的翻译水平和学术质量得到了较好的保证。

本书依据的原本为威廉·沃恩·穆迪(William Vaughn Moody)和罗伯特·莫尔斯·洛维特(Robert Morss Lovett)合著的《英国文学史》(*A History of English Literature*)增订版,出版于1930年。威廉·沃恩·穆迪(1869—1910)是美国剧作家、诗人。早年就读于哈佛大学,并编辑过《哈佛月刊》(*Harvard Monthly*)。后在哈佛大学英语系做过助教,并在芝加哥大学做过英语和修辞学的助教。罗伯特·莫尔斯·洛维特(1870—1956)是美国学者、作家及政治活动家。毕业于哈佛大学,并先后在哈佛大学、芝加哥大学任教。他在芝加哥大学讲授英国文学,从助教一直做到全职教授。穆迪和洛维特就英国文学史的研究有过多次密切的合作。1910年穆迪去世后,洛维特是其遗稿的主要修订者。原书的编写理念强调文学史应刺激学生去接触文本,而不是强加各种批评意见,因此以启发性、提示性见长。原书在英美的大学讲堂广为流传,后经多次修订,直到六七十年代仍有再版。

民国时期,我国各大学如南开大学、西南联大、中央大学等广泛采用这个原本做英国文学的教本。可以说原书在教学方面,经过实践的检验,取得了良好的效果。译者认为原书的优点主要有以下几方面:(1)"文笔老练而流利";(2)"批评成熟而有启发的效能","有许多章作者都能引人入胜,使读者由于史实的介绍,而对作品本身发生兴趣";(3)"内容清晰扼要",材料的取舍能恰到好处。这种特点,使得它"最适合我们的需要和我们所选的标准",因此译者才将此书译出。对于原书的缺点,译者也有很清楚的认识:"较逊的是最后一章,因作时与其所写得对象距离太近,不能采取一种历史的透视法,以致稍嫌庞杂琐碎"。① 全书译文以直译为主,今天读来稍显生涩。但这些特点的归纳和总结显示出我国学者已经拥有鉴别高水平学术著作的眼光。

从选择到翻译、再到审查与出版,这部英国文学史的艰难诞生反映了我国英国文学学科的发展和成熟。它的参考价值与研究价值也因此大大提升。但时隔多年,穆迪与洛维特的原书既没有新的中文译本问世,柳无忌等人的译本亦未有重印,这不能不说是我国英美文学界的一件憾事。

遗憾的事不止于此。30 年代,林疑今(1913—1992)曾翻译出版过斯托普福德·A. 布鲁克(Stopford A. Brooke)的《英国文学入门》(*English Literature Primer*)一书,但现已难觅其踪。他为本书所写的《英国文学史大纲序》还发表在林语堂主编的《人间世》(1935 年 4 月 20 日)上。林疑今是林语堂的侄子,也是林语堂最器重的后辈之一。加上前文提到的林惠元,林氏一个家族,至少有三位成员都涉足过英国文学史的书写,这也算得上一个传奇了。林疑今早年毕业于上海圣约翰大学,后赴哥伦比亚大学专攻英美文学。从 30 年代就开始翻译介绍英美文学,知名译作有海明威的《永别了,武器》等。解放后一直在厦门大学任教,是我国著名的翻译家、作家和英美文学学者。这篇序言指出现代中国文学受到了英国文学的巨大影响,如老舍的小说、徐志摩的诗、梁遇春的散文等。文章显示出,作者对国外重要英国文学史家的论著是较为熟悉的,对布鲁克、圣斯伯瑞(Saintsbury)、高斯(Gosse)、勒古伊(Legouis)、卡扎米安(Cazamian)等人的主要学术强项如数家珍。想来他翻译的这本《英国文学史大纲》应该在民国期间的英国文学史翻译园地里占有一席之地。

第二节 英国文学断代史、专题史的翻译

这一时期英国文学的断代史和专题史翻译较之文学通史的翻译要繁荣许

---

① 莫迪、勒樊脱著:《英国文学史》译者序,柳无忌等译,国立编译馆 1936 年版,第 2 页。

多，林林总总有近十种左右。在断代史方面，以韦丛芜翻译英国文学史家葛斯的著作最为突出；在专题史方面，则以小说史的翻译成果最多。

一、韦丛芜与英国文学断代史的翻译

韦丛芜的译著《英国文学拜伦时代》（未名出版部1930年版）是民国时期出版的唯一一部较为完备的英国文学断代史。原著者埃德蒙·高斯（Edmund Gosse, 1849—1928）是英国诗人、作家和批评家。在英国文学研究方面，有 *Seventeenth Century Studies* (1883)、*A History of Eighteenth Century Literature* (1889)、*History of Modern English Literature* (1897)等论著。韦丛芜依据的原书乃是埃德蒙·高斯（Edmund Gosse）与理查德·加内特（Richard Garnett）合著的《插图本英国文学》（*English Literature：An Illustrated Record*，1903—1904）第四卷的一部分①，按照作者身份的不同，分别论述了英国浪漫主义文学时期的主要诗人、批评家、历史家、小说家以及小诗人。本书图文并茂，书中加了不少人物肖像、书籍封面、名人手迹等插图，还附有多数文学家的原文代表作选，在材料的丰富性上可为当时英国文学研究起到补阙之功，为读者研究提供了方便。即使今天看来，仍不失其资料价值。

译者韦丛芜（1905—1978），安徽霍邱人，韦素园之弟。他是我国现代作家、翻译家。30年代参加了现代文学史上的著名社团"未名社"，并主持过未名社的出版业务。未名社的出版物《未名丛刊》专收译著，这本《拜伦时代》是其中的一种。该单行本问世之前，其中个别章节，如"小说家"和"小诗人"两章分别以"英国十九世纪初叶的小说家"和"英国十九世纪四十年代的诗人"为题发表在《未名半月刊》上。② 据说未名社还出版过韦丛芜译的高斯的其他英国文学史著作，如《近代英国文学史》《渥兹渥斯时代的英国文学》《初期维多利亚时代的英国文学》等。③ 但如今可以看到的单行本只有这本《拜伦时代》了。其他译作散见于各种文学刊物。如《从恐怖派到写实派的英国的小说》（《益世报》，1929年12月31日，1930年1月1日）、《前期维多利亚时代的英国文学》《谭尼孙时代的英国文学》（《文艺月刊》2卷3—7期，1931年）等。

---

① 清华大学图书馆藏有本书1931年版，国家图书馆藏有本书1935年版。
② 参见《未名半月刊》第2卷第1期、第2卷第3期。
③ 参见《英国文学拜伦时代》书后广告页。

"未名社"在鲁迅的领导下,特别重视俄国文学及当时的苏联文学的翻译。韦丛芜的译著也以俄国文学作品居多,如陀思妥耶夫斯基的《穷人》、《罪与罚》等,他的翻译活动也得到过鲁迅的鼓励。因此,韦丛芜对俄国文学在 30 年代中国的进步意义是有切身体验的,这种认识也影响了他对英国文学的看法:

> 英国文学在中国是厄运的。英文学名著之中译本可看者不大多,它在中国文学上的影响也几乎等于零。这是缘于英文学的宝藏是诗歌,不易于翻译,还是因为他根本不合我们中国人的脾胃呢?我们承认俄国文学,特别是小说,在中国文学界和思想界的影响,至少在此时看来是最大的;这是缘于俄国文学的菁华是散文,较易绍介,还是因为它很合我们的脾胃呢?①

这话有偏颇处,也不符合实际情况,但从侧面反映了英国文学在当时的"非主流"地位。英国文学在现代中国的厄运恐怕主要原因在于它的文人趣味、个人主义与自由主义等文化传统和价值取向远离了时代的主题。不过,将俄国文学与英国文学放在一起论说,说明论者已经具有了世界文学的眼光和比较文学的意识。韦丛芜最终还是认为,代表了"一个民族的灵魂的文学"值得我们研究和欣赏的。这也是他译介英国文学论著的最主要动因。至于为什么选择高斯的论著做原本,他以为是"简明扼要,饶有趣味"。这本《拜伦时代》也基本保持了这种格调。但其中直译、硬译从而导致语句不畅、令人费解的地方也不在少数。

从单篇的翻译到最终结集出版,这本书跨越了 20 年代和 30 年代,而这一时期,我国的英国文学史论著尚很缺乏。因此,它对于时代的裨益是值得肯定的。译者认识到,"没有人专究之先","一个人破天荒要从古至今著或译一部有价值的文学史"毕竟是"一个奇迹"。② 这话在今天听来,对我们的文学史书写,也是具有警示意义的。

---

① 韦丛芜:《英国文学·拜伦时代》序,北平未名社 1930 年版。
② 韦丛芜:《英国文学·拜伦时代》序,北平未名社 1930 年版。

二、英国文学专题史的翻译

这一时期英国文学专题史的翻译以小说史的翻译成果最多,兼有个别思潮史和散文方面的研究译作。如《英国当代四小说家》(1934)、《政治与文学》(1934)、《英国小说发展史》(1936)、《小说与民众》(1938)、《十九世纪文学之主潮·英国的自然主义》(1939)、《英国小说概论》(1946)、《一九三九年以来英国散文作品》(1948)、《一九三九年以来英国小说》(1949)等。郭祖颉翻译,英国柯尔(Cole,G. D. H.)原著的《政治与文学》(Politics and Literature,1929)主要论述17世纪到19世纪的英国政治文学。侍桁翻译丹麦勃兰兑斯的名著《十九世纪文学之主潮》丛书分四册,第四册涉及英国19世纪头十年的英国诗歌,评介了华兹华斯、柯勒律治、司各特、拜伦、雪莱、济慈等几位诗人。因是丛书中的一本,新中国成立后又有重印,读者不难见到。孙席珍译自小泉八云的《英国文学研究》涉及到英国19世纪文学、英国民谣等内容,多是转述一般欧美文学史研究成果。何家槐翻译英国左翼作家、文艺理论家福克斯(Ralph Fox,1900—1937)原著的《小说与民众》(The Novel and the People,1937),用马克思主义的观点分析了英国小说史上的一些著名作品,认为最好的小说作品都是现实生活和人民斗争的产物。另外,研究题名中有"一九三九"的两本书同属商务印书馆的"英国文化丛书",主要对二战以来英国的小说和散文创作做出了介绍,属于时效性、资料性较强的文本。以上这些我们不再做专章讨论。下面,我们主要选取几本比较重要的小说史翻译展开论述。

英国小说史作为英国文学专题史的一种,译著主要出现在三四十年代,这与英国小说本身在我国的译介和传播是分不开的。五四以后,新文学工作者注意了翻译对象的选择,对英国文学的译介也走向整体和全面。翻译态度趋于严禁,翻译质量也大大提高,还出现了很多名家名译。译著的英国小说中,既有18、19世纪的作家,也有当代著名的作家,名家名作是这一时期译介的主流。如乔叟《康特波雷故事》(方重译)、菲尔丁的《大伟人威立特传》(伍光建译)、奥斯丁的《爱玛》(刘重德译)、狄更斯的《大卫·科波菲尔》(董秋斯译)、哈代的《德伯家的苔丝》、《还乡》(张谷若译)等。这一时期还出现了多部英国短篇小说合集。如《英国近代短篇小说集》(朱湘选译,上海北新书局,1929)、《英国短篇小说集》(韩侍桁选译,上海商务印书馆,

1935)、《英国小说名著》（施落英选编，上海启明书店，1937）、《英国文学》（程鸥、夏雨合编，上海中流书店，1941）等。在这种情况下，系统介绍英国小说发展历史的时机已经成熟。

（一）国立编译馆与"英国文学"著作的出版

最先问世的系统的英国小说史是南京国立编译馆出版的《英国小说发展史》一书（1936）。原著为威尔伯·卢修斯·克罗斯（Wilbur Lucius Cross, 1862—1948）所写的《英国小说发展史》（*The Development of the English Novel*，1925）。克罗斯是美国教育家与政坛人物，曾获耶鲁大学英国文学博士学位，后在耶鲁大学任教，并以文学批评家的身份扬名。据麦克米伦公司的记载，截止到1925年，原著已经再版了三十余次[1]，甚至直到今天仍有重印。这些事实足以表明原书早已成为英美学界小说史研究的经典。该书叙述从中古时代的亚瑟传奇到20世纪初的小说发展史，共八大章。由于写作年代的关系，原著者认为"为了几个不言而喻的理由，在美国写的小说我也认为是英国小说的一部分"[2]，因此也收入了亨利·詹姆斯等人。书后附有"二十五部小说一览表（A List of Twenty-five Prose Fictions）"和"书目提要及其他（Bibliographical and Other Notes）"等内容，的确称得上是一本较为完备的小说史。

中文译本依据的是1905首版、1925年重印的第七版，内有原著者写于1905年初的"第七版弁言"。译本有小序一篇，认为原书"提要钩玄，讨论精密，是一部权威的著作"，"研究英国小说的人所不可少的参考书"[3]。此书由周其勋等多人合译而成，译稿得到了梁实秋、朱光潜、方光焘、范存忠诸先生的指正。因此，译文的质量还是较高的。译本除原书内容外，还附录了"英美小说之中文译本"一栏，列出了民国期间主要的英美小说译著。这不仅给当时的读者提供了方便，而且也是今天研究译介情况的珍贵材料。把美国小说和英国小说放在一起列举，应是依据原书内容需要，显示出原书编排对译本的影响。克罗斯此书以后再无中译本。但无论从原书

---

[1] 参见1925年出版的 *The Development of the English Novel* 版权页。
[2] 〔英〕克罗斯著：《英国小说发展史》引言，周其勋等译，国立编译馆1936年版，第7页。
[3] 〔英〕克罗斯著：《英国小说发展史》译本序，周其勋等译，国立编译馆1936年版，第1页。

在英美世界的影响来看,还是从译本在我国英国文学学科史上的价值来看,它们都值得今天的研究者细细品味。我们可以下面的引言窥见当时的译介风貌:

> "This book aims to trace in outline the course of English fiction from Arthurian romance to Stevenson, and to indicate, especially in the early chapters, continental sources and tributaries. I hope that the volume may be of service to the student as a preliminary to detailed investigation in special epochs; and of interest to the general reader, who may wish to follow some of the more important steps whereby a fascinating literary form has become what it is through modifications in structure and content."[①]

> "本书目的在追溯英国小说从亚瑟传奇到斯蒂芬生的梗概,并指出(尤其在前几章中)欧洲大陆的渊源和支派。我希望本书对于预备专攻英国小说某一时代的学子是一个门径;而且对于一般的读者也有兴趣,他们或许想探讨英国小说上几个重要的阶段,经过这些阶段,它才因结构和内容的变化而达到今日的地步。"[②]

另外,此书出版前两年,国立编译馆就出版过克罗斯的另一本著作《英国当代四小说家》(1934)。依据原本为 *Four Contemporary Novelists* (New York: Macmillan Co. 1930)。该书实际是一本作家评传,包括了康拉德、本奈特、高尔斯华绥、威尔斯四位小说家。国立编译馆作为当时国民政府较为权威的翻译机构,出版产品也受到了学术界的监督。《英国当代四小说家》出版后,就有人对其提出"商榷"。好的方面,认为该书"译文很通顺",没有"平常读翻译文字时的那种费力"。书中注释的完备也是值得称道的。但作为一本合译之作,"文章似乎有时不接气,不像一气呵成"[③]。这些问题在今天的学术史翻译者中恐怕也依然存在。

---

① Wilbur Cross: *The Development of the English Novel*. Preface. New York: Macmillan Co. 1925
② 〔英〕克罗斯著:《英国小说发展史》译本引言,周其勋等译,国立编译馆1936年版,第7页
③ 参见《武大文史哲季刊》第4卷第1号《对英国当代四小说家的商榷》一文。

（二）《英国小说概论》的译介与 40 年代的中国

这期间值得一提的还有李儒勉译述的《英国小说概论》（1946）。该书依据的原本是 1935 年出版的普利斯特里（J. B. Priestley，1894—1984）的 The English Novel①。普利斯特里是 20 世纪 30 年代崛起的英国现代小说家、戏剧家和文艺批评家。他出身于工人阶级家庭，"一战"期间入伍参战，战争结束后毕业于牛津大学。他的主要小说作品有《快乐的伙伴》（The Good Companions，1929）、《天使街》（Angel Pavement，1930）等。文艺批评方面除了《英国小说》（The English Novel，1927，1935）外，还有《文学与西方人》（Literature and Western Man，1960）等。这本《英国小说》（The English Novel）从作者的小说观谈起，按照历史的逻辑，从 18 世纪一直讲到 20 世纪头 25 年。不侧重对单个小说内容的介绍，而是善于从整体着眼，对不同小说家创作的特点、风格及得失进行论述。论述中时常可见著者自己犀利而有个性的观点，毫不隐讳自己的批评意见，甚至对作家的创作前景做出预言式的判断。在各章之间也注意了前后联结，照顾到了小说发展的内在逻辑。今天读来，仍具有一定学术价值。

1942 年译者李儒勉在四川大学任教，讲授"英国小说"，教课之外，把普利斯特里的这本书印发给学生，"希望他们因此可以得着些简单扼要的印象"。由此可见大学课程设置对于英国文学史研究的促进。至于译述缘起，译者说到"当时川大还在峨眉，坐对名山，独居寂静，时间颇充裕，我就在如豆的菜油灯光下，把这本书翻译出来"。译者认为普氏的议论"深刻锋利，文字简洁明了，读起来颇有愉快轻松之感"②。译本除翻译正文之外，还有较为详细的注释。读之，也确实能感觉到原著那种轻松活泼的评论风格。

我们引一段译本中谈奥斯丁的文字，略见译介之风貌：

> 同时，另外一种，很不同的小说在金婀斯邓手里成熟了。在司格德手中小说扩大到反映整个广阔的世界，大的事情，列队的观众。在金婀斯邓的纤手中，世界变为具体而微了。"我用一枝精美的笔，描画小小的世界，用力多而成效少。"两位小说家之间再也找不出一个更尖锐的对照

---

① 该书 1927 年初版于伦敦，1935 年又有修订版。
② 〔英〕普利斯特里著：《英国小说概论》译序，李儒勉译述，商务印书馆 1946 年版。

了。司各德创造他的世界的时候，除了茶桌（tea-table）以外，差不多样样事情都写到；金婀斯邓创造她的小世界，所用的材料，除了茶桌及其他家常琐屑之外，便一无所有。这个世界是她亲切了解的世界，所以她愿意留在里面。她把十分之九的人生摒出了她的小世界，所写的是从来不作工，打仗，死，饿毙或发狂的人物；在她的世界里一阵骤雨是一件了不得的事情；那里面没有战事，没有政治，没有商业，没有狂烈的感情，也没有横暴的死亡。她要这样做才可以把她的高妙的喜剧在平静中表演出来。她把人物写得幽静而舒适，他们才可以自由自在，于言谈间表现他们自己。她要我们观察的是今生今世底小小的自大自负及其他可笑的事情；她深知道，除非我们在闲逸，舒适，安全的空气中，在茶桌边，不在燎火旁，或死人的床前，遇见这些事情，我们是不会理会它们的。她的小说底取材很可以作为住在最僻静地方的两位女子的通信资料。①

从这段话的文笔来看，作者对现代汉语的运用已相当成熟，这无疑为一本学术著作增添了可读性与亲切感。奥斯丁的小说没有宏大的历史场景和时代风云，表现的都是普通的人情世态。李儒勉的译述虽然是在依然动荡的40年代，但显然他并未受到太多的时代因素干扰。这与30年代徐名骥著述《英吉利文学》时对女性作家的重视遥相呼应，较为客观地传达了英国文学的真实面貌。

1927年，*The English Novel* 出版时，为本书作序的杭立武正好在伦敦，对原著者普利斯特里在文学界崭露头角的情况有所了解。后曾与普利斯特里有直接交往，认为普氏"豁达有大度，而于文学造诣，正如日之方中，固尚未可以限量也"。可见作序者对普氏的推崇敬仰之情，可谓中英文学交流的一段佳话。值得注意的是，杭立武的序写于1941年10月此书尚未出版之际。杭氏从中英文化交流的角度看待此书的翻译价值：

余兹所欲言者，今后世界和平最有力之保障，实在于各国人民间之相互了解与认识，而互相间文化之认识与了解，尤为一切政治上了解之

---

① 〔英〕普利斯特里著：《英国小说概论》，李儒勉译述，商务印书馆1946年版，第25—26页。

基石。本此意旨，关于文学书籍之相互翻译与介绍，除有本身价值外，意义乃更重大，此不仅于中英两国间为然，中美，中苏以及其他各友邦间无不皆然。①

这段话在二战业已爆发、欧洲硝烟弥漫之时说出，尤有警示世人的意味。它也将文学（广义上的）翻译的功用和价值提到了最本质和最为迫切的高度。这是 40 年代初我国英国文学学术界参与现实的呼声之一。40 年代的世界局势和中国国情，使得中国学术界对英国文化的译介出现了一个小高潮。前面提到的商务印书馆"英国文化丛书"也是一个明证。丛书发起者认为，二战后英国也受到了较大创伤，物资匮乏"或较中国尤甚"，然而英国朝野却能"上下一心""埋头苦干"，对未来的"富强康乐之境"充满期待。英国人的国民性，在于"注重实效，不尚空谈""常走中庸之道""爱好自由而又富于自治能力"。特别是遇事能"临危不乱"的精神，是 40 年代"国难十分严重"的中国应该学习的精神。② 在这种认识之下，包括英国文学史在内的英国学术论著的译介显示出强烈的时代色彩。

从总体上来看，民国时期英国文学史的翻译在数量上要多于国人的研究之作，但在范围选择上却有些不平衡。主要侧重了文学通史与小说史的翻译，对于断代文学史、特别诗歌史的翻译过于零散，也不够丰富。文学史的翻译受到了时代环境、大学教育等多方面因素的制约，多是迎合现实需要产生的"应时之作"，但从学科史的角度来看，它们不仅仅具有资料价值，其间体现出来的选择趣味和倾向，也值得我们去体味和触摸。

第三节　民国期刊中的英国文学史译介

民国时期我的外国文学研究总体还处于起步阶段，有不少论文"借鉴"了国外研究的成果。如张鸣琦发表在《戏剧与义艺》上的《英国现代之诗歌》实为编译美国人路易斯·迈耶（Louis Meyer）的 *The Form of Poetry* 书中附

---

① 〔英〕普利斯特里著：《英国小说概论》杭序，李儒勉译述，商务印书馆 1946 年版。
② 参见《一九三九年来英国散文作品》及《一九三九年以来英国小说》等书前附"英国文化丛书序"。

录的"英国诗坛之概况"①。林白发表在《清华周刊》上的《战后英国文学》，"差不多就是法国巴黎大学教授 Louis Cazamian 的一篇文章，不过不敢说译，因为很多是看一句写两句，或是看两句写一句的，尤其，实例差不多都是加入的，而法国人喜欢的一长串字句，则往往被腰斩。"②这段话也大致反映了这一时期我国外国文学研究论文甚至专著的一个现实状况与时代局限。下面我们来谈谈民国期刊对于英国文学史类文章的翻译情况。总体上来看，期刊上的译作来源可分为日本和西方两大系统，其间又有小泉八云这样游离于东西方的作家，具有一定的复杂性。

日本是中国近现代仁人志士探求新知、改良社会的重要学习对象。近现代以来，日本成为传播西方先进思想的中介，在政治、经济、军事、文化等各方面都给以中国巨大的影响。在文艺专著方面，厨川白村的《文艺思潮论》（樊从予译，上海商务印书馆，1924）、昇曙梦的《现代文学十二讲》（汪馥泉译，上海北新书局，1931）等都是较有影响的日系著作。曾在明治时期广泛影响日本的《英国文化史》（博克尔著，胡肇椿译，上海商务印书馆，1936）也翻译到了我国。在英国文学研究方面，日本也起步较早。因此，日本人所写的英国文学史类著作也成为国人了解英国文学的一扇窗。这种特色在民国期刊中表现得尤为鲜明（详见下页表格）。

篇名	作者及译者	期刊名称、卷期等
十九世纪初叶英国文学革命运动的概观	汤泌	《复旦》，1922年，第14期
十九世纪英国文学浪漫运动略史	赵麟	《约翰声》，1925年，第37卷第1期
英吉利底现代剧	本间久雄著，徐碧晖译	《文艺月刊》，1935年第7卷第6期
英国小说史	佐治秀寿著，谢声译	《乐群》，1928—1929年第1卷，第2—4期、第5—7期
英国新兴文学概观	宫岛新三郎著，勺水译	《乐群》，1929年第1卷第4期
英国文坛之现在	本间久雄著，于思译	《益世报》，1929年5月20日

---

① 张鸣琦：《英国现代诗歌》，见《戏剧与文艺》第1卷第10—11期，1935年。
② 林白：《战后英国文学》，见《清华周刊》第43卷第11期，1935年。

续表

篇名	作者及译者	期刊名称、卷期等
英国文坛之渐进主义	本间久雄著,方炎武译	《北新》,1929年,第3卷第19号
近代英文学的主潮及其背景	矢野峰人著,赵世铭译	《北新》,1930年,第4卷第7号
现代英国文学思潮	横川有策著,高明译	《现代文学评论》,1931年第2卷,第1—2期合刊
现代英国的小说	宫岛新三郎著,于佑虞译	《文艺月报》,1933年第1卷第1期
现代的英国小说	宫岛新三郎著,徐碧晖译	《时闻旬报》,1933年第1卷第5期
英国的厌世诗派	厨川白村著,东声译	《文艺月刊》,1933年第4卷第6期
十九世纪英国文学的特质	栗原基著,荣甲译	《中原文化》,1934年第10—11期
英国现代小说的趋势（及续）	瓦尔潘著,毛如升译	《校风》,1934年第217期,1935年218—220期
现代英国小说的趋势	Hugh Walpole著,毕竑译	《约翰声》,1935年第46卷

  这些文章基本都关乎英国近现代文艺，涉及文学思潮、小说史等各方面。文章的原作者几乎都是日本的英国文学专家。如日本著名文艺评论家厨川白村是东京帝国大学英文科出身，在英国诗歌方面很有研究。本间久雄是早稻田大学英文科出身，他的论著在中国被认为"很合一般读者的口味"①。矢野峰人是京都帝大英文科出身，曾受教于上野敏、厨川白村等名师，著有《近代英文学史》等著作，日据台湾期间曾任教台北帝大。栗原基是广岛高师的英文教授，著有《英国文学史》《英语发达史》等著作。宫岛资三郎的《文艺批评史》《现代日本文学评论》《现代欧洲文艺思潮》等著作在民国时期也曾译介到中国。

  厨川白村和本间久雄都曾受到鲁迅的推崇。鲁迅译介过厨川白村的《苦闷的象征》。1925年，章锡琛将本间久雄的《新文学概论》译成中文，并寄赠给鲁迅。1927年，鲁迅应邀到广州知用中学演讲，给青年学生讲如何读书：

---

① 参见顾凤城等编著《新文艺辞典》"本间久雄"一条，光华书局1931年版。

"研究文学，则自己先看看各种的小本子，如本间久雄的《新文学概论》，厨川白村的《苦闷的象征》，瓦浪斯基们的《苏俄文艺论战》之类。然后自己再想想，再博览下去。"1928年，作为早稻田大学的海外研究员，本间久雄在经上海赴英途中，与鲁迅有过短暂交往，鲁迅曾题诗相赠。以后本间久雄写有《鲁迅的事情》一文回忆当年。鲁迅的藏书中也存有本间久雄的《英国近世的唯美主义研究》。[①] 一直关心英国文学的鲁迅还曾在1927年购买过包括佐治秀寿的《英国小说史》在内的英国文学史著作，此后他负责编辑的《奔流》、《朝花》等刊物都大量介绍过英国文学。

除了表中所列，还有一些抄译日人的文章，如张资平的《英国文学乔治主义及现在主义》(《朔望半月刊》1933第5号)与《现代英国新闻主义概况并论人道主义及非人道主义》(《朔望半月刊》1933年第6号、第8号)均是抄译日本庆应大学教授西胁顺三郎的原作。日人所写的关于文学史的理论文章也有所译介，如冈泽秀虎的《关于在文学史上的社会学的方法》一文就有洛阳(《文艺研究》1930年第1卷第1期)和汪馥泉(《现代文学》1932年创刊号)的两个译本。国人对于英国文学的研究也明显受到了日系著作的影响，如前文提到的刘大杰的《现代英国文艺思潮概观》就是受日本宫岛新三郎《现代英国文艺印象记》的启发，对英国现代文艺的倾向做出了三个划分。

直接从西方译过来的文章也不在少数，我们上文提到过的韦从芜翻译的英国人葛斯的研究论文多数都在刊物上发表过。另外还有侍桁的译作，如H·威廉姆斯(H. Williams)原著的《现代英文学的新影响与倾向》(《奔流》1929年第2卷第2期)、小泉八云原著的《十九世纪前半的英国小说》(《奔流》1928年第1卷第8—10期)、期特朗原著的《勃洛克以后的英国诗歌》(《时事类编》1935年第3卷第2期)。侍桁的相关译著后来收入1929年上海北新书局出版的《西洋文学论集》一书。泰纳的《英国文学史绪论》作为一篇文学史书写理论的重要著作，也由付东华翻译到了中国(《文艺研究》1930年第1卷第1期)。

对日本的英国文学研究译介多在二三十年代，以后随着抗战的爆发，中日关系的恶化，通过日文转译的现象逐渐减少。无论是转途日本译过来的文章，还是直接译自西方的文章，几乎都集中在近现代的英国文学上。多数文章时至今日看来已经没有多大的价值和意义了，但在当时来说，这些文章显

---

① 张杰：《鲁迅：域外的接近与接受》，福建教育出版社2001年版，第64—68页。

示了我国学界对国际上英国文学研究的关注,具有一定的时效性和知识性,为读者及时了解英国文学提供了线索。因此,它们对我国英国文学研究水平的提高和学科的发展是有促进作用的。

在研究英国文学的日籍作家中有一位很特殊的人物——小泉八云。他实际上是爱尔兰人,原名拉夫卡迪奥·赫恩(Lafcadio Hearn,1850—1904)。1890年赴日,从妻姓。在东京大学做过教师,讲授英国文学史。厨川白村就是他的学生。赫恩在西方人印象中只是一个小作家,一个报导异域风情的记者。但他中晚年以"小泉八云"的身份在中国、日本和西方赢得了相当大的声誉。他的著作有《陌生日本的一瞥》(1894)、《来自东方》(1895)、《心》(1896)等。

中国最早注意到小泉八云的是周作人。1916年他在《叒社丛刊》撰文介绍日本俳句时就提到了赫恩:"英人赫伦,后归化日本,从妻姓,曰小泉八云,著《日本杂记》……"① 周作人日记中也有"阅 Hearn 传"② 的言语。1920年以后,"小泉八云"的名字就经常出现在中国的各种杂志中,他的作品主要在《语丝》《奔流》《小说月报》等杂志上被介绍。朱光潜的长篇小品文《小泉八云》是这类文章的代表。文中称赞小泉八云"是第一个西方人,能了解东方的人情美。他是最善于教授文学的,能先看透东方学生的心力,然后将西洋文学一点一滴灌输进去"③。他在东京大学的英文学讲义《文学的解释》也由侍桁于1929年转译到中国,上海北新书局出版。前面提到的侍桁翻译的《十九世纪前半的英国小说》实际上也是《文学的解释》中一部分,特点在于以同代人的眼光描绘维多利亚时期的英国文学,有一种现场感。在当时人看来,小泉的英文学讲义"语气浅显易懂、流畅生动"④,"几乎没有抽象的理论和空洞的说教","可以成为学英文的学生的优秀读物"。⑤ 厨川白村也说:"这部讲义所用的英语是中学毕业水平的人也可以毫不费力地理解的极其简单易懂的语言。不仅是诗,就连解释晦涩难懂的哲学思想,老师没有用难懂的语言去进行说明。在评论类的书中使用如此通俗易懂的文辞这是很少见的。这

---

① 陈子善、张铁荣编:《周作人集外文》上集,海南国际新闻出版中心1995年版,第242页。
② 周作人:《周作人日记》,大象出版社1996年版,第435页。
③ 《朱光潜全集》第三卷,安徽教育出版社1996年版,第453页。
④ 参见《语丝》第5卷第31号《文学的解释》的广告,1929年10月10日。
⑤ 石民:《文艺谭》前言,北新书局1930年版。

也是学才兼备的小泉老师这样的人才可能有的绝技。"①

到了30年代小泉八云在中国已经有了相当的知名度。其文学研究译介到中国的还有《文学入门》（杨开渠译，现代书局1930年版）、《文学十讲》（杨开渠译，现代书局1931年版）、《文学讲义》（惟夫译，北平联华书店1931年版）、《英国文学研究》（孙席珍译，现代书局1932年版）、《文学的畸人》（侍桁译，商务印书馆1934年版）等。小泉八云的其他著作也有两种单行本在中国出版。一本是《日本与日本人》（胡山源译，商务印书馆1930年版）。这本书是落合贞三郎从赫恩"关于日本人内部生活的他的最伟大杰作"的作品中选出编辑而成的文选。另一本是《心》（杨维诠译，中华书局1935年版）。这两本书的翻译带有一定的时局色彩，"九一八"事变后中日关系的紧张，使得"知彼"的日本研究兴起一股热流，小泉八云的作品反而成为国人了解日本的一个中介。

当然，就英文学讲义的具体内容来讲，小泉八云的观点并没有超出一般欧美文学史的见解，在今天看来甚至有点过时了，但他的贡献在于在恰当的时机用恰当的方式向东方传达了英国文学方面的知识。他的讲义中透露出的评论家的资质也时常令研究者感兴趣。小泉八云作为一个兼具东西方文化背景的中介，受到了中国有识之士的重视，翻译他的著作向中国传播推广了英文学知识，具有重要的文化交流意义。小泉八云在中国现代文坛的影响还值得进一步去研究。这方面日本与港台地区已有些许研究，大陆方面近年也出版了刘岸伟的《小泉八云与近代中国》可资参考。小泉八云在当年不仅是我们了解英国文学的一个窗口，也是了解日本的一扇窗口。这种意义时至今日也没有过时。如他的《日本与日本人》、《日本魅影》等著作近年来多次被各大出版社重新翻印出版。

纵观民国期刊对英国文学史的研究与翻译，可以总结这样两条：第一，近现代英国文学成为研究者和翻译者关注的焦点，这种关注又以对诗歌史和思潮史的研究最为突出，小说史研究、戏剧史研究等只是略有翻译，具有明显的时效性和不平衡性。第二，二三十年代，国人通过翻译日本和西方的英国文学研究著作，扩大了研究视野，进一步提高了自身的水平。其中对以小泉八云为代表的研究者著述的译介对民国时期的英国文学史研究起到了促进和推动作用。

---

① 转引自刘岸伟：《小泉八云与近代中国》，武汉大学出版社2007年版，第90页。

本编小结

　　本编初步回顾和考察了民国时期英国文学史书写的历史成果，更多的问题需要研究者去解决、去思考。就民国时期动荡的社会现实和内忧外患的历史状况而言，这些成果显得尤为珍贵。民国时期，中国传统学术经历着走向现代学术的转变，这种转变最大的特点就是由"通才"向"专家"的转变。在周作人、茅盾、郑振铎等写过文学史的著名学者那里，英国文学更多的是作为他们关心的世界文学中的一个组成部分出现的，似乎不能称其为研究英国文学史的"专家"。当然，这是和学者们的学术兴趣及人生经历有关的，我们不能苛求历史。今天被人追记的民国时期的英国文学史家大概只有曾虚白和金东雷比较知名了，但这也是圈子内部的名气。还有很多被历史遗忘的人和事，只能在发黄的故纸堆里去一一触摸了。可以肯定的是，如果没有民国时期众多学人对英国文学史书写的关注，没有这一时期的起步与酝酿，我们很难想象以后会有诸如梁实秋、王佐良等那样的英国文学史专家出现。

　　从世界历史来看，文学史的写作发端于19世纪浪漫主义文学时期的欧洲，配合了欧洲各民族身份的认同和构建。中国文学史的出现与中国社会剧烈的近代化变革密切相关，是中国本土经验主动或被迫融入世界潮流的表征。近代以来，对于异域文学历史的关注往往直接服务于国人借鉴世界文学经验，建设中国新的文学与学术的努力。就英国文学史的书写来说，从最初王靖对英国文学史书写中强烈的中国文化本位意识，到后来曾虚白、金东雷、滕固等从体例到观点越来越贴近"世界"，英国文学史书写的内在观念也发生了悄然的变化。科学精神、唯物论、进化论、地理环境论、国民性、当下意识等因素的介入，也参与构成了这一时期英国文学史的书写风貌。以上种种，都深刻地诠释着文学史作为一种现代学术形态的种种面向。

从民国时期开始，中国的"英国文学史"的自觉著述与学术译著之间就已经表现为一种互补互动的关系。如在20年代几乎清一色是国人自己的书写尝试，到了30年代著译并存，小说史、专题史等需要花费较多精力去研究的课题都有一定的译著来弥补。受抗日战争和内战的影响，从30年代末到40年代中期，几乎没有新的英国文学史著译问世。1912年到1949年的中国时局动荡，条件艰苦，涌现出来的如此多的英国文学史著译，也不能不说是一个奇迹了。翻阅如此众多的文学史著作，我们在国人笔下感受到的不仅是"中国特色"的凸显，还有理解异域的渴望。这种渴望有时表现为一种仰慕，有时带着一丝鄙夷，但更多地是一种理解的同情。这种同情使文学研究回归文学的本体，淡化了时代和历史的沉重色彩，具有长久和独立的认识价值。他们的著作或简略、或庞杂，有自己新颖的思考与尝试，也有囿于传统和现代相碰撞的蹒跚与困惑。在内容上，这些文学史虽多因袭欧美，但贵在重视作品的艺术内涵，没有太多人为的思想负担，能够畅所欲言。这一点使文学史保存了独立的学术品格。在意义和功用上，这一时期出现的英国文学史书写不仅为大学教育提供了范本，也为公众普及了英国文学知识，是英国文学研究在中国初步发展的明确表征。

著名文学史家王瑶先生曾指出："近代以来的中国文学研究，颇多建树，值得专门总结。一百年的学术史实际上已经成了某种'传统'。对这一传统的隔膜与误解，很容易产生虚无主义态度或热衷于横扫一切的偏激。"[①] 这一观点对中国的外国文学研究来说也颇具警示意义。如果说文化碰撞中所难避免的生硬的"文化焊接"，使"五四"一代新文学家的工作带有很大的"过渡性"，那么这个评判似乎也适用于民国时期的英国文学史书写。作为一种"过渡的文学史"，以今天的眼光来看，民国时期的英国文学史书写，多数并未成为经典而被后世铭记与阅读。但不可否认的是，这是现代中国学者在英国文学史书写这块园地中的最初垦拓，也是我们不能忽视的一种"传统"。作为20世纪中国外国文学研究的重要组成部分，民国时期的英国文学史书写反映了中国学术现代转型的一个重要面向，对于中国相关领域的学者都是无法越过的历史存在。当然，英国文学史著译只是一个个案，民国时期出现了大量国

---

① 王瑶：《中国文学研究现代化进程》小引，北京大学出版社1998年版，第5页。

别文学史,只有时刻不忘记它们的存在,才能感知这一时期外国文学史的全貌。民国时期的英国文学史书写和其他国别文学史一起共同参与了我国早期的外国文学学科的构建,是反映我国外国文学学术史、中外文学关系史乃至教育史的一面镜子。

下 编
民国时期美国文学的评介与研究

引 言

在当今国际政治领域,中美关系是最重要的双边关系之一。美国作为当今世界上经济最发达的国家,对全世界的经济、政治、文化都有巨大的影响力。中国学界十分重视对美国问题的研究。在文学研究界,美国文学研究在新世纪以来是外国文学和比较文学研究界发展最快的热点领域之一。20世纪90年代以来,学界(包括大陆,港台及海外华人研究界)在美国作家作品研究、美国文学史写作、美国文学在中国的翻译、中国文化对美国文学的影响、中国作家与美国文学的关系等方面都取得了丰硕成果。近年来,学界也开始注意了从学术史的角度对中国的美国文学研究进行回顾与讨论,但对民国时期(1912—1949)的美国文学研究状况及相关问题的专题式的梳理和总结仍然相对较少。

晚清以降,内忧外患的时代背景使得中国人从天朝上国的迷梦中惊醒,迫使中国人开始"开眼看世界"。伴随着对异国异族的现实体验和西学东渐的历史大潮,对于异域文学的了解和认识也逐渐成为有识之士的自觉追求。从中美关系史的角度看,对美国及美国文学的认识也是在这一大的时代背景下发生的。近代以来,作为两大政治实体的美国与中国,就结下了数不清的恩恩怨怨。鸦片战争前后,中国人开始了解、介绍和研究美国。在此后的百余年中,不只是作为政治实体的美国始终参与了现代中国的历史进程,而且美国文学作为异域文学中的一支,对现代中国文学和文化也产生了不可忽视的作用和影响。

据《民国时期总书目·外国文学》统计,截至1949年,民国时期出版的外国文学译著近4000部(含复译本),其中美国文学译著达569部,占总数的14%。① 伴随着这股翻译大潮,对美国文学的介绍、评论与研究也全面展开。从美国文学学术史的角度看,这一时期不但有美国文学研究的专著问世(虽然不多),在当时的各类报纸期刊上还存在相当一部分的介绍、评论、研究美国文学的文章(含译文)。这些专著和文章的内容涉及美国文学的各个方面,包括美国文学史研究或美国文学总体论、美国诗歌论、美国小说论、美国戏剧论等,甚至对于今天美国文学研究中的一些新兴热门领域,如女性文学、黑人文学等也有涉及。民国时期对于美国及其文学的认识和了解,从完全陌生到相对熟悉,这一过程是缓慢、曲折而复杂的。虽然这一时期人们对美国文学的认识还谈不上系统有规划,呈现出零乱驳杂的面貌,但作为此后中国人认识美国文学的起点以及反映中国人美国观的一个重要方面,其价值和意义却不容忽视。它们和翻译到国内的美国文学作品一起,共同构成了民国视域中美国文学知识的整体图景。对于今天国内的美国文学研究来说,这既是一笔宝贵的历史财富,也是不能被忽视的学术传统。

目前国内学界对民国时期美国文学研究成果的梳理和总结多数零星分布于一些综合性的外国文学翻译史、英美文学译介史当中,鲜见从学术史的角度对民国时期的美国文学研究进行总结的专题之作。如孙致礼的《1949—1966:我国英美文学翻译概论》(译林出版社1996年版),谢天振、查明建主编的《中国现代翻译文学史(1898—1949)》(上海外语教育与研究出版社2004年版)、郭延礼的《中国近代翻译文学概论》(湖北教育出版社2005年版)、马祖毅的《中国翻译通史》(湖北教育出版社2006年版,第二卷的"美国文学"部分)、杨义等主编的《二十世纪中国翻译文学史》(多卷本,天津百花文艺出版社2009年版)等导向性著作对于国内外国文学的译介研究起到了引领及开拓性的作用,也在一定程度上涵盖了民国时期的美国文学研究状况。王建开的《五四以来我国英美文学作品译介史(1919—1949)》(上海外语教育出版社2003年版)则集中讨论了1919—1949这三十年间英美文学在中国译介过程中产生的一些特有现象,以其独特的角度,丰富的史料,史论的有机结合,成为一时填补相关研究领域空白的学术力作。该书对于美国文学在近现代中国的评说和选取,不同的评说对译介的影响、黑人文学的译介、文论的译介、文艺期刊对美国文学的译介等问题都做出了初步的整理和研究。

---

① 北京图书馆编:《民国时期总书目·外国文学(1911—1949)》,书目文献出版社1987年版,第328—373页。

但其侧重点仍是文学翻译史的梳理与讨论。其次，一些个案的外国文学翻译史、译介史、评论集，在处理"美国文学在中国"这样的课题时，通常也会多少涉及民国时期对美国文学的研究和评价情况。如郭英剑主编的《赛珍珠评论集》（漓江出版社 1999 年版）收录了 20 世纪 30 年代以来在国内外报刊中刊载的赛珍珠的评论和研究文章，特别是对 20 世纪 30 至 40 年代的有关文章（包括当时用英文发表的一些文章的译文）也进行了收录，为国内的赛珍珠研究学术史作出了贡献。该书收录的郭英剑所写的《赛珍珠研究在中国》一文，还对 20 世纪 30 至 40 年代中国学界研究赛珍珠的特色与价值做出了总结，反映了民国时期美国文学研究的一些侧面。这方面的专著还包括杨仁敬的《海明威在中国》（增订本，厦门大学出版社 2006 年版）、邱平壤的《海明威研究在中国》（黑龙江教育出版社 1990 年版）、董洪川的《荒原之风——T·S.艾略特在中国》（北京大学出版社 2004 年版）等。

　　总体来看，以上这些研究成果都侧重作家作品的在中国的翻译传播情况，描述基本史实，廓清基本脉络，因而往往将作品的翻译、介绍及研究情况放置在一起论述，研究情况往往成为对作品翻译与传播情况的辅证或补充。而对美国文学作为一个国家文学的整体在民国时期的学术史进程、重要学人的历史贡献等没有给出相对独立的研究。笔者认为，由于民国时期的外国文学研究属于西学东渐历史背景下的"新学"，对这段时期外国文学研究历程的梳理必然离不开翻译史的协助，但与专门的翻译史、译介史的主要关注对象是作家作品的翻译情况不同，外国文学学术史研究应该是一种相对独立的研究，它以一段历史时期内出现的相关研究成果为研究对象，应该具有自觉的学术史意识，以凸显这一时期对外国文学的总体认识和历史价值为侧重点。两者的侧重点不一样，因此也将呈现出不同的研究路径。

　　在这方面，龚翰熊的《西方文学研究》（福建人民出版社 2005 年版）曾用专节对 1949 年以前国内的美国文学研究情况作了简要的回顾，勾勒了从曾虚白的《美国文学》，田汉的惠特曼研究，《现代》杂志的"现代美国文学专号"，叶公超的艾略特研究到 20 世纪 40 年代的美国文学研究的大致轮廓。这为我们此后思考和总结民国时期美国文学研究的发展历程提供了重要参照，因此应该给与高度评价。但由于该书是综合性的西方文学学术史，因此它能给美国文学研究的篇幅是有限的。贺昌盛的《想象的"互塑"——中美叙事文学因缘》（南京大学出版社 2009 年版）则从中美文学关系史与交流史的角度，用专著的篇幅，按照时间顺序，集中探讨了近代以来美国文学在中国的译介，中美在交流过程中的彼此形象的构建等问题。该书也提到了民国时期美国文学研究的一些重要著作，但由于其论述侧重中美双方的互动与交流状况，并未突出民国时期的美国文学研究的学术史意义。

20世纪90年代以来，一些期刊论文也不同程度地关注了民国时期的美国文学研究。姚君伟的《美国文学在近现代中国的译介》（载《中国比较文学》1999年第3期），在谈作家作品的译介之外，对20世纪20年代至30年代美国文学的研究成果做了回顾，如郑振铎的《文学大纲》中的美国文学，曾虚白的《美国文学ABC》、赵家璧的《新传统》等。此后，姚君伟的《徐迟与美国文学在中国的译介》（载《外国文学研究》2005年第4期）、《赵家璧与美国文学在中国的出版和译介》（载《新文学史料》2011年第1期）等文章曾对中国现代学者对美国文学的推介情况做出了深入的归纳与总结。还有一些文章注意到了期刊对于美国文学（研究）的提倡之功，如杨文红的《观察美国文学的第一面窗户：〈现代·现代美国文学专号〉》（载《中外文化交流》1995年第5期）、李宪瑜的《美国文学作为"新传统"——〈现代〉杂志的"现代美国文学专号"》（载《中国社会科学院院报》2005年5月26日第3版）等。以上这些成果都曾给笔者不少有益的启示。

但是，笔者认为，从民国时期实际出现过的美国文学研究成果来看，目前的这些回顾还不够全面，在史料发现、价值分析、意义阐释等方面还有进一步挖掘、拓展和提升的空间。虽然以今天的眼光衡量，民国时期的美国文学研究似乎并未留下太多"学术经典"，但作为我国早期美国文学研究乃至外国文学学术史的重要组成部分，仍具有不可忽视的价值和意义。作为中美文学关系史、文化交流史乃至中美关系史的重要组成部分，民国时期的美国文学研究反映了中国人认识美国文学的历史进程。对其进行回顾与考察，从广义上讲，应该属于"中国的美国学研究"的一部分。美国学是一个多学科交叉的研究领域，不仅仅关乎历史学、国际政治学、经济学、军事学等学科，也关系文学、文化学。国内的美国学研究也常常被分割到具体的大学院系中，英语系、历史系、国际政治系等都在从不同的方面从事着美国学的研究。与文学界形成对照的是，国内的历史学、国际政治学等学科领域十分重视自身美国学学术史的整理与研究，在20世纪90年代就对"中国的美国学史"研究的重要性和必要性有清醒认识，也取得了一批影响深远的研究成果，为我们提供了重要的先行参照。这些成果主要集中在中国的美国学学科资料编纂以及对中国人的美国观的研究两个方面。关于前者，首先要肯定几部索引和工具书的贡献，包括黄安年编辑的《百年来美国问题中文书目（1840—1990）》（北京师范大学历史系内部资料 1990 年版），四川大学历史系编辑的《美国史论文资料索引（1901—1949）》《美国史论文资料索引（1949—1982）》（中国美国史学会，1981、1983 年），杨玉圣、胡玉坤编辑的《中国美国学论文综目（1979—1989）》（辽宁大学出版社，1991 年）等。这些成果中也收录了少量美国文学在中国的研究资料索引，为本编的研究也提供了一些基础和参照。杨玉圣教授的《中国人的美国观——一个历史的考察》（复旦大学出版社，1996 年）是开启国内美国学研究的一项重要成果。该著系统梳理了从鸦片战争以来中国人对美国的认识历程，其中也引证了个别的文学材料，作为说明中国人美国观演变的依据。张济顺博士的专著《中国知识分子的美国观（1943—1953）》（复旦大学出版社，1999 年）则运用后殖民理论对特定历史时期的中国知识分子的美国观进行了考察，认为其美国观带有鲜明的政治色彩和现实考量。另外，在国外，美国学者欧达伟（R. David Arkush）、李欧梵（Leo O. Lee）编辑的《没有鬼的土地——十九世纪中叶至今中国人对美国的印象》（R. David Arkush and Leo O. Lee，*Land Without Ghosts: Chinese Impressions of America from the Mid-Nineteenth Century to the Present*，California: Press of the University of California，1989.），收录了 19 世纪中期至 20 世纪 80 年代中国人关于美国的若干文章，也包括现代中国一些重要学人关于美国的论述，如林纾、梁启超、胡适、林语堂等。虽然以上美国学研究取得的成果，有时也或多或少涉及现代中国的美国文学研究情况，但是这些讨论大多立足于中国的美国学研究整体，旨在解决中美关系史上的重要问题，而并非专论国内美国文学研究的历史。不过，这也启发我们，应该把"中国的美国文学研究"作为"中国的美国学"的重要组成部分，在这个高度和意义上，去理解民国时期美国文学研究的学术史价值和意义。

中国的美国文学研究不仅应该关注现在与未来，也应该关注历史，以史为鉴，在此基础上才能更积极有效地拓展自身的研究领域。从本质上来讲，中国学者研究美国问题，实际上是在进行一种跨文化的对话，是对异质文化的考察与研究，所以对这种异质文化的认识与了解就起到十分关键的作用。而文学作为反映文化的最重要的载体，毫无疑问应该受到从事跨文化研究学者的关注。文学界不仅可以探讨美国文学的文本本身，也可以从自身的传统出发，探讨跨文化语境下美国文学研究的历史，从中得到丰富的启示。因此，作为中国的美国学研究的一种扩充与拓展，通过对民国时期美国文学研究的具体成果进行回顾和考察,触摸演进中的美国文学观背后蕴含的历史、文化与社会信息,加深对于近现代中国接纳外来文学与文化时面临的困境与挫折的理解,应该成为文学研究者义不容辞的责任和义务。所以,从这个角度来说,这一领域的认识和研究,对于补充和丰富中美关系史,促进国内美国学的研究与发展,增进中美之间的了解和认识也有一定的现实意义。

因此,本编将探讨美国文学作为一个国家文学、民族文学的整体在民国时期的研究情况,重点对相关研究成果进行重新分析、解读与评估。因此,在具体的操作过程中,将立足于这一时期中国出现的美国文学研究的第一手资料,尽可能地让事实说话,让材料说话。围绕不同阶段对于美国文学研究的进展和成果,通过对它们的细致回顾和重读,侧重考察民国学界对美国文学的整体认识和变化趋势,注意突出重要学人对于美国文学研究的历史贡献。

本编除对民国时期对美国文学进行总体评介和研究的代表成果进行解读和分析之外,还将在论述中适当穿插对民国时期的美国文学研究译著的回顾和梳理。笔者认为,由于这一时期美国文学研究还处于起步阶段,对国外学者研究成果的翻译与依赖是不可避免的。就是有些标明"某某著"的著作也可能是对外国学者著作的翻译或译述,这是符合历史逻辑与学科发展规律的。因为不只是美国文学,整个西方文学对于现代中国都属于新学,因而这一时期的学者撰写的有关西方文学的著作都带有一边学习、一边介绍、一边研究的性质。[①] 以介绍美国文学的译文而言,这些译文有的直接来自西方学者的论述,有的来自早于中国进行美国文学研究的日本学者的论述,但无论来源何处,它们在向国人传递美国文学知识方面均发挥了最直接的作用,对于处于起步期的中国的美国文学研究具有重要的借鉴意义。而将它们引入中国视野的译者也是较早注意和关心美国文学发展的先驱者,他们的功绩不能被遗忘和抹杀。

为便于论述,本编将按照时间顺序结构篇章,既梳理考察美国文学研究在民国时期发生与发展的来龙去脉,也对中国人在研究美国文学时发现的文学价值、精神价值及其与中国文学发展的关系等问题做出考量;既分析与解读民国时期的美国文学研究的具体内容,总结与评估其特点和价值,也思考这一时期美国文学研究的实绩与挫折对今天我们从事美国文学研究乃至整个外国文学研究时的启发与借鉴。由于本编侧重的是美国文学作为一个国家文

---

① 参见龚翰熊:《西方文学研究》,福建人民出版社 2005 年版,第 91、94 页。

学、民族文学的整体在民国时期的研究状况，试图以美国文学总体论和各文体的研究为分类依据，在材料的选择上更偏向具有宏观史论性质的论述，突出它们具体的论述内容，反映它们的认识水平，因而对单个美国作家作品在民国时期的研究状况只作适当的参考，而不做重点述评。

第四章 历史回溯：
晚清中国人对美国文学认识的发生

1784年2月22日，美国商船"中国皇后"从纽约港出发，穿过大西洋，绕过好望角，于8月28日抵达广州黄埔港。这一史实揭开了中美关系，特别是贸易往来的序幕。但是，由于清政府长期的闭关锁国政策，统治者及官员对于美国的地理位置、历史沿革、国家概况、风俗民情等基本情况一直处于不明不白或错误甚多的状态，还常常将英美两国混为一谈。中国人对外国的无知，不但"不知英吉利人并米利坚人之事情"，而且"竟不知海外更有九洲"！至于两国人民更是对对方缺乏了解，中美文化几乎处于完全隔膜的状态。关于美国的称谓就有花旗国、米利坚、墨利加、育奈士迭国等数十种。直到1840年鸦片战争前后，中国人才开始真正对美国有比较具体的了解和介绍。此时已距1776年美国发表独立宣言成为一个正式的国家将近半个多世纪。本章先简略回顾晚清时期中国人对美国的认识历程，在这一历史关照下，进而思考中国人初识美国文学的发生意义。

第一节 晚清中国人对美国的初步认识

近代第一批开眼看世界的先进知识分子最先冲破天朝上国的迷梦，将目光投向太平洋彼岸的美利坚合众国。近代中国人对美国的认识集中体现在这批知识分子在鸦片战争前后所撰著的世界史地类著作《四洲志》《海国图志》《瀛寰志略》等书当中。

被誉为开眼看世界第一人的林则徐（1785—1850），"也是开创了解和介绍美国之风气的第一人"。① 1842年，林则徐主持翻译了被梁启超誉为"新地志之嚆矢"的《四洲志》，涉及美国的部分有两万多言，第一次比较完整地介绍了美国（书中称"育奈士迭国"）的历史、地理、政治、财政、经济、人口、种族、宗教等基本国情。例如，书中介绍美国"地膏腴，丰物产"、美国之民"种类各别，品性自殊。因地制宜，教随人便，故能联合众志，自成一国。且各处其乡，气类尤易亲睦也。""国中黑人居六分之一，其中亦有似黑非黑、似白非白者，种已夹杂，难辨泾渭。各部落中不准黑人预政事。"②《四洲志》虽是译著，但毕竟反映了鸦片战争前后中国人对美国的认识，是中国人关于美国系统知识的起点。

与林则徐同时代的魏源（1794—1857）是晚清卓越的思想家和学问家。他在不朽名著《海国图志》（1844年刊行）中也用相当的篇幅关注美国。书中的《外大西洋墨利加州总叙》一节生动地描述了美国如何从殖民地独立为新国家："呜呼！弥利坚国非有雄才枭杰之王业。涣散二十七部落，涣散数十万黔首，愤于无道之虎狼英吉利，同仇一倡，不约成城，坚壁清野，绝其饟道。遂走强敌，尽复故疆。"魏源对于美国的政治体制更是推崇有加，"议事、听讼、选官、举贤，皆自下始；众可可之，众否否之，众好好之，众恶恶之，三占从二，舍独徇同。即在下预议之人，亦先由公举。可不谓周乎？"更重要的是，他对当时的中美关系也颇感欣慰："富且强，不横凌小国，不桀骜中国，且遇义愤，请效驰驱。可不谓谊乎？"③ 可见，当时以魏源为代表的士大夫，对"富且强"、"不横凌小国"的美国充满好感，其介绍美国的目的主要在于为中国的求富图强提供参照。

与魏源齐名的另一位晚清知识分子徐继畬（1795—1873）对美国的认识则主要体现在其所著的《瀛寰志略》（1848年刊行）之《北亚墨利加米利坚合众国》一节当中。徐继畬第一次将美国的国名译为"米利坚合众国"，他也是把美国总统乔治·华盛顿（George Washington）介绍给中国的第一人。书中写到："有华盛顿者，一作兀兴腾，又作瓦乘敦。米利坚别部人，生于雍正九

---

① 陈胜粦：《鸦片战争前后中国人对美国的了解和介绍》，收入汪熙主编《中美关系史论丛》，复旦大学出版社1985年版，第47页。
② （清）林则徐：《四洲志》，张曼评注，华夏出版社2002年版，第144—179页。
③ （清）魏源：《海国图志》，李巨澜评注，中州古籍出版社1999年版，第369—370页。

年,十岁丧父,母教成之,少有大志,兼资文武,雄烈过人。"率众革命,"血战八年,屡蹶屡奋,顿志气不衰",终获成功。更令徐继畬感触的是,当众人推举华盛顿为国王时,华盛顿"得国而传子孙,是私也。牧民之任,宜择有德者为之"的表态。① 对此徐继畬评论道:"华盛顿,异人也! 起事勇于胜、广,割据雄于曹、刘;既已提三尺剑,开疆万里,乃不僭位号,不传子孙,而创为推举之法,几于天下为公,骎骎乎三代之遗意! 其治国崇让善俗,不尚武功,亦迥与诸国异。余尝见其画像,气貌雄毅绝伦。呜呼!可不谓人杰哉!"又云:"南北亚墨利加袤延数千里,精华在米利坚一土,天时之正,土脉之腴铭几与中国无异。……米利坚合众以为国,幅员万里,不设王侯之号,不循世及之规,公器付之公论,创古今未有之局,一何奇也! 泰西古今人物能不以华盛顿为称首哉。"② 通过对华盛顿个人风范的高度赞赏,一个政治民主的美国和一个大公无私的美国伟人的形象得以塑造。自此,华盛顿成为中国妇孺皆知的世界伟人、美国之父。从他的故事中,国人得以了解美国建国的历程,美国的正面形象进一步得到确认。在徐氏看来,美国与中国一样,是得天时地利的国家,但其"不设王侯之号""公器付之公论"的政治体制又是中国没有而令人赞叹的。徐继畬也因此被史学家称为"崇拜美国文化的先驱"③。

以上所举这些早期的世界史地类著作,不但给国人带来了世界观念的冲击,也提供了关于美国的一些最基本的知识,对此后的知识分子也有深刻影响,甚至可以说是他们认识美国的一个起点。如梁启超在《三十自述》中回忆,自己在1890年在上海购买了《瀛寰志略》,"读之,始知五大洲各国"④。但是,由于中美两国之间远隔着浩瀚的太平洋,《四洲志》《瀛寰志略》这类书籍多是对西方书籍的翻译,或采编自来华传教士用中文写成的书籍,毕竟不是中国人亲身考察后的著作,对美国等世界各国的描述终究是停留在纸面上,因而远不能满足此后国人日益增长的对异域知识的渴求。但是从这些记载来看,早期中国人对美国的认识还是较为积极和正面的,甚至带有"乌托邦"的色彩。

---

① (清)徐继畬:《瀛寰志略》,上海书店出版社2001年版,第276页。
② (清)徐继畬:《瀛寰志略》,上海书店出版社2001年版,第277页。
③ 李定一:《中美早期外交史》,北京大学出版社1997年版,第67页。
④ 刘梦溪主编,夏晓虹编校:《中国现代学术经典·梁启超卷》,河北教育出版社1996年版,第728页。

从相关史料上来看,19世纪中期以后的一段时间内,中国人对美国的早期印象是充满好感的。在两次鸦片战争期间,美国虽然对中国显示武力并且获利颇丰,但它毕竟没有对中国直接诉诸武力,也没有割占中国领土。这也是中国对美国认识较其他各国为佳的原因之一。同时,中国商人在与美国人的早期交往过程中,也留下了美国人较为和气和恭顺的印象,认为其没有英国人霸道,这些都助成了国人初识美国时出现的亲善态度。① 19世纪60年代至90年代,洋务派在进行求富求强的改良时,由于朝野对美国的同声称颂,十分重视对美国经验的学习。他们从美国"以富为强"、"国大民富,人莫敢侮"、"立国甫及百年,而庶富已等于欧洲"的现实状况中认识到必须学习美国先进的科技。19世纪70年代,李鸿章等人挑选幼童赴美留学"以求洋人之技"就是以求强为目的的。朝野认为美国自守之国,且与中国相去万里,无贪人土地之欲。美国人"性质醇厚,其于中国素称恭顺"(曾国藩语);"美廷向敦睦谊"(李鸿章语);"美国自为一洲,风气浑朴,与中国最无嫌隙"(薛福成语)。这种认识使得洋务派人士郑观应、薛福成等在内忧外患的时代背景下还曾主张联美。清廷也一度寄希望美国能在列强之间为中国调停,到了戊戌时期仍有相当一部分人持联美以强中国之论。②

但是,早期中国人对美国的这种较好的印象并未持续多久。由于美国加州金矿的发现,从19世纪40年代起,大量华人华工涌入"海外之乐土"的美国,对当地的工人就业造成了冲击,美国掀起了反华排华的浪潮,导致了美国国会《排华法案》的通过。加之清廷保守派人士在留美幼童派遣问题上矛盾重重,最终于1881年撤回留美幼童。中美关系开始走向初步对立。19世纪80年代以后,随着旅美华人、华工等数量的增多,国人对美国的认识也更加深入,意识到美国并非那么"自由""文明"。美国残忍对待华人华工的恶行更是引起了国人强烈的愤慨。国人意识到美国虽与中国无土壤之接,但其吞噬我中华之心却与其他列强并无二致。终于在1905年,中国国内掀起了一股反对美国禁绝华工条约的抵约潮,以抵制美货为主要特色。其影响之大,连当时的儿歌都唱到:"劝姊妹,劝弟哥,大家不用美国货,全国儿童学了我,不怕美国枪炮多。使他货色无销路,工商无了行业做,不怕美人不讲和。"③

---

① 姜源:《早期中国人眼中的美国》,载《求索》2005年第1期。
② 参见杨玉圣:《中国人的美国观》第三章,复旦大学出版社1996年版。
③ 阿英编著:《反美华工禁约文学集》,中华书局1960年版,第677页。

美国禁绝华工与中国的抵约潮,可以说是影响近代中美关系的一个转折点,意味着早期中国人对美国的认识开始从美好的乌托邦走向残酷的现实。这在近代文学史上亦有所反映。曾任美国旧金山中国领事的著名诗人黄遵宪,在刚踏上美国国土时,对这个民主立国、共和为政的国家颇为欣赏。但在经历了美国的反华浪潮后,他最早以文学形式反映了在美华工的惨状,其《逐客篇》中发出"倒倾四海水,此耻难洗濯"①的感慨。此前曾主张联美的郑观应也在其诗《哀黄人》中控诉:"彼族多野蛮,狠心少恺恻。圈禁似猪豚,鞭策如犊牲。……暴虐我华工,暗如地狱黑",为"生为异国奴,死作殊邦蜮"的同胞呼嗟叹息。② 1901 年,林纾翻译美国斯土活夫人的小说《黑奴吁天录》且译且泣,就是因为书中所写黑奴惨状让译者联系起了美国对华工的暴行。1906 年,吴梼据日文转译了马克·吐温的《山家奇遇》,小说以美国加州的淘金热为背景,讽刺了淘金梦的虚幻。这篇小说的翻译也呼应了当时的反美抗约浪潮。从中我们可以看到,国人对美国的认识和主张是复杂而矛盾的。虽羡慕美国的自由富强民主,但亦对美国对华不友好的一面加以抗争。

对于晚清民初一批谋求民族自强的仁人志士来说,美国更多的是被作为一个政治上可资借鉴的榜样来认识的。1895 年甲午中日之战后,中华民族到了生死存亡的危机关头,而大洋彼岸的美国则正处于资本主义经济发展的上升期,呈现出蒸蒸日上的历史图景。为了救亡图存,资产阶级派革命派人士普遍主张学习美国先进的政治体制。陈天华的《猛回头》疾呼:"要学那,美利坚,离英自立。"③ 邹容的《革命军》更是以美国为参照,设计了理想的中华共和国的蓝图:"中华共和国为自由独立之国。立宪法,悉照美国宪法,参照中国性质立定。自治之法律,悉参照美国自治法律。凡关全体个人之事,及交涉之事,及设官分职,国家上之事,悉准美国办理。"④ 中国革命的导师和先行者孙中山,更是以大半生的光阴向美国寻求救国真理,探索国家富强的道路。他的三民主义、五权宪法无不以美为鉴。可见,这些仁人志士对美国的认识是与其强烈的政治诉求结合在一起的。尽管美国可能也有黑暗腐朽的一面,但在这些革命派眼中,它仍是一个值得效法和学习的榜样。

---

① 阿英编著:《反美华工禁约文学集》,中华书局 1960 年版,第 3 页。
② 阿英编著:《反美华工禁约文学集》,中华书局 1960 年版,第 673 页。
③ 刘晴波等编:《陈天华集》,湖南人民出版社 1982 年版,第 52 页。
④ 周永林编:《邹容文集》,重庆出版社 1983 年版,第 73 页。

百闻不如一见，耳闻不如目睹。19世纪中期以降，一些中国的知识分子开始走进异域的土地，进行了实地考察，留下了更为直接的观感记录。对美国的认识也逐渐从纸面落实到现实的体验当中。问世于1872年的《西海纪游草》是目前学界发现的早期中国人的较早游历美国的记录。这部游记的作者是福建人林鍼（1824—?），他于道光年间（1847至1849年），"受外国花旗聘，舌耕海外"，游历美国一年半，写成此书"首次向中国人民介绍中国亲历者眼中的美国"[①]，在中美关系史中有独特的意义。林氏的这部书以亲身经历生动介绍了19世纪40年代的美国社会，对于美国的政治、经济、教育、科技和风土人情多有记述。但受个人文化水平和眼光所限，林氏的对美国的观察还谈不上多么深入。

与之相对照，梁启超作为晚清民初的时代风云人物，在19世纪与20世纪之交也发表了不少关于美国的看法。他对美国的认识并非停留在表面上，而是基于切身的现实体验和冷静深入的思考。1903年，他在游历美国10个月后写作的《新大陆游记》在早期中国人的旅美游记中最为知名。这些游记以时间为序，以常带感情的笔触记录了纽约、华盛顿、芝加哥等美国大城市的自然与人文风貌，对美国的移民、外交、经济、种族等问题都进行了考察和评议，最为集中地体现了梁启超对于美国的认识。美国的地理文化环境对他的思想观念带来了巨大的震撼和冲击。梁启超游记的最为可贵之处在于其对美国社会的冷静思考和判断。在赞叹美国的物质文明时，梁启超也看到了美国的贫富差距与赤裸现实。"天下最繁盛者宜莫如纽约，天下最黑暗者殆亦莫如纽约。"纽约贫民"一座楼中，僦居者数十家，其不透光不透空气者过半，然煤灯昼夜不息，入其门秽臭之气扑鼻，大抵纽约全市作此等生活者殆二十三万人。"[②] 对于美国的工业生产，梁启超也看到其对人的束缚与异化："观各公司之制造工场，更令人生无穷之感。近世之文明国，皆以人为机器，且以人为机器之奴隶者也，以分业之至精至纤，凡工人之在工场者，可以数十年立定于尺许之地而寸步不移。"[③] 对贫富差距和工厂对工人的压迫的控诉是19世纪末20世纪初的西方小说的常见主题。梁启超这些对美国社会的体察和认

---

① 杨国桢：《我国早期的一篇美国游历记——谈林鍼的〈西海纪游〉》，载《文物》1980年第11期。
② 梁启超：《新大陆游记》，湖南人民出版社1981年版，第44页。
③ 梁启超：《新大陆游记》，湖南人民出版社1981年版，第46页。

识与美国作家辛克莱对当时社会状况的揭露有着共同之处。《新大陆游记》中所体现的梁启超对美国的认识是多方面的，非此处能尽数。但总的来说，梁启超对美国的认识是与他对中国未来命运的思考联系在一起的。罗荣渠先生评价其"打开了中国人对美国、对世界新事物的眼界"①。

第二节 晚清中国人眼中的美国文学

从以上所举晚清民初中国人对美国的初步认识当中，我们可以发现这样一个问题：这一时期对美国的认识多集中于其国情民情、器物技术、经济状况、政治体制等与现实社会紧密相关的知识方面，对美国文学的状况则鲜有关注。前述《四洲志》曾记录了美国的文教状况："风俗教门，各从所好，大抵波罗特士顿居多。……又各设义学馆，以教文学、地理、算法。除普鲁社一国外，恐无似其文教者。……人才辈出，往往奇异。"② 这里虽然出现了"文学"二字，但当时"文学"还并未获得近代的文学含义，自然更谈不上对美国文学状况的认识。不但对美国的认识如此，对西方各国的认识普遍如此。当时中国人对包括美国文学在内的西方文学的认识远落后于对西方国情的认识。这其中的原因，大致有三个。

首先，重实务轻虚文是晚清以来中国问道西方的一种普遍思维模式。所谓"西学东渐"中的"西学"在很长时间内是不包括文学在内的，而是指向声光电化等近代知识。例如，在晚清思想史上占重要地位的王韬，曾因躲避清政府通缉流亡游历欧洲，他在《漫游随录》中的记载尤为典型："英国以天文、地理、电学、火学、化学、重学为实学，弗尚诗赋词章。"③ 较早写出中国人旅美游记《西海纪游草》的林鍼，他虽是受聘到美国教习中文，却对这方面情况少有记录。他观察到美国"其俗不尚虚文，凡人能首创一艺足以利世"④，因而对美国的记录也是轻虚文重实务的。而早期走出国门的中国人，

---

① 罗荣渠：《漫谈中美两国人民的早期交往》，载《人民日报》1979 年 1 月 15 日。
② （清）林则徐著，《四洲志》，张曼评注，华夏出版社 2002 年版，第 156 页。这段文字在魏源的《海国图志》对美国的介绍中亦有出现。
③ 王韬：《漫游随录》，岳麓书社 1985 年版，第 116 页。
④ 杨国桢：《我国早期的一篇美国游历记——谈林鍼的〈西海纪游〉》，载《文物》1980 年第 11 期。

多为具有官方背景的外交官,他们出使西洋目的是考察西方先进的器物,这些已令初识者眼花缭乱,应接不暇。况且中国传统士大夫常常将诗词歌赋等文学创作视为雕虫小计,来之不易的出洋机会是为了学习国外先进的声光电化,官命在身,行程匆忙,自然无暇也不愿意在域外文学方面耽搁。

钱钟书对这种状况有过幽默的描述:"他们勤勉地采访了西洋的政治、军事、工业、教育、法制、宗教,欣奋地观看了西洋的古迹、美术、杂耍、戏剧、动物园里的奇禽怪兽。……只有西洋文学,作家作品、新闻和掌故,似乎未引起他们的飘瞥的注意和淡漠的兴趣。他们看戏,也像看马戏、魔术把戏那样,只'热闹热闹眼睛'(《儿女英雄传》三十八回),并不当作文艺来观赏。"他们宁可将眼球投向"狎妓的卫生设施""时髦妇女的各种假发",对文学"连捡起一点儿道听途说的好奇心都没有"。① 作为可能成为文化交流的媒介者,出使西洋的文化人居然对西洋文学完全不感兴趣。钱钟书称之为近代文学冷漠症。就连提倡诗界革命、文界革命,进行思想文化革新和文学改良活动的梁启超,在游历美国之后,对新大陆的多个方面都有记录评论,但对美国的文学状况却几乎未着笔墨,只是在论及纽约时淡淡地提及:"一国中政治之中心点在是,商业之中心点在是,乃至文学美术之中心点,莫不在是。独纽约不然,惟为商业之中心点而已。"②《新大陆游记》给学子提出的游学美国的建议之一甚至强调:"宜学实业,若工程矿务、农、商、机器之类,勿专骛哲学、文学、政治。"③ 可见,国弱民衰的历史现实使得中国人认识到当务之急是学习西方先进的实务之学,而非包括文学在内的人文科学。

其次,对于中国文学的盲目自信和对域外文学价值的漠视。传统的中国士大夫普遍认为中国虽然在技术方面落后于西方,但论文学则未必如此。例如,曾代表清廷出使西方的郭嵩焘在《伦敦与巴黎日记》中写道:"(英国)富强之基与政教精实严密,斐然可观,而文章礼乐,不逮中华远甚。"④ 在底层文人中,这种看法同样也较为普遍。如侠人认为:"吾祖国之文学,在五洲万国中,真可以自豪也。"⑤ 南社成员冯平曾大发感慨:"慨自欧风东渐以来,

---

① 钱钟书:《汉译第一首英译诗〈人生颂〉及有关二三事》,参见于涛选编:《钱钟书散文精选》,时代文艺出版社2000年版,第203页。
② 梁启超:《新大陆游记》,湖南人民出版社1981年版,第20页。
③ 梁启超:《新大陆游记》,湖南人民出版社1981年版,第155页。
④ 郭嵩焘:《使西纪程》之《伦敦与巴黎日记》,岳麓书社1983年版,第119页。
⑤ 阿英编:《晚清文学丛钞》之《小说丛话》,中华书局1960年版,第330页。

文人学士,咸从事于左行文字,心醉白伦之诗,莎士比亚之歌,福禄特儿之词曲,以谓祖国莫有比伦者。呜呼,陋矣!以言乎科学,诚相形见绌;若以文学论,未必不足以称伯五洲,彼白伦(拜伦)、莎士比亚、福禄特儿(伏尔泰)辈,固不逮我少陵、太白、稼轩、白石诸先哲远甚也。"① 这种认识直到19世纪末20世纪初西方文学开始大量传入中国之时,在中国文人中仍相当普遍。域外文学的价值在很长一段时间内得不到中国传统知识分子的承认。

最后,美国文学自身也存在历史的局限。19世纪末20世纪初,美国文学作为一个独立的国家文学,虽然在民族化的道路上已有所开拓,但其世界影响尚未广泛发生。与英国文学、法国文学等欧洲国家的文学相比,美国文学的历史比较短。不仅欧洲人将其看做英国文学的一个支流,甚至在美国国内美国文学也只是英国文学的一个脚注。在19世纪的很长一段时间内,文学虽然在美国人的社会生活中占有一定地位,但大多数美国人倾向购买和阅读英国的文学作品,并以英国的文学标准衡量美国作家的作品。美国本土作家的创作和出版长期得不到重视。被誉为美国文学之父的欧文曾旅居英国达17年之久,其名著《见闻札记》也是以在英国的见闻为素材,文笔风格也与英国作家相似。19世纪四五十年代,随着霍桑、爱默生、麦尔维尔、惠特曼等大作家的出现,美国文学才经历了文学史家所称的伟大的"第一次文艺复兴"②。但是,在近代中国人开始走出国门的19世纪最后三四十年,这些致力于追求美国文学特色的文学家已经陆续去世或引退。新一代的作家马克·吐温、豪威尔斯、亨利·詹姆斯等才相继出现,刚开始给美国文学带来深刻的变化。直到20世纪初,美国评论界才刚刚开始重估美国文学自身的价值,试图将其构建为一个独立的学术领域。但就美国文学整体而言,还远没有产生世界性的影响,其自身的面貌与特色也尚未完全凸显,更难以被世界所认识。历史的局限使得这些情况无法为初识西洋的近代中国人所了解。

那么,中美之间的文学姻缘何以发生?近代中国人如何开启了对美国文学的认识之旅?

据钱钟书先生《汉译第一首英译诗〈人生颂〉及有关二三事》中的考证,中美之间最早的文学关系发生在1864年(清同治三年),而此时已距离中美贸易关系的发生将近八十年。时任驻华英国使臣威妥玛(Thomas Francis

---

① 冯平:《梦罗浮馆词集·序》,载《南社丛刊》第21集,第31页。
② 杨仁敬:《美国文学史》,青岛出版社2010年版,第21页。

Wade，1818—1895）用中文翻译了美国诗人朗费罗的名作《人生颂》，总理各国事务衙门的官员董恂将其中译文润色，把原译文改成了九首七绝。这是最早译成中文的美国诗歌。董恂将这首诗的中译文写在扇子上，辗转送到了朗费罗手中。这段史实已为学界所熟知。但是，其中的一些深层次意味这里还有必要再说几句。从翻译的目的来看，中国外交官员翻译这首诗，不是为了了解西方或传播西方文学，而是为了所谓"同文远披"，为了表现中国诗文的精彩，引诱和鼓励外国人学习中文。这从一个侧面证明了传统士大夫对中国文学的自信和对域外文学的漠视。更令人啼笑皆非的是，美国这时作为一个国家的形象尚不明确，证据就是相当于当时的"外交部副部长"的董恂居然把朗费罗的国籍都搞错了，还以为朗费罗是欧罗巴人。搞洋务的人连西洋的地理观念都还含混不清，更谈不上对西洋文学的深入了解。如钱钟书所言："当时人对欧洲远比对美国看重。美国的国际地位还不算很高，它的'显著的命运'（manifest destiny）还没有招算出来，它还梦想不到第一次世界大战后列入'五强国'，更不用提第二次世界大战后列入'两个超级大国'。"① 可见，不管是美国，还是美国文学，这时远没有引起中国知识分子的重视。

  从中美文学关系史的角度看，在钱钟书的考证中还有一段史实尤其值得注意："光绪八年（1882）四月有个不知姓名的人从日本横滨到美国旧金山去，留下了航程十六天的《舟行纪略》。作者没有标明自己的身份，也没有讲起旅行的目的。他出人意外地评论了朗费罗的诗，还把它和唐诗来较量。"② 这段话实际上暗含着中美两国文学姻缘的重要信息。近代中国人走出国门以后，正是在这样的"游记"当中留下了对于美国文学的认识痕迹。我们先来看一看《舟行纪略》中的这段记录：

  [壬午四月]十一日。因雨不能船面远眺，遂随手取案头之书披阅。……为美国诗人龙飞露诗集，竟日观玩，颇得诗中佳趣。十二日。……船中有英国天主教士史编沙，适到闲谈，因问史君："龙飞露为美国诗人，至英国亦有诗人拜伦，均为欧人传诵。未审二子诗学孰优？"史君谓："二子以能诗名于明，难分伯仲。惟拜伦诗多靡曼之声，未得风雅之正。究不若龙飞露诗感慨激昂，雄健绝伦，淋漓尽致也。子以为然欤？"

---

① 《钱钟书散文精选》，时代文艺出版社 2000 年版，第 193 页。
② 《钱钟书散文精选》，时代文艺出版社 2000 年版，第 206 页。

余谓龙诗中如《开窗》一诗与中国唐诗"人面不知何处去"相似。《炮局》二首则有"一将功成万骨枯"遗音；伤时之作，可为争地争城以战者当头一棒也。《漏沙》一首与"今人不见古时月，今月曾经照古人"，一同寄慨，其神致逼肖李青莲。按漏沙者，取埃及平原之沙注水作漏，以记时刻；夫埃及一境为欧洲诸国鼻祖，立国最古，此沙曾为西国先贤践踏，故龙君抚今思昔，感慨系之也。集中杰作甚多，未能枚举。长体由数百韵至数十韵，气如涌泉而明白畅晓，想元、白亦视为畏友。闻龙君于数月前已作古人，或白玉楼成，亦须异才作序耶！①

　　钱钟书考掘的这段记录颇具戏剧性。试想，一百多年以前，在一条从日本出发去往美国的船上，两位不明身份的神秘旅客，在一个海水波涛汹涌的夜晚，谈起了美国诗人朗费罗（即引文中的"龙飞露"）。这不能不使人感叹中美文学相遇之偶然性和可遇而不可求的文学姻缘。更可贵的是，写下这些记录的主人公不仅将朗费罗和英国诗人拜伦作对比，而且对朗费罗诗歌与中国唐诗的相似之处，主要是情感与意境方面的共通性，颇有心得，对朗费罗诗歌的整体风格与文体特色也有评判（如"感慨激昂，雄健绝伦，淋漓尽致"，"长体由数百韵至数十韵，气如涌泉而明白畅晓"）。从中可见，作者对拜伦、朗费罗和中国诗歌都富于真正的了解，他甚至对诗歌涉及的创作和文化背景也有所谈论（如对漏沙的解释）。以今天的眼光看，这恐怕不能归之于单纯的以中释西，比附比拟。如钱钟书所指出的，早期出洋的国人当中精通外语的极少，能直接阅读文学作品并留下文字记录的更是少数。因而，上述记录中的旅客不但能直接阅读和欣赏朗费罗，还能古今中外互相比较，这在一百多年前，无论如何都是值得赞扬的事。而站在中国的美国文学学术史的角度，这段也许是中国有关朗费罗最早的文评，其意义和价值自然也不能忽略。历史地看，这段话中对美国文学评论的开启，从本质上反映了那个时代人们对追求异域新知的渴望。

　　当然，这两段史实只是代表了国人初识美国文学的偶然事件，但亦宣告了中美文学姻缘的开启。据统计，从1840年至1896年翻译的外国小说只有10种，译自8部外国小说，但这里的美国小说就有两种：《一睡七十年》（即欧文小说《瑞普·凡·温克尔》，译者不详，原载《申报》，1872年5月28

---

① 《钱钟书散文精选》，时代文艺出版社2000年版，第206—207页。

事皆可为，为无不成矣，何有于一百五十万弗之钜金？吾愿读吾书者知此意。"① 如此警示世人，颇有文学伦理学之深意，显然是基于对小说内容的理解。1909年，鲁迅兄弟的《域外小说集》又收入了周作人翻译的爱伦·坡的《默》，译者评价坡"性脱略耽酒，诗文均极瑰异，人称鬼才。所作小说皆短篇，善写恐怖悔恨等人情之微"②。这些只言片语虽然谈不上美国文学研究的自觉，但亦反映了周作人对美国文学的选择意识。

相比之下，孙毓修的《欧美小说丛谈》（商务印书馆，1916年）旨在对欧美小说"钩玄提要，加以评断"，所谈"皆有本原，并非臆说"③，因而对欧美文学作家作品的介绍与评论更为详细，其中涉及的美国作家包括斯托夫人、霍桑、欧文、梭罗四人。这些介绍最初在1913年至1914年的《小说月报》上连载，1916年12月作为商务印书馆《文艺丛刻甲集》之一出版单行本。著者称斯托夫人"以一支弱笔挑动南北之干戈"，并且对斯托夫人在美国文学史上的开创意义做了如下说明："美国当殖民时代，无所谓文学也。独立之初。飞书草檄。则推富兰克林Franklin为钜子。然富兰克林与其谓之文学家，毋宁谓之政治家，科学家也。开山之文学家，当推斯拖活为第一。一时须眉男子，如欧文Washington Irving霍桑Hawthorne诸人，皆读夫人之文而起者也。"④ 简单几句话，便将美国文学的大致状况勾勒清楚。再如，对霍桑的评价："霍桑Nathaniel Hawthorne小说之才，于美为第二等作家，而其名顾反出于欧文Washington Irving、考伯尔Cooper之上，吾求其故，则知通俗喻情，固小说之正规。人欲自显其名，至于村童牧竖，皆知有罗贯中、施耐庵，则莫如为浅俗之小说矣。霍桑之书，专为普通人作荳棚闲话者，如《祖父之座》（Grandfather' Chair）、《有名之古人》（Famous Old People）、《自由树》（Liberty Tree）、《怪书》（Wonderful Book），理想虽不高，而爱读者甚多焉。"⑤ 孙毓修将霍桑列为美国的二等作家，在他看来，霍桑和中国的罗贯中、施耐庵一样，都属于"通俗喻情"的小说家。作者由中美小说境遇的相似性看到的是小说产生社会影响力的原因，这样的评论无疑带有一定的比较文学

---

① 《玉虫缘》译者附识，见《周作人散文全集》第1卷，钟叔河编订，广西师范大学出版社2009年版，第38页。
② 鲁迅、周作人：《域外小说集》，止庵编订，新星出版社2006年版，第170页。
③ 孙毓修编译：《欧美小说丛谈》，商务印书馆1916年版，第1页。
④ 孙毓修编译：《欧美小说丛谈》，商务印书馆1916年版，第42、43页。
⑤ 孙毓修编译：《欧美小说丛谈》，商务印书馆1916年版，第45、46页。

色彩。他还介绍了霍桑创作《红书》的历程,称该书"体大而思精",兼及欧文与霍桑的比较:"评者谓霍桑之书,如欧文之常主乐观,而理想高妙,词条丰蔚,则又过之。"① 该书对梭罗的介绍恐怕是中国人最早谈论梭罗的文字。"美之作者,论人品之高洁,以沙罗 Henry David Thorean 为最",并称欧文的小说"非美国之本色",而梭罗则为"纯粹之美国小说家"。② 这些文字多联系作家生平、时代背景与文学变迁,其写作更类似于今天的文学史话或书话。

孙毓修青年时曾在苏州随美国牧师赖昂女士学习英文,有较好的英文基础和文学修养。③ 他的这些介绍虽选材自英文材料,但明显经过自身的理解和加工,对于当时读者了解美国文学不无裨益。后来的学者王靖在写作《美国文学家事略》(1920)时有些评论甚至直接来源于孙毓修的介绍,可见其影响力。从他对美国文学家的评论中也可以看出其对美国文学知识的摄取和消化是深入而广泛的,因而其眼光和见识远高于许多同代人,这在晚清民初中国知识分子对美国文学的态度当中,颇为可贵。

第三节　林纾的美国文学评论及价值

在中国近代翻译文学史上社会影响最大的莫过于林译小说,陈子展在《中国近代文学之变迁》(1929)一书中称"这是中国认识西洋文学的起点"④,此言也可用于描述中国人对美国文学的认识。在林纾所译述的一百余部小说当中至少有 17 部小说出自美国作家,但其中相当一部分属于不太知名的二三流美国小说,也包括一些美国畅销小说。林译美国小说中重要的知名作家包括斯土活、欧文、欧·亨利三位。在 1912 年中华民国成立之前,林纾的文学译著中有五部美国文学译本:《黑奴吁天录》(Uncle Tom's Cabin,美国斯土活原著,武林魏氏刻本印行,1901 年)、《美洲童子万里寻亲记》(Jimmy Brown Trying to Find Europe,美国阿丁原著,商务印书馆,1904 年,林译误为英国作家)、《拊掌录》(The Sketch Book of Geoffery Crayon, Gent,欧

---

① 孙毓修编译:《欧美小说丛谈》,商务印书馆 1916 年版,第 48、49 页。
② 孙毓修编译:《欧美小说丛谈》,商务印书馆 1916 年版,第 52 页。
③ 参见柳和城:《孙毓修评传》,上海人民出版社 2011 年版。
④ 陈子展:《中国近代文学之变迁·最近三十年中国文学史》,上海古籍出版社 2000 年版,第 98 页。

文原著,商务印书馆,1907年。原著32篇作品,林纾译10篇。)、《大食故宫余载》(*Tales of the Alhambra*,欧文原著,商务印书馆,1907年)《旅行述异》(*Tales of a Traveller*,欧文原著,商务印书馆,1907年)。林译小说的研究很多,但对其翻译和评论美国文学的研究则相对缺乏。许多后来的研究者普遍认为林纾是晚清民初西方文学研究的先行者,就林纾对美国文学的评论而言,这一说法也是适用的。从林译美国小说的情况来看,林纾不仅是美国文学的最早翻译者之一,也是开启美国文学评论的先驱者之一。这些评论多体现在林译小说的序跋或例言当中,集中反映了林纾对所译作家作品的看法。鉴于林译小说在晚清民初巨大的社会影响力,可以说国人正是通过林译小说接触和认识包括美国文学在内的世界文学的。他对美国文学的评论实际上也成为中国的美国文学研究之重要滥觞,因而在此有必要加以记述。

首先,对于林纾的译本《黑奴吁天录》,学界多强调其对国人亡国灭种的警醒意义。其实,若从美国文学学术史的角度看,作为译成中文的第一部长篇美国小说,林纾在该译本例言和跋中对这本小说的评论也有一定的价值和意义。如例言中说:"是书为美人著。美人信教至笃,语多以教为宗。""是书开场、伏脉、接笋、结穴,处处均得古文家义法。可知中西文法,有不同而同者。译者就其原文,易以华语,所冀有志西学者,勿遽贬西书,谓其文境不如中国也。"[①] 林纾是晚清著名的古文家,做文章讲究"古文家义法",这段评论先以古文的章法术语对小说进行了谋篇布局的结构分析,得出的结论是中西文法殊途同归。而且林纾并不像很多人认为的那样一味保守,他对有志西学之人"勿遽贬西书"的警语,也表明了他对异国文学作品艺术价值的尊重。更值得注意的是,林纾对该小说内容的评论是与"美洲厉禁华工"的时局密切联系的,并由此生发出国人缺乏国家意识的感慨。他认为美国虽是文明之国,但"吾华有国度耶?无国度耶"?"无国之人,虽文明者亦施我以野蛮之礼。"为激起华人华工对美国暴行的反抗意识,他甚至对同为黄种人国家的日本对美国的抗争都大加赞赏:"若夫日本,亦同一黄种耳,美人以检疫故,辱及其国之命妇,日人大忿,争之美廷,又自立会与抗。勇哉日人也!"[②]

---

① 陈平原、夏晓虹编:《二十世纪中国小说理论资料》,北京大学出版社1997年版,第43页。
② 陈平原、夏晓虹编:《二十世纪中国小说理论资料》,北京大学出版社1997年版,第44页。

可见，林纾对美国文学的评论一开始就是与惨烈的现实联系在一起的。

在林纾译本出现的1901年，经历此前几十年的西风东渐，国人已经对美国有了一定的了解和认识。这也体现在文学翻译当中，林纾不仅已经明确知晓作者的国籍，而且对美国人对宗教信仰的热忱（可视为国民性）及在本小说中的反映也有点明。这与几十年前连外交官都将朗费罗的国籍搞错已经不可同日而语。不同于此前只有极少数人才能接触到美国文学，林译《黑奴吁天录》第一次让知识分子与普通大众都意识到：美国也有文学。这恐怕是这个译本带给国人的又一个重要信息。通过这个译本的巨大社会影响，不止是美国文学的风貌，甚至美国的形象，美国的民情，都获得了一次生动的展现。而这些无疑成为此后美国文学在中国传播与接受、评论与研究的前语境。

林译美国小说中影响较大的还有欧文原著的《拊掌录》和《旅行述异》。除了译述小说本身，关于这两部书，林纾也发表了精彩的评论。这些评论可以大致分为以下几个方面。

首先是对原作者华盛顿·欧文的评论。例如，《拊掌录》前有《欧文本传》一篇，记录了欧文的生平经历，著作情况，在一定程度上也可以看出林纾对于欧文的看法。"欧文者，为英之名家推奖为美洲第一能文者。自有欧文，美之文人亦渐出。……而欧文生平著录，持论无复偏倚，一衷于正，不示人以瑕隙。欧文气量宏广，而思致深邃而便敏，行文跳踯变化，匪夷所思。其雅趣高情，则可肩随爱迭生。又博古，广哀遗典，叩以所有，无不立应。文中描写山水美术，读之如览图画。旁搜远绍，如《格拉那大战纪》，故稽索陈典，无一遗漏。至于调诙之笔墨，尤隽妙可人意。欧文所著书，每部必派别其文，不名一格。独此部庄谐咸备，而吊古欷歔，尤生人无穷慨叹，然皆本忠厚而不伤于峻刻。其写生则栩栩欲生，几凌纸怪发，纵多讥讽，亦不伤于刻毒。其中叙耶稣圣节，则熙熙然太古之遗风也；其凭吊古人，则飘飘然无胶固想也。他如李迫之梦，蒙师之亡，均寓言可供喷饭。欧文殆奇才也！"①这段文字不但指出了欧文在美国文学上的开创性意义，而且对其"庄谐咸备"、"忠厚而不伤于峻刻"的写作风格的总结也颇为到位。他还在《旅行述异》序中将欧文的小说按主题分为鬼、名士、盗、掘藏四大类。"欧文者，古之振奇人也，能以滑稽之语，发为伤心之言，乍读之，初不觉其伤心，但目

---

① 〔美〕欧文：《拊掌录》，林纾、魏易译，商务印书馆1981年版，第3、4页。

以为谐妙,则欧文盖以文章自隐矣。"① 这些评价已经不能归之为单纯的译述,而更应视之为译者结合小说内容和自身体会,以古文家的语言做出的评价。

其次,林纾对于欧文小说(散文)的评论并不囿于故事本身,而是常常涉及由小说内容衍生出来的话题。凡有所感,必有评论。例如,《李迫大梦》故事中主人公李迫因为悍妻在家而不得不出走,这竟让林纾生发出一番男女婚姻关系的感慨:"嗟夫李迫,汝所言,何慨世之深也?裙腰之专制固非佳,然亦有乐此不疲,不愿趣仙乡,而乐温柔乡者,惜汝未之见,吾固见之矣。……惟野蛮之怕妇,与文明之怕妇稍殊。实则娘子军之威棱,非长身伟貌之丈夫所能御也。"② 如此评论让人看到了士大夫幽默的一面。再如,《纪英伦风物》跋:"欧文产于美洲,必见轻于欧人。然欧人之轻美,正自有素,特欧文者不宜在见轻之列。试观其词,若吐若茹,若颂若讽,而满腹牢骚,直载笔墨俱出,而此尚为开场之论。至于《旅行述异》一书,则摹绘名流丑状,至于不值一钱,其人皆欧产也。可见天下之负盛名者,其实最不易副,正以责望者多耳。"③ 这段文字不但涉及了欧洲人与美国人之间的互看关系,而且对欧文的写作风格("若吐若茹,若颂若讽")及写作内容("摹绘名流丑状")有所评论。

欧文之所以深得林纾的欣赏和推崇,还因为他在欧文的小说中找到了共鸣。欧文的小说常常以历史和古代传说为素材,充满了对欧洲古老文化和文明的留恋,弥漫着浓郁的怀旧情绪。在欧文写作的时代,美国社会正处于资本主义快速发展的阶段,商业气息和钻营精神是时代主流,但他的小说却很少受到这种社会氛围的影响。正是因为这一点,文学史家甚至认为欧文属于英国式的作家,不代表典型的美国精神。林纾虽然不可能认识到这一点,但他对欧文小说中的崇古尚古这一基调还是颇有把握的。他在相关序跋当中一再申诉传统的重要性,借欧文为自身保守的文化立场辩白。比如在《耶稣圣节》跋中,林纾认为欧文此文表达了对"欧西今日之文明"的看法,即"人人讲自由,则骨肉之胶质已渐薄,虽伴欢诡笑,而心中实有严防,不令互相侵越,长日为欢,而真意已漓"。他对此颇感赞同,并附和道:"天下守旧之

---

① 林薇选编:《畏庐小品》,北京出版社1998年版,第96页。
② 林薇选编:《畏庐小品》,北京出版社1998年版,第92页。
③ 林薇选编:《畏庐小品》,北京出版社1998年版,第93页。

谈，不尽出之顽固。"① 这句话颇有夫子自道的意味。再如，在《圣诞夜宴》跋中，下面这段议论更突显了林纾在译述过程中发现的"中西一致"："欧文·华盛顿，古之伤心人也。在文明剧烈中，忽动古趣，杂撅此不经之事，为文明人一易其眼光，此东坡所谓久餍膏粱，反思螺蛤者也。彼亦情知不胜，故于楮尾作一番议论，回护其短，黠矣哉。虽然，顽固之时代，于伦常中胶质甚多，故父子兄弟，恒有终身婉恋之致。至文明大昌，人人自立，于伦常转少恩意。欧文感今思昔，故为此顽固之纪载，一段苦心，识者当能会之。""盖古人元气，有厚于今人万倍者。必人到中年，方能领解，骤与青年人述之，亦但取憎而已耳。"②显然，林纾的这些序跋已经不止于文学层面的评论，而是与生活经验、人生感悟以及文化立场联系在一起。

林纾译述和评论欧文的时代正处于新旧转换的20世纪初，东西方文明的激烈碰撞使得每一个传统士大夫不得不接受异域新知的洗礼和考验，审视自己的文化立场何去何从。作为一个译介外国小说的开风气之先者，他从欧文小说中看到的更多的却是与自身传统文化立场乃至人生经验、生活感悟相契合的一面，"译欧文之书，知中西一致"③。而对欧文从前资本主义的传统观点来批判和谴责美国新兴的资本主义社会谋求暴利的小说主旨几乎不予注意。这一点也颇值得人深思。此后林纾又陆续翻译了美国文学作品十几种，但多数属于二三流之作，且译笔枯涩、劲头松懈，令读者厌倦，其社会影响无法与前期《黑奴吁天录》、《拊掌录》等相比，也再无出现更有价值的评论。但是，正是通过林纾的译述，国人对美国文学的翻译才开始真正起步，并在一定程度上启发了后继者对美国文学特别是对欧文的评论与研究，其深远影响不容低估。

当然，林纾并非晚清民初唯一推崇欧文的人。比林纾稍晚，对欧美文学也多有译介的周瘦鹃④在其《怀兰室杂俎》中评价欧文的笔记："文辞懿美，有字里花飞之致。回环锥涌，爱不忍释。篇中妙句的的，直欲笼以碧纱也。

---

① 林薇选编：《畏庐小品》，北京出版社1998年版，第94页。
② 林薇选编：《畏庐小品》，北京出版社1998年版，第95页。
③ 林薇选编：《畏庐小品》，北京出版社1998年版，第99页。
④ 周瘦鹃编译的《欧美名家短篇小说丛刊》（上海：中华书局，1917年）设"美利坚之部"，收入欧文、霍桑、挨兰波（E. A. Poe）、施土活夫人、爱得华海尔（Edward E. Hale）、马克吐温、白来脱哈脱（Brett Harte）的小说各一篇，篇前附作者小传，均系文言译述。

予心坎中怀欧美大文学家无数：曰迭更司、曰司各德、曰嚣俄、曰大仲马、小仲马、曰毛柏桑、曰贵推、曰希莱尔、曰托尔司泰、曰霍桑；而据吾心坎中最高位置者，则为欧文。欧文杰作凡十数种，以《笔记》一书为尤著。所为文幽馨淡远，如紫罗兰，而其轻倩飘逸处，则类掷笔空中，作游龙矫夭之状。中如《李迫樊温格耳》、《睡洞》、《碎心》、《惠斯明斯德大寺》诸篇，皆戛戛独造，足以涵盖一世文坛者。"① 这段话列举了多位世界文学家，偏偏把欧文置于"最高位置"，从文辞到风格都加以评判，虽不无过誉，但亦可反映出欧文作为美国文学的代表在论者心中的地位。

1925年，林译《拊掌录》经严既澄校注，被作为新学制中学国语文学补充读本。严既澄在长篇导言对欧文这部书也给予了很高的评价。"他的文辞的丰丽，他的风格的高华，他的精神的妩媚，凡是稍曾留心研习过英文文学的，大都能辨认出来。""欧文这部书的目的，只是如一个画家的写生一样，把他所得于人生社会及自然界的种种的境象用他自己的心灵去提炼一过，然后重新用他的笔墨去表现出来。因此，在他的'自述'里，他自己也拿画家的稿本来比拟他这部书。他的选材，可谓极兼收并蓄的能事了，信手拈来，俯拾即是，似乎是无所容心于其间的，友朋的谈话，他自己的观察，藏书楼中的尘封蛛网的架上，都可以做他的无尽藏的材源。而于每种材料寻觅到手之后，他总要让他自己的幻想很自由地拿它来玩弄一番，必待弄倒熟透了，然后达之于语言文字。因此，我们所能发见于他的作品上的，只有他的自由活泼的想象，和他的毫无掩饰的性情，而没有什么深玄的思虑。"② 这样的分析和评价显然已经着眼于欧文小说的文学特色本身，比此前林纾个人抒怀式的评论前进了一大步。

---

① 转引自蒋瑞藻：《小说考证》，上海古籍出版社1984年版，第565页。
② 〔美〕欧文：《拊掌录》，林纾、魏易译，严既澄校注，商务印书馆1925年版，第28、29页。

第五章　20 世纪 20 年代至 30 年代美国文学的总体评介与研究

晚清民初至新文化运动前后,外国文学作品虽然大量被译介入中国,但其中占主体地位的是欧洲文学,因为欧洲文学在当时被认为是世界文学的代表,对中国新文学的建设最具有示范意义。新生的美国文学的翻译与评论远远落后于欧洲文学。截至 1927 年,美国文学的重要作家作品翻译仍寥寥无几。1927 年以后,这种情况开始发生变化。据统计,从 1919 年至 1927 年,将近十年的时间内中国翻译美国文学总数为 24 部,而 1928 年至 1929 年两年间就有 24 部,与此前翻译美国文学的数量相当。伴随着美国文学作品翻译数量的增加,国人对美国文学有了更直观更深入的鉴别和体认。从中国的美国文学研究史来看,民国时期的 20 至 30 年代实乃美国文学研究第一个较为活跃的阶段。这一时期无论是在美国文学总体论,还是在美国文学各文类(诗歌、小说、戏剧)的具体研究方面,都取得了重要的进展,甚至连美国黑人文学、女性文学这样似乎较为"边缘"的内容都有所涉及。以往学界虽也注意到了上述这些成果,但对它们的具体内容和为什么重要往往缺乏深入的解读分析。接下来两章将从对美国文学总体研究和美国文学各文类研究两个角度分别对这一时期出现过的主要论著进行解读和分析,并着重讨论它们在我国美国文学研究史上的价值和意义。

第一节　20世纪20年代民国学界对美国文学的总体评介

一、王靖的"美国文学家事略"

现代中国对美国文学的系统认识是与英国文学相联系的。1920年6月王靖编写的《英国文学史（上册）》出版，系我国用文言写作的第一部英国文学史。作为该书的附刊，作者以"美国文学家事略"为题，对十六位美国作家进行了介绍。这些介绍长则数百字，短则几十字，几乎囊括了20年代以前国人对美国文学认识的全部。观其所论作家分别为：欧文（Washington Irving）、朗弗罗（Henry Longfellow）、德列克（Joseph Rodman Drake）、爱德华（Jonathan Edwards）、福兰克林（Benjamin Franklin）、勃兰脱（William Cullen Bryant）、华特尔（John Greenleaf Whittier）、亚兰保（Edgar Allen Poe）、莺木生（Ralph Emerson）、罗威尔（James Lowell）、沙罗（Henry David Thoreau）、考伯尔（James Fenimore Cooper）、霍桑（Nathaniel Hawthorne）、本拉士各德（Wlliam Hickling Prescott）、朋克拉福（George Bancroft）、马特莱（John Lothrop Motley）。

以今天的眼光来看，这其中有些人实际上是政论家、历史家和哲学家，并不能完全算作文学家。但是，由于中国传统的文学观念对文学的理解并不仅仅包括纯文学作品，而是指用文字书写的一切典籍文献。在王靖写作的年代，文学观念正处于传统与现代的转换和过渡时期，这种对文学的宽泛标准是可以理解的。再加上当时对域外知识的摄取也只能较多地依赖于国外学者特别是欧洲人的成说，而缺少独立的辨别，因而出现了这种混杂的状态。就具体的内容而言，由于王靖用文言写作，有时也会不自觉地将美国文学与中国文学作一番比附，将异域文章纳入传统中国文评的思考范式。这样的以中释西，本身就带有一定的比较视野，也拉近了中美文学之间的距离。例如，说朗费罗的诗"清新俊逸，不愧称西方鲍庾"①；再如，评价爱伦·坡的作文风格与构思技巧："为文简峭有奇气，叙事不枝蔓，而关锁伏线处，尤涓滴不

---

① 王靖：《英国文学史》"美国文学家事略"，泰东书局1920年版，附刊第5页。

漏。"① 评价其诗："音韵铿锵，情境亦能曲曲传出，盖古乐府之遗音也。"② 对爱默生评价极高："莺木生为美国文学史中有数人物。其思想之富美之文学，无出其右者。其为文也遒劲雄深，魄力甚伟，文中有时极浅显，妇孺都解，有时极深浑，虽宿学之士，亦无从领会。"③ 凡此种种，无不反映出新旧转换的过渡时代国人对美国文学的认识轨迹。

如同王靖的著述所反映出来的，对于英国文学可以作史，而美国文学常常只能以作家论的面貌附于英国文学史后。这既与美国文学当时有限的世界影响有关，也与中国人因袭欧洲人的观点，对美国文学的看法或曰偏见有关。这在 20 世纪早期欧洲人撰写的英国文学史中并不鲜见。例如，1930 年，林语堂的侄子林惠元曾翻译出版过一本《英国文学史》（上海北新书局）。原书 *English Literature from Beowulf to Bernard Shaw*（1913）系德国柏林大学英国文学教授德尔梅（Frederick Sefton Delmer）所撰，出版后数十年中曾多次再版，影响深远。该书就将"美国及殖民地文学"放置在正文之后，甚至在文学历史大事年表中，也将"美洲的发现"列入其中。由此也可以反映出美国文学的独立价值在当时并未完全得到欧洲人的承认。就连美国国内，对是否存在独立的美国文学也抱有疑问。美国 1917 年出版的《剑桥美国文学史》还在强调美国文学同英国文学的血脉关系。从 1920 年开始，美国和加拿大语言和文学界最高学术团体"现代语言协会"才"承认确有美国文学这么回事"。④ 作为学习西方先进的后发国家，中国人对美国文学的认识不可避免地也受到这种观点的制约。由于文化传播的滞后性，这种偏见一直到 1929 年曾虚白的《美国文学 ABC》中还有所表现。

王靖作为现代时期较早关注美国文学的中国学者，除了在《英国文学史》的书写中编写和增添《美国文学家事略》，在介绍和研究美国文学方面还有其他作为也值得一提。1921 年，王靖还翻译了英国学者圣·约翰·爱尔文（St. John Ervine）的"近作"《美国的文学——现在与将来》，分上下两部分连载于当时对美国情况多有关注的《东方杂志》第 18 卷第 22 至 23 号。从目前的资料来看，这也是民国时期最早的一篇对美国文学进行整体评论的译文。据

---

① 王靖：《英国文学史》"美国文学家事略"，泰东书局 1920 年版，附刊第 10 页。
② 王靖：《英国文学史》"美国文学家事略"，泰东书局 1920 年版，附刊第 10 页。
③ 王靖：《英国文学史》"美国文学家事略"，泰东书局 1920 年版，附刊第 12 页。
④ 参见刘海平、王守仁主编：《新编美国文学史》"总序"，上海外语教育出版社 2002 年版。

笔者查证，这篇文章译自 1921 年 2 月发表在美国《世纪杂志》(*The Century Magazine*) 的 *American Literature Now and To Be* 一文，略有删节。原作者圣·约翰·埃尔文（St. John Ervine, 1883—1971）是英国现代剧作家、小说家和评论家。1920 年，埃尔文在美国进行参观访问，其间多次被人问及对美国文学的看法，遂于回国后写成此文。这篇文章对欧洲学界普遍轻视美国文学的看法进行了批评。作者回顾了美国文学从 19 世纪至 20 世纪初年出现过的重要作家作品，并结合自己在美国的见闻，探讨了长期以来美国没有产生伟大的本土文学的原因，包括缺乏长久的传统、团结的文化，人民偏于物质的追求，与乡土没有建立深厚的关系等。但是作者认为，美国文学并不全然是对英国文学的模仿，至少在当时已经产生了有价值的独立的文学，比如惠特曼、爱默生、爱伦·坡、马克·吐温等都是美国文学创作界的健将。美国文学虽然现在还存在种种问题，但它的未来和这个国家的发展一样无疑是充满希望的。他在文章结尾自信地预测："等到美国文化成熟国基坚定，必能以自身所得的经验，与由欧洲学来的经验，创造一种伟大的文学，使世界文坛上多添一重的光彩啊。"①（王靖译文）原作者虽然仍带有一定程度的欧洲中心尤其是英国中心主义，但他对美国文学的立论和评说大体仍是公允的。因此，翻译这篇文章最大意义在于及时向中国读者传达了欧洲学者对于美国文学的最新看法，为此后中国人正确认识美国文学的发展提供了参照。

同年，王靖还写了一篇《美国文学复兴底疑问》，发表于《民国日报》的平民副刊第 68 期。该文主要援引了当时美国文学界对美国文学复兴的讨论，列举了持相反态度的两派人的观点。以拉威士（Sinclair Lewis，原文误作 Lowis）为代表的文学家认为，美国的文艺复兴，在于群众能够多读国内的文学作品，鼓励作家的创作，加强美国文学的宣传，由此才能与英国文学相抗衡。一些批评家对此则持怀疑态度，他们认为群众对文学作品的选择是依其嗜好而定的，并不能真实地反映作品的文学价值，美国文学家必须在艺术上有更深的修炼，才能实现所谓的文学复兴。这篇文章虽然主要是转述美国文坛的关于美国文学的一场争论，但也反映出作者王靖对美国文学发展前景的关注与思考，传递了美国文学界的最新动态。

从王靖对美国文学的译述和研究来看，早期中国学者对于美国文学的发

---

① 〔英〕约翰·爱尔文著：《美国的文学——现在与将来》，王靖译，载《东方杂志》1921 年第 18 卷第 23 号，第 62 页。

展前景是否光明并不是十分肯定，甚至疑问重重。他们虽然已经注意到了欧美学者关于这个问题看法的分歧，但自身并未给出更多的独立评论。这其中的原因可能部分是由于当时美国文学作品在中国的传播范围和数量都极为有限，国人无法对美国文学做出切身的体会和判断，因此只能通过译述国外学者著作或言说的方式，间接地吸取采纳一些关于美国文学的知识和看法。从这个角度上来说，20年代初期，在国人普遍对美国文学还较为陌生的情况下，王靖能够注意到美国文学的巨大潜力，对其有一定的研究，并将当时国际上对美国文学的讨论传递给中国读者，这是极为难能可贵的。

二、曾虚白的《美国文学 ABC》

曾虚白的《美国文学 ABC》（上海：世界书局，1929 年）是民国时期第一部试图介绍美国文学全貌的专著。这本书最先是作为上海世界书局的 ABC 丛书中的一种出现，1935 年又收入世界书局的《西洋文学讲座》丛书。ABC 丛书在 20 年代影响很大，时任世界书局编辑的徐蔚南在"ABC 丛书发刊旨趣"中说，丛书的目的是"使人人都能找到各种学术的门径"，"启发他们的智识欲，并且可以使他们于极经济的时间内收到很大的效果"。① 因而，从定位上来讲，《美国文学 ABC》是为了普及美国文学知识，以期引发国人研究的兴趣。曾虚白先是为这套书撰写了《英国文学 ABC》，之后应徐蔚南之邀又继续撰写了《美国文学 ABC》。书中有一篇"总论"曾以《我的美国文学观》为题在其主编的《真美善》杂志上发表过。这是中国学者第一次如此旗帜鲜明地谈"美国文学观"，其意义自然不容低估。

全书共十六章，除总论外，其余十五章都是作家专论，因而与其说这本书是美国文学史类的著作，毋宁说是美国文学作家论的组合。该书所论作家包括：欧文（Washington Irving）、古柏（James Cooper）、爱摩生（Ralph Emerson）、霍桑（Nathaniel Hawthorne）、朗法罗（Henry Longfellow）、怀氏安（John Greenleaf Whittier）、欧伦濮（Edgar Allen Poe）、霍尔姆斯（Oliver Holmes）、杜乐（Henry Thoreau）、罗威尔（James Lowell）、怀德孟（Walter Whitman）、吐温（Mark Twain）、威尔斯（William Howells）、赖尼尔（Sidney Lanier）、詹姆士（Henry James）。

---

① 徐蔚南：《ABC 丛书发刊旨趣》，见《英国文学 ABC》扉页，世界书局 1928 年版。

相对于早期王靖对美国文学家只言片语的概略式介绍，曾虚白此书作为一本学习美国文学的入门书，显然更丰富和完备。如果对比两者所涵盖的作家，就会发现此前王靖所列的历史学家、政论家等已不见了踪影。编者在总论中开明宗义："第一点，我们应该指出普通做美国文学史者的错误，他们把一切凡有作品的作家都乱七八糟地收在文学史里。政治家像林肯、弗伦格林；演说家像克莱（Clay）、惠勃思脱（Webster）等，都在美国文学史上占有重要的位置。然而他们是实行家，是戴着充满了理智的头脑，提起笔或张开嘴时，只想用技巧的措辞来发扬他们政治上的主张，我们决计不能承认这种作家是文学家。"[①] 著者用几乎是苛刻的言辞表明了自己做美国文学史的主张，他决心剔除旁支，只按照纯文学的观念选取作家："不论他是浪漫派、写实派、惟美派、象征派或其他无论什么派，凡是真正的文学家，是象牙塔里的讽咏者也好，是十字街头的呐喊者也好，没有一个不有轻灵的想象和泛滥的情感的。"[②] 想象与情感是纯文学最重要的文学特质，以这种观念看待美国文学，注重文学作品的艺术价值，这是曾虚白美国文学观明显不同于前人王靖的一个重要方面。

曾虚白是晚清著名文学家曾朴之子，早年毕业于上海圣约翰大学，受过良好的英文和文学教育。既有家学渊源，又有较高的英文造诣和文学修养，因而为普通读者介绍英美文学是一个合适的人选。他自己也曾坦言其对西洋文学趣味的发生正是由美国文学引起的："我最先接近西洋文化是在美国人开的教会学堂里，所以开始引起我文学兴味的是美国文学——就是霍桑的《乱林故事》和《红字》等书。以我个人说，美国文学实在是我文学的启蒙师，是个在文艺之园里给我斩荆拔棘的功臣，当然要有一种感谢的纪念，那末，这本册子就算是赠给我启蒙师的纪念物吧。的确的，虽然我后来渐渐地由美国文园里漫游到丰富的英国，更丰富的法国和俄国文园里，可是海斯德从监狱里端庄静穆地走上刑场时的情状，永远是深刻地留在我脑膜上不能磨灭的映象。我记得那时我们的文学教授 Throop 用着极悲壮的音调朗诵这一节的时候，满课堂二三十个人都雅雀无声地沉默着，四围空气里好像动荡着凄惨的丧歌，使我不知不觉的湿润了双睫，就在这短促的几分钟间，我认识了文学

---

① 曾虚白：《美国文学 ABC》，世界书局 1929 年版，第 5 页。
② 曾虚白：《美国文学 ABC》，世界书局 1929 年版，第 5—6 页。

的伟大。"① 曾虚白本人还亲自翻译过爱伦·坡、德莱塞、欧·亨利等美国作家的小说作品。② 可见，从个人趣味上来说，曾虚白显然对美国文学是有着直接的感受和认同的。

但是，从学术的角度，曾虚白对英国文学和美国文学显然有着不同的看法。在中国学界接触美国文学的历程中，对美国文学地位的界定是不可回避的一个问题。曾虚白写作此书时，显然也对此有过思考。这也构成了他的美国文学观的一个重要组成部分。他在序言中说："我做完了《英国文学 ABC》，徐蔚南兄要我再做一部《美国文学 ABC》。其实，与其做美国文学，毋宁做一部俄国或意大利或西班牙或斯干狄奈维亚文学的比较适当些。然而，在又一方面想，美国文学既是英国文学的一支派，那么，没有美国文学，好像英国文学还没完全，所以我就答应下来了。只希望读者们把这本小册子做英国文学 ABC 的第三册看，这才可以贯澈首尾。"③ 这段自白的言外之意是，美国文学没有独立的地位，作为英国文学的一个支派，其价值在于使英国文学显得更加完整，不足以作为世界文学的代表。这种认识在该书的总论中有更明确的表达："在翻开美国文学史以前，我们应该先要明白了解'美国文学'这个名词，在真正世界文学史上是没有独立的资格的。它只是英国文学的一个支派，正像苏格兰文学和爱尔兰文学的不能脱离英国文学的一样；或者又可说它是在地理上别一个国家所产生的英国文学，正像比利时人梅脱林克的作品始终是法国文学，波兰人康拉特的作品也算是英国文学的一样理由。"④ 这段话既反映了曾虚白对美国文学的总体认识，也颇能代表当时学界对于美国文学的一般看法。

为了证明这种看法的合理性，曾虚白又从学理的角度进行了论证。他先是回顾了美国的历史，认为在殖民时期和革命时期，美国人忙于斗争和生存，忙于更为迫切的现实问题，自然无法产生伟大的文学。接着，他又强调了美国文学受到的外来影响。"直到十九世纪的初叶，美国的国基既定，并且各方面都有长足的进展，于是文学界也产生了灿烂的明星。然而我们若说是美国文学的怎样发展，无宁说是英国文学的老根上浇上了法国浪漫运动的肥料，

---

① 曾虚白：《美国文学 ABC》序，世界书局 1929 年版，第 1—2 页。
② 参见曾虚白等译：《欧美小说》，真美善书店 1917 年版。
③ 曾虚白：《美国文学 ABC》序，世界书局 1929 年版，第 1 页。
④ 曾虚白：《美国文学 ABC》，世界书局 1929 年版，第 1 页。

顿时增长了特殊的生活力,所以它伸长到这新世界里来的桠枝上,也跟着开出了眩人目光的奇花。"① 总而言之,美国文学在伟大性和独立性两个方面都经不起推敲。

但是,作者对美国文学的态度似乎又是矛盾的,一方面宣称"美国文学"在世界上没有独立的资格,是英国文学的一个支派,对于19世纪美国文学的成绩也轻描淡写地归之于英法文学的延伸。"至今还没有看见真正美国文学出现的曙光"②。另一方面,作者在书中的一些表述又似乎想要突出美国文学的价值,对美国文学的未来报以希望。总论中的这段话说得很清楚:"就现代为止的美国文学史而论,我们该承认,他们还没有发现过怎样伟大的作家,可以在世界文坛上,与文学先进各国的大师争永生的光芒。然而我们该明白他们是得天独厚的骄子,因为他们的种族是各种民族糅合而成的,他们的血脉里流着赛克逊、脑门和丹麦的血液,他们的祖先有意大利人、德国人和塞尔德人;这种杂合的结晶,将来当然有产生异常天才的可能,决不可拿他们很简短一世纪的成绩来断定这个广大的国家是文学的荒碛。……我们不该因为他历史的简短和尚未有独立的可能性,就轻视了美国文学。他们虽然没有出类拔萃的大师,却有多数努力的作家;这是英国文学的旧家里分出来最繁昌的一个大族。"③

曾虚白的似乎有些矛盾的美国文学观体现在他对美国文学特色和作家作品的评述上,也表现出一种既不愿过分赞扬也不愿忽视其价值的暧昧状态。对于美国文学的整体特色,他写道:"概括地说起来,美国人的文学作品是理想的、甜蜜的、纤巧的、组织完善的,然而,它们没有抓住人生的力量。他们的诗人,除了少数的一二人以外,是浅薄得发着月亮般的光芒,只在技巧上求全。他们成功的小说家既不多,又是软弱,戏曲家,还没有产生。"④ 这样的评述近乎苛刻。曾虚白认为美国作家中除了爱默生、惠特曼、马克·吐温等少数人的一部分作品之外,"其他美国的一切作家,精神是美丽而精细的,可是很少表现出他们曾感知人生的现实,也很少感受了人生巨大的意义,抖动着他们的心弦"⑤。而爱伦·坡、豪威尔斯、詹姆斯等人的作品,"形式上

---

① 曾虚白:《美国文学 ABC》,世界书局1929年版,第3、4页。
② 曾虚白:《美国文学 ABC》,世界书局1929年版,第6页。
③ 曾虚白:《美国文学 ABC》,世界书局1929年版,第11页。
④ 曾虚白:《美国文学 ABC》,世界书局1929年版,第7页。
⑤ 曾虚白:《美国文学 ABC》,世界书局1929年版,第9页。

是很可爱的，可是细考他们的质地却是十分薄弱，没有强大的生命力"。他宣称："美国作家的小说，虽有惊人的产量，始终不能攀登上第一流的位置。"①这样的言论未免过于武断，就在曾虚白此书出版后的1930年，美国小说家辛克莱·路易斯获得了诺贝尔文学奖，可见至少在当时的欧洲人看来，辛克莱是最为杰出的美国作家。辛克莱的获奖也意味着欧洲学界对美国文学独立价值的承认和肯定。遗憾的是，虽然曾虚白写作此书时20世纪已过去将近三十年，但他并没有关注20世纪以来的美国现代文学，而是截止到19世纪末的亨利·詹姆斯。这其中不免有重古轻今的倾向，因而他必然无法对美国文学做出全面的评判。

但是，该书的优点也是显而易见的。在具体的作家论上，著者按照生活、性格、作品、批评等几个部分进行编写，体例可谓清晰完备，的确能为读者指明研究美国文学的一般路径。对美国作家作品的评论也是简练、清晰、到位的，反映出20年代末中国文坛对于美国文学认识的演进。例如，对中国人最早认识的美国诗人朗费罗，著者虽然将其归为"第三流的诗人"，但是亦指出朗费罗的在文学史上的积极意义："郎法罗是美国每一个家庭的诗人；他的桂冠是群众给他戴上的。一个诗人能做到这样地步就是够伟大了，无论有怎样不满意的批评也不能动摇这坚固的基础。的确，用严格的批评眼光来看他的诗，随在可以看出他的毛病来，然而他永远受着千百万人群的热烈崇拜，始终是不可磨灭的伟大。"②再如，对于颇受20年代中国文坛青睐的惠特曼及其《草叶集》的评价："怀孟德的诞生是美国文学史上最光荣的一页。""所谓《草叶集》表面上是表现作者个人的成长，是一个进程，一个发展，仿佛是自然的和发自内在的歌声，然而他的用意却是缜密地组织成真正宇宙长成的模型。""这本诗集的中心，是同情心普遍的呼号，是爱情与幻想颤抖的表现，就是这种精神使这个伟大的诗人，能把他自己融合在人类的一切忧愁和快乐里边。他从各方面来激动读者的心灵，把我们摇去了虚伪的恶习，从无同情而隔离的牢狱里拯救出来。"③再如，对马克·吐温的评价："马克·吐温的作品包罗着各色的人生……他的作品的读者可以明显地分成绝对不同的两派，一派是未成熟的人，又一派是已成熟的。在未成熟的读者看来，他的作品只

---

① 曾虚白：《美国文学 ABC》，世界书局1929年版，第10页。
② 曾虚白：《美国文学 ABC》，世界书局1929年版，第40页。
③ 曾虚白：《美国文学 ABC》，世界书局1929年版，第82—83页。

像《鲁滨孙漂流记》和《金银岛》等一般有丰富的情感、发笑的谈资；可是在成熟的读者看来，书虽是同样一本书，却感觉到他是一个伟大的人类性情的讽刺，一个一切人生真相的写真，一个赤裸地简单的叙述，却叫一切伪善都要对着他扮出一幅鬼脸般的苦笑。"① 这些评论即使在今天看来，仍然不失其价值。

曾虚白的《美国文学 ABC》出版后，也引起了一向关心欧美文学发展的梁实秋的注意，他甚至负责任地评价道，这本小册子比起《英国文学 ABC》"做得好多了"②。针对曾虚白书中对美国文学世界地位的武断评价，梁实秋也提出了商榷，并对美国文学在世界文学中的地位发表了看法："近年来美国文学的发展似乎是很惊人的，前途是极光明的，并且美国已渐渐养成了美国固有的文化，近二十年来美国文学已渐渐染上了美国的特有的风味，已渐渐脱离了英国文学的藩篱。这种现象，凡是稍微留心一点美国现代文学的人，没有不深刻感觉到的。我们可以说伟大的美国文学还没有出现，我们却不能说独立的美国文学现在还没有出现的希望。"③ 这种批评的出现恰恰说明了曾虚白此书的社会反响。可见，曾虚白此书的意义不仅仅在于为国人普及了美国文学知识，为有志于此的研究者提供了参考，就其客观效果来说，至少也促进了学界对于美国文学地位和特色的重新思考。

三、郑振铎《文学大纲》中的"美国文学"

20 年代，除了王靖、曾虚白对美国文学的总体介绍，郑振铎在 1926 年《小说月报》第 17 卷第 12 期上发表的长文《美国文学》亦试图对美国文学的全貌做出描述。④

早在写作此文之前，郑振铎就十分关注美国文坛的情况。1921 年他曾在《小说月报》第 12 卷第 6 期上发文介绍美国的重要文学杂志《日晷》，认为与英国保守的同类杂志相比，该杂志十分新鲜活泼，追求进步，并且很希望能

---

① 曾虚白：《美国文学 ABC》，世界书局 1929 年版，第 47 页。
② 梁实秋：《雅舍谈书》，陈子善编，山东画报出版社 2006 年版，第 52 页。
③ 梁实秋：《雅舍谈书》，陈子善编，山东画报出版社 2006 年版，第 53 页。
④ 此前有研究者称中国较早试图全面介绍美国文学全貌的是郑振铎在《小说月报》上发表的长文《美国文学》，此后才有其他研究。实际上，郑振铎这篇文章发表于《小说月报》的第 17 卷第 12 期，发表时标明是《文学大纲》第四十章，时间是 1926 年。说其试图较早介绍美国文学全貌没错，但称此后才有其他研究与史实不符。

够仿办。1923 年他在为青年学子介绍关于文学原理的重要书籍时，也列举了多部在美国出版的重要文学论著。这些都成为他研究美国文学的前期积累。同时，由于郑振铎受英国学者莫尔顿"文学的统一观"的影响，主张研究文学时应超越国别和时间的界限，寻求文学在表达人类精神与情绪方面的共通性。这使他在对待美国文学时，能够超越时代对于美国文学的偏见，自觉地将其放置在世界文学的大背景下。《美国文学》是作为郑振铎的传世之作《文学大纲》的一部分而编写的。《文学大纲》实际上是一部经由郑振铎编译和重构的世界文学史。把美国文学纳入世界文学的框架中，作为一个独立的国家文学去对待，而非英国文学的附庸，正反映了郑振铎对美国文学世界地位与价值的承认和重视。

该文分五个部分，第一部分简述了殖民时代的美国文学，其他四个部分则着重介绍了 19 世纪的美国文学。文中对作家作品的谈论，也多以世界文学为衡量标准。这在同时代的文学史写作中是极为超前的。例如，作者在文章第一部分便指出，19 世纪是美国文学的黄金时代，"这在黄金时代里，出现了不少的不朽作家，如欧文，如爱伦坡，如郎佛罗，如惠得曼，都是世界的作家，而非美国所独有的；他们的影响，不仅及于美国，而且及于世界。他们使自来不能厕身于世界文坛的美洲文学，在那里占了一个很重要的地位，与英，与法，与德，与俄，共为近代文学的'天之骄子'。"[①] 如此清晰鲜明地高度评价美国文学代表人物及其世界地位，这在当时并不多见。

从体例上来讲，该文按照小说、诗歌、文论三大部分对美国文学进行了分门别类的叙述，涉及的作家范围更广，在叙述时更为注意文学现象之间的历史联结、纵横对比和相互影响，对机械的作家论模式也有所突破。例如，谈库柏对海洋小说的影响："柯甫（即库柏）捉到了伟大海洋的永久的性质，凡是英文中写海的故事的作家，都要以他为全海军的领袖。"[②] 谈欧文、库柏与霍桑、爱伦·坡的不同："柯甫与欧文把人生的外面的冒险与奇遇写成为他们的传奇。"作为他们后辈的小说家霍桑和爱伦·坡"写的却是人生的内面的事件，他们的心灵的冒险与奇遇。他们俩都是愁郁的作家，没有欧文那样的

---

① 郑振铎：《文学大纲》（三），见《郑振铎全集》第 12 卷，花山文艺出版社 1998 年版，第 357 页。
② 郑振铎：《文学大纲》（三），见《郑振铎全集》第 12 卷，花山文艺出版社 1998 年版，第 360 页。

诙谐与微笑,也没有柯甫的雄伟的力气。……没有一个美国作家在欧洲文学上有他(指爱伦·坡。——引者注)那样之有力的影响的。欧文使欧洲文坛认识了美国的文学,爱伦坡却使欧洲文坛受着美国文学的重大影响了"①。这样的写法使读者能够对美国文学的发展变化和作家的独特之处有更清楚的认识。

该文的主体部分以文体为分类进行叙述,对于同一作家在不同文学体裁方面的成就和贡献,也能够给与其与之相应的篇幅和安排,这也反映了作者对美国文学史准确的宏观把握能力。如认为爱默生虽然也写诗,"但他的诗,却没有他的散文那样的富于想象"②。因而作者花了较多的笔墨谈爱默生的散文,而对其诗歌则简略提及。此外,除了对中国人熟知的斯托夫人进行介绍外,作者还提及了其他一些女性文学家。如称瓦尔登夫人(Edith Wharton)是当时健在的"最优好的艺术家",而狄金生(Emily Dickinson)则"以富于想象而奇异的人生的默想诗著名"。③ 这些都是该文的价值所在。

1927年,该文在收入《文学大纲》时,作者在举出美国文学的国外参考书目之外,还补充了一条小注:"美国文学,中译者不多,仅欧文的作品,译得不少,大都在商务印书馆出版之说部丛书中。又《黑奴吁天录》,林纾译,有魏氏原刻本,有文明书局铅印本。又《玉虫缘》(即爱伦坡之《金甲虫》有周作人译本,文明书局出版,今已绝版。"④ 这段文字既反映了美国文学在当时国内的传播与影响仍局限在少数作家作品,也暗含着作者对于译介美国文学的呼唤。

除了介绍19世纪美国文学,郑振铎在次年发表的《新世纪的文学》一文中(同为《文学大纲》的一章,发表于《小说月报》1927年第18卷第1期)还专节介绍了新世纪的美国文学,显示出论者强烈的当下意识。这一部分主要简略评述了从贾克·伦敦(Jack London)到马斯脱士(E. L. Masters)等

---

① 郑振铎:《文学大纲》(三),见《郑振铎全集》第12卷,花山文艺出版社1998年版,第360、361、365页。
② 郑振铎:《文学大纲》(三),见《郑振铎全集》第12卷,花山文艺出版社1998年版,第377、378页。
③ 郑振铎:《文学大纲》(三),见《郑振铎全集》第12卷,花山文艺出版社1998年版,第371、379页。
④ 郑振铎:《文学大纲》(三),见《郑振铎全集》第12卷,花山文艺出版社1998年版,第385页。

十几位 20 世纪初期重要的美国作家,由此美国文学在世界文学中的发展历程得以较完整地呈现。如介绍新世纪的美国小说家,刘委士(Sinclair Lewis)的《大街》:"这是一个写实的,真挚的图画,写的就是隔壁邻人的事。这是与一班流行小说不同样的作品,在美国小说史上可以划一个时代,且是这个时代的开始。"他的《白比特》(Babbitt)更是描写美国平常人的好作品,"在别的国里没有可以寻到同一类的小说"。① 特里塞(Theodore Dreiser),"他写的是美国的求财者。他们以求财为唯一目的,一心一意的从财富之鹄走去,又如鸷兽之捕捉食物,那就是特里塞所要描写的。""他至今还在很努力的写作着,其成就正未可量呢。"② 又如,介绍新世纪的美国诗人沙特堡(Carl Sandburg)"可算是惠特曼以后美国诗人中之主角",爱米·洛威尔(Amy Lowell)是"美国新世纪最伟大的女诗人",女诗人海令娜·杜里特尔(Helena Doolittle)的诗"隽峭稳练如短铭"。③ 这些介绍虽然简略,但可以看出,作者始终以世界文学的眼光看待美国文学的发展,尽可能地展示新世纪美国文学的面貌,力图抓住其主线,捕捉其特色。

综合来看,郑振铎在《文学大纲》中反映出来的美国文学观不仅是一种近代的文学观,也是世界的文学观,更是历史的文学观。由于郑振铎本人是著名的新文学作家和学者,对于国外的参考资料进行了较为透彻地消化和理解,因而对于美国文学的叙述能娓娓道来,条理简明清晰,笔触虽质朴却动人。所以,《文学大纲》中的美国文学论述直到今天读起来仍颇有余韵,不失其参考价值。从我国的美国文学学术史的角度看,郑振铎试图在世界文学的框架内全面介绍美国文学历史的努力不能够被遗忘,这也为我们今天学习和研究美国文学史也做出了一个良好的示范。

---

① 郑振铎:《文学大纲》(三),见《郑振铎全集》第 12 卷,花山文艺出版社 1998 年版,第 443 页。
② 郑振铎:《文学大纲》(三),见《郑振铎全集》第 12 卷,花山文艺出版社 1998 年版,第 443 页。
③ 郑振铎:《文学大纲》(三),见《郑振铎全集》第 12 卷,花山文艺出版社 1998 年版,第 445 页。

第二节 20世纪30年代民国学界对美国文学的总体评介

一、张越瑞的《美利坚文学》

30年代以前,由于时代的局限,中国人对美国文学的历史既不了解,也不十分重视。20年代末虽有曾虚白的《美国文学ABC》的出版,但只是停留在有限的作家论与简略的描述上,且该书截止到19世纪末,对于20世纪的美国文学缺乏介绍。1933年,张越瑞[①]的《美利坚文学》一书的出现在一定程度上弥补了曾虚白著作的遗憾。该书是作为商务印书馆万有文库的一种出版的,实际上是一本编译之作。它移植了国外文学史的写作体例,以时间为线索,对美国文学各个阶段进行了分期撰述。该书共五章,分别为:叙论、殖民时期的美洲(1607—1765)、新国家成立时期(1765—1800)、19世纪的文学、20世纪的文学。从内容上来看,该书对文学史实的叙述更为丰富和详尽,还注意了对美国社会历史变迁情况的描述。虽然在篇幅上仍然偏重19世纪美国文学的黄金时代,但对殖民时期至19世纪前的美国文学也有恰当的描述,且范围下延到20世纪(具体来说是1900年至1928年,而该书出版于1933年)的美国文学,甚至还谈到了美国电影与文学之间的关系。这些都是此前曾虚白的《美国文学ABC》所不能比的。这样的安排不仅使美国文学史呈现出来的逻辑性和整体性更强,而且具有一定的"前沿"色彩,在一定程度上弥补和更新了中国人对美国文学的系统知识。这在30年代初的中国具有特殊的价值和意义。

从学术史的角度来看,该书所传递的一个最重要信息是对于美国文学作为一个独立的国家文学本身的历史和价值的承认和重视。这对30年代前学界

[①] 张越瑞,1906年生于江西省余干县,1931年毕业于武汉大学外国文学系。1933年8月在上海商务印书馆任编译员。《美利坚文学》和《英美文学概观》应为这一时期所撰。40年代任江西鄱阳芝阳师范英语教员,1953年全国院系调整,被调至江西师范学院中语科(后为中文系),任现代文学教研组主任,兼任文选写作教研组主任,后调任外文系英语教研组主任。文革当中被下放鄱阳县响水滩乡,直至病逝。参见王牲主编:《一枝一叶总关情——江西师范大学史迹寻踪》,江西高校出版社2009年版,第116页。

认为美国文学是英国文学一支的片面看法是一种纠正，有助于国内学界美国文学独立研究的展开。该书叙论中谈到："初期的美国文学谁都会说，是英国文学的嫡系，他用英国的文字写英国的传说。殊不知道，这一条支流自脱离本身的源流以后，他渐渐地蜿蜒屈曲，扩充自己的流域，毕竟自然变成一条浩浩荡荡的伟大川流，美国文学亦是如此。他原是英国文学的支派，后因彼此的生活经验各有不同，逐渐在文学的内容上，形式上表露出分离的状态。但一到美国文学表现一种与英国迥异的文化时，两国的文学当中便显露一条理想的鸿沟了。所以，一部美国文学史，可说是美国脱离英国窠臼而建立自己的文学的一部史。"① 这段话用形象的语言向中国读者传达出一种崭新的美国文学史观，更为强调美国产生文学的本土原因，尊重美国文学的独立价值。该书不但从源头上为美国文学的独立性申辩，而且对美国文学在20世纪的新发展也充满希望，它宣称"最后的20年预告了美国文学艺术新世纪的来临"，"就现在美国文学所表现的力量看来"，美国文学有着无限量的前途。②

这种看法在张越瑞编译的《英美文学概观》之"美国文学"部分也有所体现。《英美文学概观》出版于1934年，属于商务印书馆百科小丛书中的一种。该书上篇为英国文学，下篇为美国文学。据作者自述，美国文学部分主要依据福里特克雷（Flitcray）的 *Outline Study in American Literature* 和哈勒克（Halleck）的 *American Literature*，在内容上着重作者的生平、代表作品和作风。对美国文学的介绍分为三章：殖民时期至建国时期、文学黄金时代的19世纪、最近30年。这本书一定程度上可以看成《美利坚文学》一书的简略版，在对美国文学的认识上，更为强调美国内部的特殊环境对美国文学的孕育作用。书中写道："诚然，美国文化的质素没有一种不出自英格兰，但是我们同样不能否认，他们当中没有一种不因美国内部的发展与冲突而发生剧烈的演变。清教主义在17世纪的英格兰只是一种以道德为原则的严格主义。可是一到美国便成为思潮的主干，他的势力一直达到最近的几个世代里面。就拿浪漫主义来说吧，它在英格兰受了一种更切实，更新颖的文化的压制，毕竟在这一个海外的新兴的国家里找得一条出路，而且表现的更加雄劲，更加新奇，斐第曼（Walt Whiteman）的作品可为例证。哲学和科学亦是如此，从英格兰迁到美洲以后，它立刻换上了新的装束，而成为爱摩生所谓的

---

① 张越瑞：《美利坚文学》，商务印书馆1933年版，第3、4页。
② 张越瑞：《美利坚文学》，商务印书馆1933年版，第134页。

感觉的与智能的。在新世界的区域里演变的东西,不仅是上述学术思想思潮而已,文学的递嬗尤为显著,过去对欧洲发生的兴趣如今转移到本洲上面,过去所写的英国的人物,英国的背景,如今变为印第安人的人物与边陲的背景。这些正是美人创造的独有的,而不是从他们的老家里搬移来的东西。所以,我们研究美国文学不能像研究欧洲各国的文学,呆板板地依照它的逻辑的发展,而要讨究美国文学如何融汇英国的思潮,英国的传说文字,而酝酿他自己的光荣灿烂的文学。"① 这样的论述已经开始从更富学理和辩证的角度看待美国文学的起源与发展,更为注重美国文学不同于英国文学的新变与特质。

从客观效果来说,张越瑞这两本书对于美国文学知识在民国时期的传播起到了毋庸置疑的作用。当然,由于这两本书有着明显的编译痕迹,我们不能对这些论断的原创性价值有过高的评判,编译者对域外新知的选择、消化和理解也制约了读者受众的知识取向。但是,在中国人还不具备书写美国文学史能力的 30 年代,对于美国文学宏观历史的知识传递常常只能以编译的面貌出现,这在当时是介绍外国文学的常见方式,因而这种工作的价值也是不能否定的。编译者张越瑞在中国现代学界并不是什么太知名的人物,但他却能够将目光投向多数人不重视的美国文学,切切实实为国人了解美国文学做了一件实事,单是这一点,就值得后人铭记。

二、20 世纪 30 年代民国期刊中对美国文学的总体评介

进入 30 年代,美国文学研究开始活跃起来。同时,从 30 年代初,一些关心世界文学的知识分子就注意到了现代美国文学的蓬勃发展,开始在期刊上对其进行介绍和研究,相关文章数量明显增多。特别是 1934 年 10 月《现代》杂志"美国文学专号"的出现,不但引起了学界对美国文学的注意和重视,而且贡献了一批具有高水准的美国文学研究之作。在美国文学总体论方面,以刘大杰的《现代美国文学概观》(《现代学生》1930 年第 2 期)、林疑今的《现代美国文学评论》(《现代文学评论》1931 年第 1 期)、顾仲彝的《现代美国文学》(《摇篮》1932 年第 1 期)为代表;此外,在黑人文学这一美国文学的特殊领域,这一时期也有允怀的《黑人文学在美国》(《世界文学》1935

---

① 张越瑞:《英美文学概观》,商务印书馆 1934 年版,第 92—93 页。

年第 1 卷第 4 期）等重要期刊专论出现。虽然在研究内容方面，中国学者还需较多地倚重于国外的参考资料，但他们已经试图通过自己的阅读和研究，进一步定位和确认美国文学的价值。

（一）刘大杰的《现代美国文学概论》

刘大杰的《现代美国文学概论》（《现代学生》1930 年第 2 期）是 30 年代期刊上出现的第一篇关于美国文学的综论。在中国现代学术史上，刘大杰主要以古典文学和德国文学的研究名传后世。他的《德国文学概论》（北新书局 1928 年版）在我国德语文学研究史上占有重要地位。实际上，在引介美国文学方面，他也做了一些有价值的工作。他早年曾留学日本，在早稻田大学文学部学习欧美文学。当时的日本介绍和研究欧美文学风气很浓，起步早于中国。受这种氛围的影响，刘大杰在留学时期就开始发表关于欧美文学的论述。1930 年，刘大杰回国后担任上海大东书局《现代学生》杂志的编辑，负责外国文学和翻译作品的编审。借助这个园地，刘大杰发表了不少介绍外国文学的文章。他的《现代美国文学概论》①就发表在该杂志的第 2 期上。此前，1930 年《现代学生》的创刊号发表了他的《现代英国文艺思潮概观》一文，对英国的现代文艺思潮进行了评述，在此后的第 3 期又发表了他翻译的《现代俄国文艺思潮论》（日本升曙梦原作）。这三篇文章形成了一个系列，反映出刘大杰对世界文学的广泛关注。

《现代美国文学概论》虽名为"现代美国文学概论"，却只有"新文艺运动"和"美国的剧坛"两个部分。前一部分主要介绍了 1910 年至 1917 年的美国文艺动向，后一部分主要介绍了以奥尼尔为代表的美国剧坛动向。作者自述还有"现代美国的小说"和"美国的新诗"两个部分，但因篇幅限制，只写了两个部分，后来也没有续写。该文后来又收入刘大杰自编的《东西文学评论》（中华书局 1931 年版）一书中。从内容上看，作者对美国及日本的参考资料是非常倚重的，但对于这些外文资料亦有自身的选择、消化和吸收。

作为一位杂志编辑，刘大杰对美国出现的重要文艺杂志，如《小评论》（*The Little Review*）、《诗歌》（*Poetry：A Magazine of Verse*）、《大众》（*The Masses*）等对文艺运动的推动作用尤为关注，对它们的创办者和创办的

---

① 此处原杂志写法不统一，目录为"概观"，内页正文题目为"概论"。本文按照"概论"。

时代背景都进行了简略的介绍，反映出他对美国文艺界状况的把握与理解。如评论《大众》，"它的目标，一面表示对于新的艺术的表现的要求，一面热望着新社会秩序的实现。它是经济的压迫底阶级的启蒙机关，同时又是文艺的叛逆者的发表机关。"① 除了指出这些文艺杂志的作用，刘大杰还注意到一些综合性的时事评论刊物，如《国家》(*The Nation*)、《新共和》(*The New Republic*)、《七艺》(*The Seven Arts*)、《日暮》(*The Dial*)等，与美国文艺运动之间的关联。可以说，作者对美国文艺界的观察有着独特的切入视角。

作者注意到，美国新文学的发展与欧洲大战有着密切关联，思想界激烈争论美国是否应该参战的时候，纯文艺创作及文艺批评也活跃起来。美国剧坛也受到了很大的刺激与变化，"年青的美国剧作家一群，因受了世界大战的影响，大半都开拓着自己的新路，否定古旧的东西，带有多量的革命的色彩了。对于社会问题，两性问题，脱去伪善的面目，都在用认真的态度讨论表现着了"②。奥尼尔就是一个代表。作者不但详细介绍了奥尼尔的生平和著作，还对其重要作品进行了评论。如介绍《琼斯皇》(*Emperor Jones*)，"像这个剧本这样强有力的作品，在近代的美国剧坛是少见的。在这个剧里，把半开化的Jones的被卑俗的迷信和遗传的感情威压着的心里的过程，表现得非常真切。结果虽说是Jones死了，然而，严格的来说，仍是一种喜剧。"③ 这个评价是非常准确的。再如，谈到《毛猿》(*Hairy Ape*)，作者说这是奥尼尔作品中"近代意识"最为浓厚的作品。作者还注意到了毛猿的广泛国际影响："不仅在美国，在日本也曾轰动一时，译本据我所见的，已经有了三种，经土方与志氏在筑地小剧场上演而得到很大的成功。"④ 又如，评论《奇怪的插戏》(*Strange Interlude*)，作者称在自己所读的剧本里面，没有像这本剧这样能够打动自己的心的。"剧情的奇妙而又有趣味，种种心情的冲突，处处表现出大作家的手笔来。在这戏曲里，描出了人生的眼可以看见的和看不见的两面。搜求生命的秘密，阐明生命的意义。他在普通对话之外，还混用旁白，把内部的心理和外部的行为，细细地解剖着描写着了，二部九幕，真能与哥德的浮士德匹敌。"⑤ 这些评价明显地有作者自己的看法和理解，已经不是单纯的

---

① 刘大杰：《现代美国文学概论》，载《现代学生》1930年第2期，第2页。
② 刘大杰：《现代美国文学概论》，载《现代学生》1930年第2期，第8页。
③ 刘大杰：《现代美国文学概论》，载《现代学生》1930年第2期，第13页。
④ 刘大杰：《现代美国文学概论》，载《现代学生》1930年第2期，第13页。
⑤ 刘大杰：《现代美国文学概论》，载《现代学生》1930年第2期，第14页。

照搬他人。

《现代学生》作为当时影响较大的综合性刊物,从其刊载内容来看,它对美国教育及美国文学的关注是很多的。例如,在创刊号上就刊登了"美国伊里诺威大学之校舍""斯丹佛大学女生低栏赛跑""美国女学生的露宿生活""美国大学新生之受虐"四幅插画,还发表了《美国的夏令学校》(明耀五)、《美国大学教育的新趋势》(W. J. Cooper 著,曹寿昌译)关于美国教育的文章两篇。同期还发表了刘大杰翻译的美国作家欧·亨利的小说《二十年后》。可以说,刘大杰对美国文学的翻译、介绍和研究既是他职业生涯与时代语境的要求,也是他自身的学术背景和研究兴趣的必然所至。

或许是为弥补《现代美国文学概论》中对美国小说研究的缺席,1930年刘易士获得诺贝尔文学奖后,刘大杰又写了《刘易士小论——一九三〇年诺贝尔文学奖金的得者》,并借此文发表了对美国现代小说的看法。他写道,在刘易士获得诺贝尔文学奖之前,美国给人的印象是物质文明的丰盛,精神文化的贫弱,这种情况在"一战"后开始改变。"以前的美国小说,趣味与倾向,大抵是步仰旧世界的欧洲文学的后尘,多半是模仿欧洲诸作家的作品。从前的作家,也大半是出于有产阶级和学者阶级,生地也大都是模仿旧世界的文化东部的海岸,作品的内容,都是外来的'Exotie'回想的,都是从应接室书房里想象出来,是一些感伤主义浪漫主义的作品,那些作品的论理的社会的背景,一步也没有跨出传统之门。现在的小说,都能接触现实的社会,从直接的经验,而带着浓厚的个人的色彩,对于现在的社会现在的文明,加以严厉的批评。在以前是写些叙事诗那样美的有趣味的故事,现在是写些人生最丑恶的部分,而变为讽刺的纯写实的紧紧地捉住现实的作品了。因此,现代的作家,在中西部出身的倒很多,并且大半都是新闻界出来的穷苦人。"[①]这段文字凸显出作者对美国文学及世界文学发展趋势的深刻洞悉和了解。虽然以阶级论作家出身的变化带有浓厚的时代气息,但能注意到文学由幻想转为关注现实,已经触及了世界文学潮流的内在变迁机理。这与当时中国文坛对现实主义作品的推崇,对作家创作"为人生"的价值诉求是一致的。

作为一篇作家专论,该文不但对刘易士的生平经历、主要作品、国际影响等做了介绍和评论,还特别分析了他与美国另一位作家安得生(Sherwood Anderson)作风的不同。"在美国的新作家里,安得生(Sherwood Anderson)

---

① 刘大杰:《刘易士小论》,载《青年界》1931年第1期,第164—165页。

和刘易士，我都爱好。可是他俩的作风，完全是两样。安得生是描写和社会之力战斗而败北得疲劳的人物，刘易士则是描写和环境之力战斗而败北得人生的过程。安得生是从各方面，去观察隐藏于人心之底的灵魂的姿态，而把它描写出来；刘易士所描写的，乃是社会的习惯，约束和环境的力量，对于人间的生活有什么影响。""安得生对于事物的外表和人物的动作的描写，是不过于精细的。刘易士则尽力地描写极细极微的部分，他那种细微的笔致，令人想到他不是为描写而去描写，是想在一种细微的描写里，表现一种冷嘲来。"① 今天来看，这些观察和比较也是非常细致和准确的。

（二）林疑今的《现代美国文学评论》

1931年，林疑今发表在《现代文学评论》杂志创刊号上的长文《现代美国文学评论》是30年代初关于美国文学的又一篇综论性文章。该文全面介绍了美国文学在20世纪前30年的变化趋势，不但涉及诗歌、小说，而且论及批评和戏剧，如此全面的带有研究性质的美国文学评论在30年代初的中国可以说是独树一帜。

在中国现代文学研究界，《现代文学评论》杂志曾被认为是与"左联"唱对台戏，宣传"民族主义文学"的主力刊物之一，因而长期被人忽略。这在一定程度上也导致该刊所发表的一系列重要的外国文学研究论文没有引起人们足够的重视。林疑今这篇文章就是一例。与他的文章同时出现在创刊号上的还有赵景深的《现代荷兰文学》、叶灵凤的《现代丹麦文学思潮》、杨昌溪的《匈牙利文学之今昔》等重要的小国文学论述。它们共同构成了外国文学研究的一个系列。创刊号卷末的《编辑后记》云："现代文学，是指现代世界文学而言，在今日，一切都是国际化地进行着的今日，文学的范畴，也就应该扩大视域使其能得着最新的滋养。"可见，美国文学是被作为世界文学最新的一部分加以引介的。由此，我们可以了解林疑今此文出现的文化语境。此前一年（1930年），刘大杰曾试图在文章中全面介绍美国文学各种文体的全面发展状况，惜未能实现。林疑今的这篇文章可以说弥补了中国学者在这方面的遗憾。

作者林疑今（1913—1992）是民国时期最早进行美国文学研究的先行者之一，也是新中国成立后著名的美国文学研究者。他家学渊源深厚，父亲林

---

① 刘大杰：《刘易士小论》，载《青年界》1931年第1期，第167—168页。

玉霖是英语和翻译教授，五叔林语堂更是学贯中西的文学大师。受此影响，他养成了一生爱好外国文学的习惯。写作此文时，他还在上海虹口东吴第二中学读书。这是一所教会学校，对英文要求极高。这种环境也进一步激发了林疑今对英美文学的兴趣。后来林疑今又先后在上海圣约翰大学、美国哥伦比亚大学继续学习和研究英美文学。这期间他曾翻译了美国作家亨利·詹姆斯的小说《戴满·米勒尔》（中华书局 1932 年版）。① 40 年代，他翻译的海明威的名著《永别了，武器》等著作更是一版再版，名传后世。

在他早年的这篇文章中，作者首先对 20 世纪美国文学发展的历史性变化进行了总括，奠定了全文的基调。"20 世纪的初叶，当美国战胜了西班牙以后，美国文学迅速奇异的发展，是非常惊人的。不论在小说、诗歌，戏曲，批评，各方面都向西欧诸国的传流文学开始叛抗起来；直到世界大战后，美国成为世界领袖的列强，于是纯美国的文学便建立起来了。"② 这段话以简练的语言展现了作者对于这 20 世纪以来美国文学的整体认识，也是这篇文章的统领性文字。随着美国的迅速发展，"纯美国的文学"之建立是其核心要义。在作者看来，美国文学的崛起无疑是 20 世纪世界文学中最引人瞩目的文学现象之一。

在对美国现代诗歌的论述中，作者勾勒了由诗歌革命引发的美国文学的巨大变革，点出了惠特曼以降美国新诗运动中的代表诗人，认为这批诗人的出现，"给美国幼稚的诗坛闪耀着极惊人的光彩"③。但是，作者对现代美国诗歌整体评价并不高，只给了马斯特（Edgar Lee Masters）一点赞扬的笔墨，称他的《丝蓬江诗集》（*Spoon River Anthology*）"用一种犹豫单纯的诗句表白一个小市镇中二百四十个死的居民的自杀；幻想的丰富与风格的成熟，使它震动了全美的诗坛"④。对于经历了世界大战的美国诗坛，作者更是认为其前途非常渺茫，除个别诗人外，大半都缺乏时代的力量。

在对美国现代批评界的介绍中，作者将 30 年代以前的美国批评界分为人文派、社会学派、表现派几个派别，对于每个派别的主张及代表人物都做了判断和评说，甚至还指出了每一派的弱点。例如，作者对以锡尔曼（S. P.

---

① 《林疑今自传》，见王寿兰编：《当代文学翻译百家谈》，北京大学出版社 1989 年版，第 555—556 页。
② 林疑今：《现代美国文学评论》，载《现代文学评论》1931 年第 1 期，第 2 页。
③ 林疑今：《现代美国文学评论》，载《现代文学评论》1931 年第 1 期，第 3 页。
④ 林疑今：《现代美国文学评论》，载《现代文学评论》1931 年第 1 期，第 3 页。

Sherman）和白壁德为领袖的人文派评价并不高，甚至称他们是"美帝国主义直接指挥的傀儡"，"强迫大众跪拜于其前"。人文派"虽则承认社会对于作家有点影响，但却否认对于每个作家都有影响，这是人文派最大的弱点"[①]。对社会学派代表人物约翰·马西（John Macy），作者认为他的《美国文学的精神》是美国文学史上一部很重要的文献，但不同意马西认为美国足以与英国作家并肩的只有华尔顿女士（E. Wharton）与特莱萨尔（T. Dreiser）两人的观点。"因为前者华尔顿女士的著作，若严密地观察起来，在美国只能算是第二流的。"[②] 而表现派的批评家施宾加恩（Spingarn），"他根本承认各篇作品有它的个性，只求该作品对于自身的所要表现的目的是否已达"。但是，"表现派断定作家完全不受社会特殊状况的影响，这是一种非常巨大的错误，因为每一个人的观念都是从他的社会环境中取到的；就是疯人院的病人，我们亦不能说他没受社会环境的影响"[③]。这些论述虽然有一定的不稳妥处，但显然经过了作者的观察、比较与思考。需要强调的是，这几派批评家的文章从20年代起开始在中国时有翻译，但除了白壁德的人文主义之外，对美国批评界总体状况的梳理，以及对各派代表人物及其主张的介绍和评述则较为鲜见。此后，李长之的专文《现代美国的文艺批评》和其他介绍美国现代批评家的文章要到1934年《现代》杂志的"美国文学专号"才问世。因此，林疑今在这方面的先行努力显得极为可贵，这也是我们今天回顾整理美国现代文学批评在中国的影响时不能忽略的。

该文对美国戏剧的介绍也比此前有所推进。从美国文学的历史来看，继20世纪20年代以小说为主的"第二次文艺复兴"和以黑人诗人为主题的哈莱姆文学复兴以后，30年代才迎来以奥尼尔为代表的戏剧文艺复兴。[④] 中国文坛对奥尼尔等美国剧作家和美国剧坛的关注始于20世纪20年代。1922年沈雁冰最早在《小说月报》（第13卷第5期）的"海外文坛消息"栏目中的"美国文坛近状"中提到了Eugene O'Neil的名字。1924年在美国攻读戏剧的余上沅写了一篇《今日之美国编剧家阿尼儿》，但这篇文章直到1927年才与中国读者见面。此后《新月》《北新》《戏剧》等杂志开始关注并介绍奥尼

---

① 林疑今：《现代美国文学评论》，载《现代文学评论》1931年第1期，第4、8页。
② 林疑今：《现代美国文学评论》，载《现代文学评论》1931年第1期，第5页。
③ 林疑今：《现代美国文学评论》，载《现代文学评论》1931年第1期，第7—8页。
④ 杨仁敬：《20世纪美国文学史》，青岛大学出版社2010年版，第435页。

尔。30 年代初奥尼尔的戏剧作品也开始被译入中国。林疑今写作此文的 1930 年、1931 年前后，正是奥尼尔等戏剧家创作的高峰时期，也是中国译介奥尼尔的第一个高潮开始的时期。作者指出，在奥尼尔出现之前，美国的戏剧界虽有重要的小剧团的成立，但在各方面都还摆脱不了英国舞台传统的遗风。奥尼尔的出现，"确实是一桩重大的事件，在美国沉寂的剧坛上闪耀其惊人的光辉。""但奥尼尔所描写的并不是愉快的。尤其对于美国人，因为他把美国资本制度悲惨的社会毫无粉饰地暴露出来"。"他用新的作风描写一切平凡的事实。同时又把握一切美国社会困难问题而加以解剖。""他的全部戏曲都充满浓重的悲哀，这是他的最大的弱点。但他却毫无受英国戏剧的影响，反之，他还是不息地试验着最新的风格。"① 在这些评论中，奥尼尔出现的意义、剧作的价值、他的独创性和不足都有清楚的表达。作者还介绍了奥尼尔盛名之下的其他剧作家，如华思（Elmer Rice）、巴莱（Philip Barry）、柯尼勒（M. Connelly）、格林（Paul Green）等人，显示出对美国戏剧状况广泛的关注。这些剧作家直到 1933 年钱歌川翻译的《美国戏剧的演进》及 1934 年顾仲彝的《现代美国的戏剧》一文问世时，才有了更为详细的介绍。

　　作者对美国现代小说的介绍和评论尤为详细。他不主张将美国的小说界划成几派，然后拉了几个作家来做某一派的代表，所以他采取的办法是用客观的态度对美国文坛出现的各个倾向的作家都兼容并包，既包括一般认为的属于写实派辛克莱、德莱赛等人，也包括具有现代主义倾向的安特生，还有属于左翼作家的高尔特（M. Gold），甚至还有他认为属于浪漫派的作家怀特尔（T. Wilder）②。他的评论也颇具个人化的研究色彩。例如，对许尔乌特·安特生（Sherwood Anderson）的《奥亥州崴涅斯堡》（*Winesburg, Ohio*）的评价："（该书）展开一幅小市镇生活的画卷，颜色的鲜艳，词句的精炼，风格的清新，内容的丰富，震动全美文坛！作者抛弃从前矫揉造作的写法，注重心理的描写，同时又把从前那种'伟人'型的人物与浪漫主义的空气完全扫除，给我们看看一个温和质朴的翅膀儿毕德邦姆（Wing Fiddlebaum），他简单地度着教师生活，虽则如此，他却是一个永远不能使人忘记的人物。在这部杰作中，作者对于人格学的分析在美国文坛上堪称独步，他用一种温和的

---

① 林疑今：《现代美国文学评论》，载《现代文学评论》1931 年第 1 期，第 9—11 页。
② 今译桑顿·怀尔德（Thornton Wilder），美国小说家和戏剧家。

态度描写那些小市镇的居民。"① 这样的评价不但点出安特生给美国小说带来的新变,而且还突出了他塑造的小说典型人物。再如,评价德莱赛的作品"小市镇的生活很少出现;反之,他却抓住'大实业'这一类的事件为题材;同时又因为他的生平的潦倒穷困,使他的作品充满一种悲观的气味,他常常提出个人在美国的厄运,对于被社会集团所压碎的个人深抱同情。"作者认为他的作品常有太累赘之病,"但他却显示一种天才善于绘画热情中男男女女赤裸裸的灵魂,以及美国商业化的社会一般沉闷的心理"②。而列委斯(S. Lewis),"他像安得生一般,欢喜采取小市镇的生活做题材,用极讽刺的笔描写小绅士的虚伪和卑贱,他所描写的多是美国典型的人物,很欢喜运用许多使人皱眉的土语。他与安得生不同的地方就是:后者以同情的态度去描写小市镇的居民,前者却是带着热讽冷嘲谈起平民的愚蠢,村俗气,宗教狂,小幸福的希望,以及其他许多小弱点。""他的作风是特别的,纯美国的。"③ 这几位作家在当时的中国文坛并不乏人们的关注,但将他们放在一起的综合性的深入评论并不多。作者的分析涉及四位作家的创作内容、文学风格、特长和不足,兼有作家之间的比较分析,突出了他们各自对美国文学的独特贡献。这种写法更具文学史的研究意味。

作者在结论部分写道:"综观二三十年来的美国文学,在大体上可以经过两度重大的变化。第一次的变化是在二十世纪的初叶,当美国战胜了西班牙以后,锐感的诗人们开始着魏脱曼的战线,而向西欧的传统文学背叛起来。文学界有个人主义的倾向。世界大战以后,美国成为全世界经济的霸主,文坛上于是发生第二次的变化;纯'美国'的文学建设起来,唯美派与旧的艺术几乎完全消灭;象征派与无产派的诗充满文坛。因为大战对工业尖锐的发展的影响,文学转到社会问题与风情的方面。社会学派的批评渐渐得势。散文注意新颖的风格,而文句力求简洁鲜明。美国文学将在都会主义(Urbanism),新写实主义两方面继续进展,这是无疑的事。因此,我们对于许多新近作家怀抱很大的期望。"④ 这段总结与开篇的总论相呼应,以世界大战为界,突出了美国文学前后两次的反叛与新变,既对该文内容的一个概略式的回顾,

---

① 林疑今:《现代美国文学评论》,载《现代文学评论》1931年第1期,第16—17页。
② 林疑今:《现代美国文学评论》,载《现代文学评论》1931年第1期,第18页。
③ 林疑今:《现代美国文学评论》,载《现代文学评论》1931年第1期,第20页。
④ 林疑今:《现代美国文学评论》,《现代文学评论》1931年第1期,第25、26页。

也对美国文学在 30 年代以后的发展做出了自己的评估和预测，实际上彰显了作者自身的美国文学史观。

总体来看，该文叙述简练、脉络清晰，对文学现象的判断、文学作品的解读都颇成一家之言，及时地传递了美国文学的最新动态，反映出作者对美国现代文学较为全面的认识和了解。虽然今天看来，作者的有些评论可能失之于稚嫩简单，但在美国文学尚未被广泛阅读和认识的 30 年代初，一个十八岁的中国青年能对美国文学界的近况有如此明晰的思路和颇高的识见，实属可贵。

（三）顾仲彝的《现代美国文学》

顾仲彝的《现代美国文学》是这一时期出现的另外一篇美国文学综论文章，发表在 1932 年《摇蓝》杂志的第 1 期。《摇蓝》系当时上海复旦大学外国文学系主办的半年刊，既发表文学论文和译文，也发表文学创作。同期发表的还有任意为译希克斯（G. Hicks）的《美国文学批评的危机》、朝鼎译斯坦贝克的《月亮升起了》等美国论文或文学作品，反映出当时复旦外文系美国文学研究的一些情况。与林疑今对美国文学的评述式综论不同，时任复旦大学外文系教授的顾仲彝的这篇文章更近似于为学生列出的一份美国文学的概览式阅读指南。两相对照，可以看出同一时期中国文坛对于现代美国文学的不同认识，这也是一个很有趣味的现象。

顾仲彝后来以现代戏剧理论家著称，在外国文学方面则以奥尼尔的翻译和研究享誉学术界。但他早年的这篇文章对美国文学的看法并不十分积极，甚至延续了 20 年代曾虚白对于美国文学的看法，作者在绪论中说："我们应该知道美国文学只是英国文学的一个支派，美国文学即是英国文学。不过一在英国产生，一在美国产生而已。正如产生于爱尔兰或苏格兰的文学，也一样是英国的支派文学。所以美国文学不能看为一个特别的独立的文学。"①

作者对美国文学的严厉指摘主要原因有两方面：一方面因为美国没有悠久的历史，因而它的文学根底浅薄；另一方面美国因为富有和发达，文学有商业化的趋势，因而其文学必不能有深刻精到的情绪，大都是肤浅皮毛之说。"在表面上看美国文学，似乎颇为端整，修辞也很讲究；技巧方面，形色方面也很佳美，但其实际内容上，对于人生真理的观察和发挥都很浅薄。""它所

---

① 顾仲彝：《现代美国文学》，载《摇蓝》1932 年第 1 期，第 1 页。

反映出来的人生,不是真的人生,或自然的真理。大多是一时的好恶,或一时的兴趣所引起的一些琐碎小事。它的文学仅建筑在暂时的兴趣和好奇心上,所以在美国文坛上就有个下面所述的一个普通现象:今天有一大批作家风行一时,明天这一大批作家都成为过去。(按此与中国现代的文坛颇为相似)。"①由此可见,作者对美国文学的认识虽有学界以往的成见影响,但也有他自己的观察和体会。进入风云变幻的20世纪,美国文学和中国文学一样,都正在经历颠覆性的巨大变革,作者所观察到的正是这种变革所引起的混乱无序状态。这使作者发出了"不易找出它的一个头绪来""没有一个明白确定的方向"这样的感叹。

作者将现代美国文学按照小说、短篇小说、诗歌和戏剧四种进行归类。其中小说部分,又按照内容分为代表美国精神的小说、社会小说、历史小说、描写人物的小说、改革社会的小说、冒险小说五类。每种文学类型都列出二至三种代表性的作家作品,有时也给予简短的评价。例如,在代表美国精神的小说,作者举出的是约翰·赫伯特·奎克(John Herbert Quick)1922年的小说《范德马克的荒唐事》(*Vandemark's Folly*)。这部小说叙述了早年美国人向西部垦拓的故事,今天通常被认为是历史小说。作者并不为中国读者所熟悉,在美国文学史上名气也不大,今天几乎已被遗忘。但是作者却认为他的小说是"现代美国最好的一本小说"②,因为它代表了真正的美国精神,即大无畏的精神。又如在"改革社会的小说",作者举出厄普顿·辛克莱(Upton Sinclair)、弗兰克·诺里斯(Frank Norris)、詹姆斯·莱恩·艾伦(James Lane Allen)③三位作家,还总结了这类小说的特点,一是作家认为人群的生活全受经济即工业的支配,二是他们都以法国自然派小说家左拉为模范,完全赤裸裸地暴露社会的丑恶和黑暗。再如,短篇小说方面,作者只提到了欧·亨利,但是认为他的作品文学价值也不大,"因为在他的小说里面,

---

① 顾仲彝:《现代美国文学》,载《摇篮》1932年第1期,第1—3页。
② 顾仲彝:《现代美国文学》,载《摇篮》1932年第1期,第3页。
③ 今译:詹姆斯·莱恩·艾伦(1848—1925)美国作家。顾仲彝在文字举出的是他出版于1900年的小说《法律的统治》(*The Reign of Law*),《哥伦比亚美国文学史》称他"鼓吹一种带有理想主义色彩的、男性的自然主义",可见顾仲彝的归类是相对准确的。参见(美)埃默里·埃利奥特主编:《哥伦比亚美国文学史》,朱通伯译,成都:四川辞书出版社,1994年版,第422页。

并没有什么人生真理,也没有什么真挚感情。"① 对于美国诗歌的评价算是比较积极些的,尤其注意到了女诗人对于美国诗歌的贡献。作者认为美国的戏剧是最明显带有商业化的,写剧本的作家只有包括奥尼尔在内的寥寥几个作家尚可。

总体来看,该文对于美国文学的评价基调几乎是贬大于褒的。作者的分类带有明显的主观判断,实际上是把一段时期内美国出现的各种类型的文学作品(包括我们认为的严肃文学作品和通俗作品等)进行了筛选和分类,因此他给人呈现出来的美国文学面貌也显得纷乱芜杂,有些判断今天看来并不合适。不过历史地看,这篇文章至少表明,在30年代初,中国学界对于美国现代文学的认知与其文学发展具有较强的共时性,保留着明显的观察和摸索痕迹,并没有获得较为一致的意见。一年之后,顾仲彝在《现代》杂志上发表的《现代美国的戏剧》和《戏剧家奥尼尔》两篇论文,对美国文学的评价已经有了质的提升。

三、对美国左翼文学的评介与美国文学地位的转变

20年代末30年代初,对无产阶级文学即革命文学的提倡成为中国新文学的主流。在介绍世界文学时,文坛也偏向于对世界左翼文学的介绍,美国的左翼文学运动及代表作家也受到了不同程度的关注。与刘大杰的《现代美国文学概论》几乎同时发表的,余慕陶的《美国新兴文学作家介绍》(《大众文艺》1930年第3期)一文就是一个代表。该文主要介绍了四位美国作家:杰克·伦敦、辛克莱、高尔德(Michael Gold)和温德(Charles Erskine Scott Wood)②,在一定程度上反映了30年代初中国文坛对美国无产阶级文学的认识。作者称这四位作家是震动了全世界的文坛将士。"他们是目今的统治阶级的眼中钉,是资产阶级的死对头;但他们却是目今的无产阶级的战士,是人类的和平正义,自由的拥护者。"③ 这篇文章的材料基本上都采自国外学者报纸杂志的介绍,因而其价值并不在于内容,而在于作者的编排。作者把他们

---

① 顾仲彝:《现代美国文学》,载《摇篮》1932年第1期,第6页。
② 今译:查尔斯·厄斯卡因·斯科特·伍德(1852—1944),美国诗人,代表作《天上的对话》(*Heavenly Discourse*, 1927)。参见郭继德等编著:《当代美国文学词典》,江苏人民出版社1987年版,第310—311页。
③ 余慕陶:《美国新兴文学作家介绍》,载《大众文艺》1930年第3期,第549页。

放在一起,是看重他们身上的共同特质,即作为无产阶级作家的代表对资产阶级的反抗。特别是辛克莱,30 年代更是成为中国文坛关注的焦点。作者这篇介绍因为发表时间较早,他在文中提到了辛克莱在国内的译介状况,呼吁应该把辛克莱其余的作品都译介过来,发挥它们的战斗作用。一年后,余慕陶还译出了辛克莱的小说《波士顿》(光华书局 1931 年版),并发表了《辛克莱论》一文(《读书月刊》1931 年第 4—5 期合刊),甚至亲自和辛克莱通信联系。他的呼吁显然后来得以践行,辛克莱的所有作品在 30 年代几乎都有译介。1932 年,余慕陶的另外一篇文章《近代美国文学讲话》(《微音》1932 年第 7—8 期合刊)则按照诗歌、批评、戏剧、小说四种类型对美国近代文学的代表作家进行了简略介绍。从内容上来看,余慕陶对美国文学的介绍基本上是对国外研究的译述或对此前介绍的汇总,但在 30 年代初的中国无疑也起到了普及美国文学知识的功效。此外,非白的《美国文坛近况》(《文学杂志》1933 年第 2 期)、术之的《美国文学界的新趋势》(《行健月刊》1934 年第 4 期)、渺加的《美国文学的新动向》(《世界知识》1937 年第 6 期)等报道性文章也对美国左翼文坛的动态进行了介绍。这些文章无不高度评价美国左翼文学的发展,认为左翼文学使美国文学走上了一个新的阶段。他们在对美国左翼文学的介绍中,看到的是高昂战斗精神,甚至宣称:"这个不只是他们的欢喜,那也是我们的,全世界的普罗列他利亚的欢喜。"① 当然,这些文章对美国左翼文学的重视只是 30 年代中国文坛关注世界无产阶级文学发展的一个缩影。

可以说,经由 20 世纪 30 年的发展,美国文学作为新兴国家文学的代表,不只是左翼文学,其整个民族文学的世界影响力已经不容小觑。就连中国较为偏远的地区,当时一些地方性期刊杂志上也出现了一些关注美国文学的文章。1932 年发表在《广西青年》第 3 期的《美国新民族文学之景气》(署名:力生)一文就是其中的代表。该文对现代美国诗歌、小说和戏剧进行了概括性的介绍,题目就表明了作者的态度,传达出美国文学蓬勃发展的信息。作者对美国文学的独立精神尤为推崇:"美国自从独立了,在本国的一切文化都表现出特别的色彩,来表示他的民族的独立精神,美国文学由是产生了。"② 作者认为美国文学是亚美利加精神的反射,美国文学

---

① 非白:《美国文坛近况》,载《文学杂志》1933 年第 2 期,第 48 页。
② 力生:《美国新民族文学之景气》,载《广西青年》1932 第 3 期,第 9 页。

与英国文学的不同,也是由两国不同的地理环境决定的。"美国文学之能表现其国家的精神,这实是一件最明确的事。美洲大陆的宏壮,太平洋的伟大,此陶养美国人民的心灵最大理由,风土不同,文物亦自然有异色……美国文学与英国文学之不同亦在此点。"① 以地理环境论文学,在民国时期是一种常见的论说路径。作者将这个原因用来解释美国文学与英国文学的根本差异,不失为一种富有学理的积极思考。这篇文章也反映出美国文学在时人心目中的地位变化。

美国文学在民国时期读者心中地位的变化甚至还反映在当时的辞典编纂当中。1933年,周梦蝶编译的《中外文学名著辞典》(上海:乐华图书公司,1933年)将"美利坚文学"列为一个部门,收入了"见闻杂记""红A字""伊诺克亚腾""伊凡吉林""黑猫""草叶""深渊里的人们"等词条,对这些美国文学名著进行了介绍。② 显然,在编译者眼中,美国文学已经有资格和其他各国文学一起,共同参与世界文学景观的构成。

30年代美国文学研究的活跃还可以从这一时期的译著状况反映出来,有更多关于美国文学的译文在期刊上出现,一定程度上反映出"一战"后突飞猛进的美国文学对世界的影响力。例如,时任美国威斯康辛大学美国文学教授的威廉·B·凯恩斯(William B. Cairns)讨论"一战"后美国文学发展的长文 American Literature Since The War(原载 Current History 第33卷第6期,1931年3月1日出版)在30年代居然出现了至少六个译本:即《大战以来的美国文学》,芳草译,《现代文学评论》1931年第1期;《美国文学的新趋势》,经用白译,《南华文艺》,1931年第1卷第2期;《现代美国的文学》,詹文浒译,《青年进步》1931年 第144期;《美国文学之新趋势》,白华译,《国闻周报》,1931年第16期;《战后美国文学之趋势》,傅锦衣译,《武汉文艺》,1932年第1卷第1期;《大战后的美国文学》,史东译,《广西青年》,1932年第4期。美国文学批评家卡尔浮登(Calverton)的论著也有人关注,相继有《近百年美国文学之变迁》(赵演译,《生力》,1933年第6期)、《美国文学之新天地》(李育中译,《红豆月刊》,1935年第3卷第2期)、《黑人文学的生

---

① 力生:《美国新民族文学之景气》,载《广西青年》1932第3期,第9页。
② "伊诺克亚腾"为英国诗人丁尼生的叙事诗 Enock Arden,此为误收。"伊凡吉林"即朗费罗的诗歌 Evangeline。"黑猫""草叶""深渊里的人们"分别为爱伦·坡、惠特曼、杰克·伦敦的作品。参见周梦蝶编译:《中外文学名著辞典》,乐华图书公司1933年版,第305—407页。

长》(张克已译,《文化评论》1935 年第 5 期)等译出。此外,戈勒姆·曼森 (Gorham Munson)、哈里·桑顿·穆尔(Harry Thornton Moore)、米尔顿·沃尔德曼(Milton Waldman)等学者对美国小说的观察和研究也被翻译成中文。

除了直接翻译欧美学者的论著,从 20 年代末开始,中国文坛就尤其注意通过翻译日本学者关于美国文学的研究成果。例如,1929 年,著名新文学刊物《北新》杂志曾刊载方天白根据日本学者北村喜八、汤浅辉夫、清水晖吉的文章编译而成的长文《现代美国的文学》,对 20 世纪以来美国的小说、戏剧和诗歌状况进行了全面的介绍。同年,韩侍桁辑译的《西洋文学论集》(北新书局 1929 年版)也收入了爱尔兰裔日籍学者小泉八云在日本高校的文学讲稿《美国文学杂论》。30 年代,又有横山友策的《现代美国文艺思潮》(高明译,《学友月刊》1931 年第 1 卷第 2 期)、宫岛新三郎的《美国文学概观》(森堡译,《当代文艺》1931 年第 2 卷第 4 期)、高垣松雄的《美国文学的现代性》(杨维铨译,《新中华》1933 年第 1 卷 14 期)等文章译出。这些译文译者不同,题名不同,发表的刊物也各不相同,但是他们却将共同的目光投向了美国文学,足以显示出 30 年代前后美国文学对民国学界的吸引力。

第三节 民国学界对美国女文学家与黑人文学的关注

一、《妇女杂志》与《美国近世女文学家小史》

20 年代中国文艺界对美国文学的关注还包括对美国女性文学家的介绍。这其中以 1921 年《妇女杂志》第 2—6 期连载的《美国近世女文学家小史》(作者署名"半禅")最具代表性。《妇女杂志》是当时商务印书馆的名刊,致力于女性问题的讨论。曾任其主编的胡彬夏曾与宋庆龄等一同留学美国,在威斯利大学学习文学和史学,是民初著名的知识女性代表。由于胡彬夏的美国教育背景,《妇女杂志》也一度较为偏重对美国女性问题的介绍,以美国中产阶级的知识女性为效法对象。对美国女性文学家的关注,也是在这一大背景下出现的。

作者在篇前小引中指出:"文学上之能力,男女初无二致。故男女在文学界，可处平等地位。此征诸中外古今，无不皆然者。"① 为了证明这一说法，作者历数了历史上中外女文学家的代表，并尤为推重美国的女文学家。"其在吾华，为曹大家之书续汉史，苏若兰之诗创迴文，久称艺林盛世。至于泰西，则基督降生前六百年。希腊即有山花（Sappho）女士，著抒情诗；后阿拉伯有女郎施杞斋台（Scherezade）著《天方夜谭》（Arabian Nights）。降及十六七世纪，尤代有闻人；若纳佛来（Navarre）侯爵夫人，拉佛奚铁（Lafayette）公爵夫人，西微琴（Sevigne）夫人，施韬尔（Stael）夫人等等，不可悉数。美国女权，自昔称强；故女子文学，尤为卓绝。如施土活（Harriet Beecher Stowe）夫人之《黑奴吁天录》（Uncle Tom's Cabin）其势力且能制造南北战争之历史。十九世纪以还，妇女以文才称者，项背相望，其造诣之深远，著述之宏富，或且过须眉而上之，可谓盛矣。"② 正是有感于此，作者才写成此篇，希冀"资吾华闺秀之观感"。

该文对美国女文学家的介绍主要分小说家和诗家两类，兼及剧本家。以下这个名单即使今天来看也蔚为大观。

小说家共二十四人，分别为：白南铁（Franes Hodgson）、华敦（Edith Wharton）、狄兰（Margaret Deland）、恩叟敦（Gertrude Atherton）、微琴（Kate Douglas Wiggm）、林哈铁（Mary Roberts Rinehart）、微儿金司（Mary Wilkins）、格拉斯哥（Ellen Glasgow）、希根（Alice Hegan）、山纳铁（Octave Thanet）、琼司登（Mary Johnston）、拉孩夫司（Amélie Louise Rives）、甘儿（Zona Gale）、罗儿甫（Rohlfs）、飞那洛山（Mary McNeill Fenollosa）、杰克生（Helen Fiske Jackson）、墨非里（Mary Noailles Murfree）、柯克（Marjorie Benton Cooke）、海立施（Corra Harris）、飞休（Dorothy Canfield Fisher）、华铁司（Mary S. Watts）、恩特罗（Mary Raymond Shipman Andrews）、那立司（Kathleen Norris）、爱洛那抛透（France Little）；

诗家共二十人，分别为：洛佛儿（Amy Lowell）、梯山豆儿（Sara Teasdale）、汤茂施（Edith M. Thomas）、濮郎（Alice Brown）、批抱台（Josephine Preston Peabody）、微儿廓克司（Ella Wheeler Wilcox）、微狄谋（Margaret Widdemer）、白蝶（Katharine Lee Bates）、孟禄（Harriet Monroe）、拉铁霍司（Jessie B. Rittenhouse）、勃兰痕区（Anna Hempstead Branch）、达

---

① 半禅：《美国近世女文学家小史》，载《妇女杂志》1921年第2期，第28页。
② 半禅：《美国近世女文学家小史》，载《妇女杂志》1921年第2期，第28页。

刚（Olive Tilford Dargan）、罗滨孙（Corinne Roosevelt Robinson）、克拉苟昂（Sarah Cleghorn）、铁惕琴（Eunice Tietjens）、柯铁司（Florence Earle Coates）、白亚（Amelia Josephine Burr）、李司（Lizette Woodworth Reese）、开尔谋（Aline Kilmer）、吉亚纳（Louise Guiney）。

在1921年的中国，中国对美国文学的了解还主要局限在林译美国小说的层面，对于美国现代文学的了解也刚开始起步，因而如此集中地大规模介绍美国的女文学家，这在现代中国还是首次，其意义自然不容低估。[①] 据作者自述，该文系"辑译柯克（Howard W. Cook）梅来斯（Arthur B. Maurice）等所著美国近世文学诸书而成。顾美国妇女之能文者，车载斗量；妇女之著作，亦汗牛充栋；兹所列者，不过择其荦荦大者言之耳。花奎（A. B. Fauquhar）曰：'美国者，大国也，故人才亦大盛。'高山仰止，景行行止，虽不能至，不禁心向往之矣"[②]。字里行间不但充满了对美国女文学家成就的倾慕，甚至对美国也心存向往。

从美国文学学术史的角度看，作为现代中国第一篇对美国女性文学试图进行全面介绍的文字，该文虽是辑译美国学者之著作，但亦可见编者的选择鉴别之功和情感态度。例如，对女文学家自强精神的关注，介绍小说家林哈铁（Mary Roberts Rinehart）"夫人病弱，乃效为著作，拥稚子于膝，翘二指以打字"，为卖文"日行路太多"，"袜为之裂"。[③] 再如，介绍美国南方女文学家，"格拉斯哥女士与拉孩夫司，皆美国南方之女文学家；继二人而起者，有琼司登女士……""十九世纪末页，本为美国历史小说盛行时代"，琼司登女士所写"均系当时佛吉尼亚殖民轶事，故尤得读者欢心。月下比剑，盗守沙中，凡此种种可惊可骇之情景，无不曲曲从女士笔尖传出"。[④] 这些介绍不仅为中国读者塑造了美国女文学家的简略群像，而且颇具女性文学史的意味。

19世纪是美国女性文学兴起的世纪，但以白人男性为主导的美国学界对其价值一直评价不高，长期以来未能引起更多研究者的足够重视。而现代中

[①] 徐颖果、马红旗主撰《美国女性文学：从殖民时期到20世纪》（天津：南开大学出版社，2010年），金莉等著《20世纪美国女性小说研究》（北京：北京大学出版社，2010年）对这里所列的部分女性文学家有详细介绍，但更多的中文研究付之阙如。
[②] 半禅：《美国近世女文学家小史》（续四），载《妇女杂志》1921年第6期，第34页。
[③] 半禅：《美国近世女文学家小史》（续一），载《妇女杂志》1921年第3期，第23—24页。
[④] 半禅：《美国近世女文学家小史》（续一），载《妇女杂志》1921年第3期，第25页。

国对她们文学作品的翻译更是少之又少，在当时的条件下，介绍者也不可能涉猎这些著作的全部。但是，从普及美国文学知识，提高美国文学影响力的角度看，作者的工作无疑是有价值的。更何况，《妇女杂志》对美国女性文学家的介绍并非主要依其文学成就的高下为依据，更多的是迎合时代精神的需要，强调女性和男性智力方面的平等，女性可以和男性一样创作文学作品。这恐怕是编者要传达给现代中国妇女读者的一个最重要的信息。

二、杨昌溪《黑人文学》及其他

现代中国对美国黑人文学的认识是从 20 年代末年代开始起步的。1928 年《小说月报》第 19 卷第 11 号的《现代文坛杂话》栏目刊载了赵景深的《黑人的诗》[①]，第一次向国人介绍了美国历史上的一些重要的黑人诗人，包括写宗教诗的哈孟（Hamamon），第一个黑人女诗人惠特莱（Phyllis Wheatley）、方言诗人邓巴（Dunbar）等，并重点介绍了梅开（Claude McKay）。文章认为梅开的诗与别的诗人不同，别的诗人只知恳求上帝怜悯，梅开的诗却呼唤着革命，反映了"被压迫的民族的可钦佩的呼声"。此后，《小说月报》还刊载了张威廉译的《黑人的新诗》，介绍的是非洲黑人的诗歌。1929 年，《语丝》杂志也选译了一组黑人的诗歌。20 年代末的这些介绍都非常简略，但开启了此后国内译介和研究美国黑人文学的先河。

1930 年，《真美善》杂志发表了汪倜然译的《美国黑人文学底启源》，较早地介绍了美国黑人文学在"一战"后的崛起。译者在小引中指出："自从欧战以后，美国底黑人文学突然抬头了。技术底成就与作家底辈出，使被征服已久底尼格鲁民族底文学成为世界重要的新兴文学之一。现在的美国黑人作家虽然尚未有获得世界文坛的地位，但是他们之中，已有不少的很可重视的小说家诗人和戏曲家；这些作品底文学价值都并不劣余一般的白人作家。而且黑人作家底作品，都表曝着强烈的民族意识和浓厚的反抗情绪。尼格鲁民族在白种人世界之中所感受的苦闷与悲哀，所怀抱的希冀与热望，都在他们的作家底作品里透露了出来；这样的透露是愈到晚近愈明显。当然，黑人文学是正在发长的时期，将来的收获现在尚难逆料，但对于关心民族运动和世

[①] 该文还曾收入赵景深的《最近的世界文学》（远东图书公司 1928 年版）一书。此前有研究者称该文为沈雁冰所作，系错误。

界文学的人，却是很该加以注意的。"① 这段话反映出当时的中国文坛对美国黑人文学的认识和态度：美国黑人文学的出现被看做世界文学中重要的新兴文学现象，其文学价值和未来的潜力也开始受到中国文坛的重视和期待，强烈的民族意识和浓厚的反抗情绪正是现代中国开始关注黑人文学的重要原因。

1933年，《现代学生》第3卷第3期发表了龙纤红的论文《美洲黑人的诗歌》，该文将美洲黑人的文学新潮看成是一种革命文学的趋势，分析了美国黑人的社会和经济状况，认为黑人的艺术贡献于美国是很大的。该文还选译和分析了康梯·卡伦（Countee Cullen）、克劳德·麦凯（Claude Mckay）、兰斯顿·休斯（Langston Hughes）等黑人诗人的代表作品，认为它们反映了"黑人的向上心的勇进，革命思想的膨胀"。1933年7月，美国黑人诗人休斯在访问苏联后转道中国上海，与鲁迅等文学家会面，成为第一位来访中国的重要黑人诗人。这一事件也增进了国内文坛对美国黑人文学的了解，并推动了黑人文学在中国的译介。在这种大背景下，1933年12月，杨昌溪的《黑人文学》作为赵家璧主编的"一角丛书"之一种，由上海良友图书印刷公司出版。

杨昌溪（1902—1977），四川省仁寿县人，早年毕业于上海圣约翰大学，还曾短期留学日本。在30年代的文坛，杨昌溪是一个颇为活跃的人物，发表了许多外国文学方面的译介文章。关于美国文学，他也译述颇丰。除《黑人文学》一书外，他还写过《哥尔德——美国的高尔基》(《现代文学》1930年第1卷第1期)、《哥尔德与新时代》(《读书月刊》1930年第1卷第1期)、《"草叶集"的出版纪念和惠特曼》(《现代文学评论》1931年第1卷第4期)、《巴克夫人与江亢虎论战及其对基督教之认识》(《文艺月刊》1933年第4卷第2期)等评介美国作家作品的文章。译作方面，他主要翻译了美国无产阶级作家哥尔德一些作品，包括长篇小说《无钱的犹太人》（现代书局1931年版）、散文《职业的梦》(《读书月刊》1931年第1卷第3、4期)等。

《黑人文学》是民国时期出现的第一本黑人文学专论，也是1949年以后很长一段时间内唯一的一本。全书分"黑人的诗歌"、"黑人的小说"和"黑人的戏剧"三部分，在出版前曾以《黑人文学中的民族意识之表现》为名发表在《前锋月刊》（署名：易康）1930年第1卷第1期，后又刊载于上海的《橄榄月刊》第16期（1931年8月10日出版）。据作者自述，该书的写作得到曾为奴隶

---

① John Chamblain：《美国黑人文学底启源》，汪倜然译，载《真美善》1930年第6卷第1期，第71页。

的黑人格威都莱·华盛顿（Gwendolyn Washington）的帮助。①《前锋月刊》和《橄榄月刊》均属于国民党扶植的民族主义文艺派的刊物，为配合民族主义的宣传，这两种刊物发表过一些介绍世界弱小民族的文学的文章。杨昌溪对黑人文学的介绍就是一例。"美国的尼格罗（Negro）人是世界上最被压迫的民族，在过去百余年间非惟他们的祖国亚非利加洲被帝国主义者分割，而且几乎全民族都成了一种主人所有的奴隶。"②作者将黑人定位为"被压迫的民族"，认为黑人文学很大程度上表达了他们的民族反抗意识，这也是全书的主旨。

在对黑人的诗歌的介绍中，作者回顾了美国黑人诗歌的起源及早期表现形式，认为早期的黑人诗歌中虽然已经表现出了他们的反抗，但由于黑奴们的民族意识早在奴隶生活中被消磨殆尽，再加上白人用基督教来麻醉他们，所以他们只能在歌中幻想着天堂以忘却当前的痛苦。随着美国新兴工人运动的勃起，黑人知识分子的提倡，黑人的民族意识也开始觉醒，由此也产生了新的黑人诗歌。这些诗人"看清了尼格罗民族的精神"，"憧憬于大亚非利加洲中将有一个伟大的独立民族的国家"。"所以他们赞美亚非利加洲的伟大，他们歌颂自己底种族和家乡，要把沉没了底尼格罗全民族从深渊中拔起。"③作者举出了八位黑人民族运动的诗人兼小说家，这些人包括黑克开（Claude Mckay）、亚历山大（Louis Alexander）、卡林（Countee Cullen）、都巴（Paul Laurence Dunbar）、卡洛惹士（James B. Carothers）、柏耳（James Macdon Bell）、杜玛（Joan Tomer）、休士（Langston Hughes）等。作者不但对他们的生平和作品做了简要的介绍，对于一些重要诗歌也给出了译文，认为他们的共同特质是"在诗歌中尖锐的作民族唤醒底作品"④。

在对黑人小说的介绍中，作者不但强调了黑人在文化和文学上的民族精神，还突出了黑人对美国文化、文学和艺术的贡献，甚至将黑人文学提高到美国文化主潮的地位。"他们对于美国文化的贡献，对于美国文学和艺术的贡献，均反比号称文明的英国人和法国人以及西班牙人给美国的还要强烈。虽然美国人是想排斥美国文化和文学中的尼格罗民族的影响，但是他们愈想屏绝，而黑人的势力之注入，却愈浓厚。所以，黑人虽然经过了许多年奴隶制

---

① 易康：《黑人文学中的民族意识之表现》，载《前锋月刊》1930年第1卷第1期，见篇末小注。
② 杨昌溪：《黑人文学》，良友图书印刷公司1933年版，第1页。
③ 杨昌溪：《黑人文学》，良友图书印刷公司1933年版，第20—21页。
④ 杨昌溪：《黑人文学》，良友图书印刷公司1933年版，第21页。

度的虐待,虽然美国人使用了宗教的麻醉和教育的奴隶思想来陶镕他们,非惟不能把黑人的民族精神消磨,反而使他们能在美国文化的主潮上巍然独立。"① 黑人小说家正是认识到了"弱小民族要团结起来求生存和自由独立的权利"②,他们的作品才呈现出了对民族复兴的热烈追求。作者将黑人小说按照作家的思想倾向分为两类,一类作家在思想和行动上较为和平,如爱德华兹(Hary Stillwell Edwards)的短篇小说《黑影》(Shadow)、突平(Edna Timpin)的小说《亚伯南姆底自由》(Abrams' Freedom)、邓肯(Naman Duncan)的《一件假设的事》(A Hypothetical Case)、夏芝(L. B. Yeats)的《白墨戏》(The Chalk-Game)等。另外一类黑人小说家则表现出较强的控诉力度,这些主要作家作品有:麦克开(Claude Mackay)的短篇小说《哈伦的回归》(Home to Horlem),诗歌《哈伦的阴影》(Horlem Shadows);淮提(Waltu White)的《燧石中的火光》(The Fire in the Flint)、《绳子和柴薪》(Rope and Faggot);女作家浮色德(Gossie Faset)的小说《羞耻》(There is Confusion)、波依士(Du Bois)的《黑公主》(The Dark Princess)、那生(Nella Darsen)的《流沙》(Quicksand)、非修(Rudelph Fisher)的《吉立柯底墙》(Walls of Jericho)、休士(Langton Hughes)的诗集《疲倦的水手》(The Weary Blues)和《犹太人底美丽衣服》(Fine Clothes of the Jew),长篇小说《不用笑》(Not Without Laughter)等。对这些作家作品的介绍长则几百字,短则几十字,但无不突出他们对黑人命运的反抗意识。如此集中地介绍美国黑人小说家的生平与创作,这在现代中国还是第一次。

为了突出黑人文学作为一个民族文学的共同反抗性,除了美国的黑人小说,作者还介绍了法国统治下的非洲殖民地的黑人小说家赫勒·马郎(Rene Maron)及他获得龚古尔文学奖的小说《霸都亚纳》(Batouala),并总结道:"无论在何处统治下的黑人都已经认识了白人阴谋和伎俩,为要自由和解放,他们非得独立起来不可了。他们对于上帝的信托已经破灭了,他们知道上帝永远不会替他们在世界上拣选一个像以色列人那样的迦南圣地,而一切的事只有他们自己挺身来干才行。""他们要突破一切的困难而建设起一个黑人的国家。"③

---

① 杨昌溪:《黑人文学》,良友图书印刷公司1933年版,第35—36页。
② 杨昌溪:《黑人文学》,良友图书印刷公司1933年版,第37页。
③ 杨昌溪:《黑人文学》,良友图书印刷公司1933年版,第48页。

作者对黑人戏剧的关注也有独特的视角,主要突出了黑人对于美国戏剧、电影表演方面的贡献。"黑人因为对于创制剧本的技能比较的薄弱,在演剧方面的成绩是胜过了剧作家的工作,所以,在美国无论何种剧团中都有黑人的份子。一面,他们具有演剧的天才,一面要表现近代黑人的生活和痛苦,也即是反映美国整个的社会,也非他们不行。"① 作者重点介绍了以出演奥尼尔的《琼斯皇》和莎士比亚的《奥赛罗》而闻名世界的黑人演剧家保罗·鲁滨逊(Paul Robinson),同样突出了他作为一个黑人艺术家的民族意识和反抗精神。作者认为,"黑人在戏剧方面虽然没有如何伟大的成就,但他们的努力却值得相当的佩服"。可见,在突出了黑人民族意识的觉醒的同时,作者对黑人文学的发展充满期待。

就美国国内而言,对黑人文学的重视与批评始于20世纪二三十年代的哈莱姆文艺复兴。"它既是美国黑人文化历史上重要的转折点,又是美国文化历史上不可忽视的一章。"② 因此,从时效性上来讲,30年代前后,中国文坛对美国黑人文学的译介与研究可以说是紧随美国国内黑人文学的发展的。从美国文学学术史的角度看,杨昌溪这本《黑人文学》作为现代中国唯一一本黑人文学论著的单行本,首次向国人介绍了黑人文学的全貌,对于国人全面认识美国文学功不可没。杨昌溪作为研究黑人文学的先驱者,其历史功绩不能够被遗忘。③

继杨昌溪《黑人文学》之后,1935年《世界文学》杂志第1卷第4期刊载了允怀的《黑人文学在美国》一文,将现代中国对美国黑人文学的研究又切实推进了一步,成为三四十年代最有分量的一篇研究美国黑人文学的论文。作者指出,黑人文学之存在,在美国开始为白人所觉察,乃是20世纪以后的事:民族意识的觉醒使美国人珍视一切美国国产的东西,因此引起他们对于黑人文学的注意。尽管黑人文学与黑人一样受到歧视,但它在美国文学不长

---

① 杨昌溪:《黑人文学》,良友图书印刷公司1933年版,第50页。
② 杨仁敬:《20世纪美国文学史》,青岛出版社2010年版,第414页。
③ 由于杨昌溪在1949年之后被批判入狱多年并含冤去世,大陆学界对其长期缺乏研究。但这种状况最近正在改变,已有青年学者开始重新评估杨昌溪的文学活动及价值。参见韩晗:《重读〈刀'式'辩〉及其它——以杨昌溪早期文学活动为中心的史料考察》,载《浙江社会科学》2013年第4期。更值得注意的是,台湾秀威出版公司2014年4月推出了《黑人文学研究先驱杨昌溪文存》(上下),这说明杨昌溪研究黑人文学的努力并没有被历史遗忘。

的历史中占有重要地位。这是由于它的原始性。但这个原始并不等同于野蛮，而是指其文学"情感的舒放，纪律的忽略，成规的蔑视"。黑人文学比之"文明人"的文学"更少受纪律成规的束缚，更为自然而少造作"。① 原始性实为创造性或创始性，这正是美国黑人艺术的特征。

作者研究黑人文学时显然秉持的是一种反映论的文学观，认为黑人文学的内容与特征是他们社会现实的必然反映。即他所说的"一种文学的发展及特征，必有其社会背境在"。美国黑人的生活条件的恶劣，黑人在白人社会中受教育机会的缺乏，反而给予黑人以文学上的成全。"在黑人艺术家及文学家的身上，并不压着传统的文学教条的重负，也没有艺术的成规的桎梏。他可以在艺术及文学的作品中，自由地表现其性灵而不受任何纪律之限制。因此，黑人的艺术及文学是一种民间的艺术，大众的文学，是一种无艺术的艺术。"作为黑人生活之必然的结果，"忘怀于狂乱""安息于疲乏"，以逃避现实的爵士舞与爵士乐精神也弥漫于黑人文学当中。同时，艺术及文学是建基于经济的上层建筑物，"在每种黑人的艺术或文学的作品中，都有着一种特殊的经济制度——奴隶制"。因而，黑人文学中很难找出与种族问题无关的作品。"种族色彩之浓厚，在世界各国的文学中，无过于黑人文学"②。黑人文学既不同于非洲的黑人文学，也不同于欧洲的白人文学，在他们的每一件文学作品上，都有着"美国"的、"黑人"的清楚的烙印。这些论述从社会环境和经济制度的角度充分考察了美国黑人文学的原始性与特殊性，看到了产生黑人文学面貌的根本原因。

除了注意社会环境因素对黑人文学的影响和制约，作者还特别留心于黑人文学与时代的互动关系。文中高度评价了欧战之后黑人的"文艺复兴"，称其为"黑人文学史中划时代的一件大事情"，成为黑人"民族解放的先声"。③ 为了获得民族地位的承认，以麦克开（Claude Mckay）、休士（Langston Hughes）、可仑（Cullen）、韬曼（Jean Toomer）为代表的黑人新青年作家群，以艺术至上主义为原则，主张超出狭隘的种族问题，试图以一种具有世界性的文学创作来证明黑白人种智力之平等。作者进一步指出，这批新青年作家的兴起与美国在"一战"后经济的繁荣密不可分，文学和艺术成为黑人

---

① 允怀：《黑人文学在美国》，载《世界文学》第 1 卷第 4 期，第 573 页。
② 允怀：《黑人文学在美国》，载《世界文学》第 1 卷第 4 期，第 574、576 页。
③ 允怀：《黑人文学在美国》，载《世界文学》第 1 卷第 4 期，第 577—578 页。

中产者分享美国繁荣盛筵的入场券。作者还分析了30年代中期黑人文学的发展趋势，认为黑人文坛也出现了向左转的倾向，开始更多地反映阶级问题，文学渐渐趋于武器化和宣传化。黑人诗歌充满了抗争的情调和对黑人种族的自傲，黑人小说的主人公则变为了休士等人所选择的"没有受过教育文化之恩沐的无产穷人"①。

总之，该文以其完整的结构，丰富的材料，深入的解读，为现代读者展现了美国黑人文学的历史与现状，充分肯定了黑人文学在美国文学中的地位和价值，代表了三四十年代中国人对美国黑人文学的最高认识水平，今天读来仍不失其参考价值。《世界文学》作为现代中国译介外国文学的名刊，配合着这篇论文，还选译了休士名著《不是没有笑的》（*Not Without Laughter*）中的一篇《辛弟的礼物》（祝秀侠译），并称"该作刻画儿童心理，细腻之至，是全书中最最精彩的一章"②。由此，中国读者对黑人文学有了更深的了解，实乃美国文学译介与研究史中一件值得记述的事。

从黑人文学在中国的译介情况来看，休士的诗歌和小说是最为人们所熟知的，此外华脱·怀特、麦凯等人的诗歌也有个别译介，更多其他黑人文学家的作品则相对翻译和研究较少。由于现代中国的社会历史需求，黑人文学中的反抗精神和民族意识是中国文坛关注黑人文学的重要因素，中国读者关注和研究黑人文学正是因为在其中找到了社会价值和情感价值的共通性。1943年，宋明在《黑人文学的成长》一文中写道："过去，在我们中国，除了黑人作家L.休士（Langston Hughes）的来华并介绍了他某一小部分的作品以外，几乎再也找不到其他的介绍黑人文学的例证，因之，对于黑人的生活和黑人的思想，我们是非常的隔膜。但是在黑人生活的成长过程里，显然有着为我们同情的成分，值得我们学习的地方，甚至在他们的生活里，我们还可以发现了我们自己的生活，以及和我们完全相同的生活的感情。""黑人文学正像一支川流不息的黑流，它发源的地方虽然微细，但最后却涛涛地流入了人海，氾滥成一片光耀的黑色。""我们不能忽视了黑人文学的成长。为了我们的同情，敬爱和学习，我们要加强黑人文学的介绍工作！"③可见，经由

---

① 允怀：《黑人文学在美国》，载《世界文学》，第1卷第4期，第580页。
② 〔美〕休士著：《辛弟的礼物》，祝秀侠译，载《世界文学》第1卷第4期，参见编者按语，第581页。
③ 宋明：《黑人文学的成长》，载《申报月刊》1943年第8期，第149页。

二三十年代对黑人文学的初步译介和研究，至 40 年代，已经有人意识到了自觉介绍和研究黑人文学的必要性，他们认为研究黑人文学不仅可以了解黑人的生活与思想，而且有助于中国人认识自身。这样的评论和呼吁在今天仍然是有效的。

第六章　20世纪20年代至30年代美国文学各文类的评介与研究

中国人对美国文学的认识是从诗歌开始起步的，五四时期的田汉和刘延陵最早显示了对美国诗歌的热情。此后现代美国诗歌的发展也一直受到民国学人的关注。1930年，朱复在《小说月报》第21卷第5号上发表的《现代美国诗概论》是20世纪30年代中国学者发表的第一篇美国诗歌专论。从20世纪20年代开始，国人也开始了对美国小说的初步评介，并在20世纪20年代出现了赵家璧的《新传统》这样代表民国时期中国学者研究美国小说水平的经典之作。1934年，《现代》杂志第5卷第6期推出的"美国文学专号"将美国文学看视为具有"创造精神"和"自由精神"的"现代"文学的代表，明确表示："被英国的传统纠缠住的美国是已经过去了；现在的美国，是在供给着到二十世纪还可能发展出一个独立的民族文学来的例子了。这例子，对于我们的这个割断了一切过去的传统，而在独立创造中的新文学，应该是怎样有力的一个鼓励啊！"[①]基于这一认识，《现代》杂志为这一时期的美国文学研究贡献了一批颇有分量的学术论文。其中，邵洵美的《现代美国诗坛概观》、顾仲彝的《现代美国的戏剧》、赵家璧的《美国小说之成长》，涵盖了对诗歌、小说、戏剧这三种现代美国文学主要文类的研究，标志着民国时期美国文学研究的重要进展。

---

① 施蛰存：《现代美国文学专号导言》，载《现代》1934年第5卷第6期，第835—836页。

第一节 民国学界对美国诗歌的评介与研究

一、五四时期：田汉与刘延陵对美国诗歌的评介

从 1917 年至 1927 年，是中国新文学发展的第一个十年。新文学创作的最初成果是现代新诗，诗歌是文学革命的突破口。五四时期，在"诗体大解放"的旗帜下，新诗运动的提倡者们创作出大量形式自由、内容充实的白话新诗，显示出文学革命的实绩。新诗的创作是与引介外国诗歌同时起步展开的，但是美国诗歌并非学界译介的重点。例如，据统计，在译介新诗的重要刊物中，《少年中国》发表了 35 首译诗，只有一首译自美国。《小说月报》从 1920 年到 1925 年所发表的 90 首译诗中也只有 3 首译自美国。① 尽管如此，新诗运动从一开始，中国现代文坛就与美国诗歌发生了联系，并对其进行了深入的观察与思考。

早在 1915 年，新文学革命的发难者陈独秀就在《青年杂志》第 1 卷第 2 期以中英文对照的方式，用骚体译出了美国国歌《亚美利加》，甚至还附上了五线歌谱供人演唱。歌中高唱："爱吾土兮自由乡"，"自由之歌声抑扬"。美国被视为自由精神的代表。新文学的先驱者对美国文坛的动向十分关注，1918 年，刘半农在《新青年》发表的译诗《我行雪中》得自美国《名利场》(Vanity Fair) 月刊。1919 年，胡适发表了白话新诗《关不住了》，是对美国意象派女诗人萨拉·替斯戴尔 (Sara Teasdale) Over The Roofs 一诗的翻译。胡适对此诗极为看重，以其为中国"新诗成立的纪元"。至于胡适受美国意象派诗歌影响，提出改良文学的八项主张，更是为学界所熟知。现代文坛的先驱者们从新文化运动和新诗改革最迫切的需要出发，将目光投向了美国诗歌，以促成文学的思想革命和形式革新。这一时期率先对美国诗歌进行专论的代表正是田汉和刘延陵这两位五四诗人。

1919 年 7 月 15 日，田汉的长篇论文《平民诗人惠特曼百年祭》在《少年中国》创刊号上发表，标志着五四诗坛译介外国新诗新阶段的开始。从美国

---

① 参见范伯群、朱栋霖主编：《1898—1949 中外文学比较史》(上卷)，江苏教育出版社 2007 年版，第 317—318 页。

文学学术史的角度看，该文也具有开创性的价值和意义。作为五四时期第一篇有分量的美国诗歌专论，该文不仅介绍了惠特曼的生平和创作，而且论述了惠特曼的自由民主思想、灵肉调和观念以及他对中国新诗的启示，成为现代中国全面介绍外国诗人的先声。"平民诗人"是田汉给惠特曼的定位，正呼应了当时新文学界对平民主义、平民文学的提倡。

如果从认识美国的角度看，对美国精神的高度赞扬是田汉此文最大的特色。他开篇就联系时局对"美国精神"进行了概括和提炼。他激情洋溢地写道："美国有今日的光荣，今日的胜利，一定有些东西不和他分开的，一定有些东西永远指导他，随伴他，鼓励他的，像英国有莎翁、弥尔敦等一班诗圣一样！"田汉认为，美国在今日获得了极大的光荣和胜利，究其原因就是由一种伟大的精神支撑着它，这种精神就是民主主义。美国作为巴黎和会的主盟，比起距当时一百零四年前的以封建专制主义国家为主盟的维也纳会议是一个巨大的历史进步。他甚至高呼，应感谢美国，感谢"它产生的人物"，感谢"那些人物唱道的自由！"① 在田汉看来，美国是民主精神的代表，是世界进步的象征。

如果我们回顾历史，就会对该文中反映出来的田汉对美国的认识有更深一层的理解。从19世纪末到20世纪初，美国一直被中国的仁人志士视为可以师法的对象，中国人对美国的印象还是较为友好的。"一战"结束后，美国作为胜利的协约国，是巴黎和会的主要角色之一。时任美国总统的威尔逊提出的"十四点""国际联盟"等主张被认为是谋求世界和平的唯一途径。中国知识分子也一度将维护民族利益的希望寄托在代表民主的美国身上，在当时人们的心中，美国是中国真正的朋友。虽然后来威尔逊理想主义的和平主张破产，中国在巴黎和会的外交宣告失败，直接导致了五四运动的爆发。但是知识分子在精神上仍然是认同美国的民主主义的。田汉在文中的高呼正反映出这样的时代讯息。

虽然该文也谈论了惠特曼诗歌的艺术价值，如灵肉调和的艺术观念，自由诗体的开创，认为其对于解放中国文学意义重大，但田汉显然更为偏重惠特曼诗歌的思想价值，并且有着明确的现实指向性。在他看来，惠特曼正是美国民主精神的代表。文中写道："惠特曼先生是个纯粹的'美国人'，是个

---

① 田汉：《平民诗人惠特曼百年祭》，参见《田汉全集》第14卷，花山文艺出版社2000年版，第292—293页。

纯粹的'新美国人'。他所高歌的是'新大陆',是'年少的国家',是'未开的领土',是'无历史的国民',是'自由的民族',是燃亚美利加的希望,祝亚美利加的健康。他是他的民族的精神之道破者,他是他的民族的将来的预言者,他替他的民族、他的民族性结晶的自由平等 Americanism 吐冲天的意气。"① 田汉将 Americanism 译为"亚美利加魂"。他指出,不但欧洲正朝着民主的方向前进,就连亚洲也受到了民主主义的洗礼,他希望已经登上"民主主义的船"(Ship of Democracy)的"少年中国诸君"奋力航行。同时,他也借由惠特曼认识到,美国的民主与自由并不是轻易得来的,而是需要斗争的,甚至需要付出战争的代价。他迫切地希望中国能够以惠特曼高歌的美国精神为借镜,产生出平和、平等、自由、博爱的"中国精神"(Chung-Hwa-ism)。这也是在中国纪念惠特曼的意义之所在。由田汉所开启的重视惠特曼诗歌的思想价值这一传统,直到今天仍然深刻地影响着中国的惠特曼研究。

继田汉之后,1922 年,刘延陵在《诗》杂志的第 1 卷第 2 号发表的论文《美国的新诗运动》是 20 年代出现的又一篇介绍美国诗歌的专论。该文分为"惠特曼""过渡时期""1913 年的新潮""1913 年以后的新诗人与新诗作品"四个部分,涉及的诗人除惠特曼外,还有莫带(William Vaughn Moody)、马铿(Edwin Markham)、马斯道斯(E. L. Masters)、弗禄斯特(Frost)、林德舍(Lindsay)、孟罗(Moore)等人,实际上是一部美国近代诗歌的略史。刘延陵写作此文时郑振铎的《文学大纲》中的美国文学部分还没有出版,因而这篇文章虽然是介绍之作,但无疑开启了中国读者了解美国近代诗坛的一扇窗。由此才可以判断它的价值和意义。

五四诗人多具有世界眼光。刘延陵作为《诗》杂志的主编之一,自己就创作了很多新体诗,同时也关心新诗的理论建设问题,注意对外国新诗的借鉴。他在该文中也试图在世界文学的范围内看待美国新诗的发展,从而点出中国新诗的意义。他开篇便说:"新诗'The New Poetry'是世界的运动,并非中国所特有:中国的诗的革新不过是大江的一个支流。现在中国还有逆这个江流而上的人,我想如把这支水的来源与现状告诉他们,且说明他现在的潮流是何种意义,这或者也能令一般逆流的人觉醒一点。"② 当然,作者也意

---

① 田汉:《平民诗人惠特曼百年祭》,参见《田汉全集》第 14 卷,花山文艺出版社 2000 年版,第 297 页。
② 刘延陵:《美国的新诗运动》,载《诗》1922 年第 1 卷第 2 号,第 23 页。

识到综合谈论世界的新诗运动有难度,因而计划将自己所知的几国的新诗运动分别记述,《美国的新诗运动》就是这个计划的第一篇。从后来的成文来看,作者还撰文介绍了法国及英国的新诗运动,如《现代的平民诗人买丝翡耳》《法国诗之象征主义与自由诗》等。这些文章均对中国现代新诗的发展产生了积极的影响。

与田汉一样,刘延陵也介绍了惠特曼对美国新诗及世界新诗的贡献和影响。"惠特曼不但是美国新诗的始祖,并且可称为世界的新诗之开创之人;而且不但启发世界的新诗,就是一切艺术的新的潮流也无不受他的影响。……他被尊为预言家,先驱者,热烈的人道主义者,而称他为桎梏底解放者之人尤多。"① 作者指出,惠特曼首先打破诗之形式上与音韵上的一切格律而以单纯的白话作诗。同时,他强调新诗与旧诗的主要区别并不仅仅在形式上,而在于精神上,而其中较重要的几点精神都是由惠特曼唤起的:诗的取材之寻常,寻常的东西就是伟大的东西;诗人的天职是歌吟现在的活的人生。一句话,惠特曼"教诗与人生接近"。在文章最后,作者得出结论,新诗的精神就是自由的精神,是形式和内容都适合于现代和现实的精神。

由于刘延陵此文的主要目的是通过美国的新诗发展历程,为中国新诗发展提供参照。因而相比于田汉对惠特曼所代表的美国精神的推重,刘延陵更多地从艺术的角度阐述了惠特曼在美国文学乃至世界文学上的价值。同时,他结合惠特曼以及惠特曼之后美国诗歌的发展简史,总结出来的新诗诗艺,比田汉也更为具体,富于可操作性。

二、20世纪30年代:朱复与邵洵美的美国诗歌研究

20年代初,中国文坛对美国诗歌的认识是与思想启蒙、文学革命等诉求联系在一起的。惠特曼诗歌中展现的民主自由的美国精神,意象派的实验革新,被作为中国新文学特别是诗歌创作足资借鉴的重要域外资源。20年代末,开始有人将目光投向新世纪的美国诗坛。1929年,勺水根据日本学者伊藤整日的译文,转译了美国诗人路易斯·昂特迈耶(Louis Untermeyer)的《现代美国诗坛》(《乐群》1929年第1卷第6期)。同年,赵景深也在《小说月报》(第20卷第7期)的"现代文坛杂话"栏目撰文简短介绍了美国现代诗坛的

---

① 刘延陵:《美国的新诗运动》,载《诗》1922年第1卷第2号,第24页。

新动向。但这些关注因为都是辗转抄译，对美国诗歌本身的发展历程和文学价值的研究还谈不上系统和自觉。到了30年代，随着人们对美国文学地位和价值认识的转变，再加之新诗的创作已经取得了丰富的实绩，学界开始从学理的角度对美国诗歌的进行系统的研究。

朱复的长文《现代美国诗概论》是30年代初第一篇全面论述现代美国诗歌发展的专论，其讨论内容涵盖了1912年美国诗艺复兴时期前后六十年的文艺思潮。对如此长的时间段内的美国诗歌作系统介绍，这在现代中国还是第一次。作者朱复（1898—1982）早年毕业于香港大学文学院，后来长期从事西洋文学和英语的教学研究，讲授欧美名著选读和西洋文学史等课程。① 他对美国文学的研究可以说是自觉和专业的，因此他的这篇文章对于美国诗歌的认识起点颇高。作者自述论文的主旨是"要把各个小段落时期的特色阐述，各个著名作家的诗概论，并予以估量，外加国家的文化的情景，以丰富此种估量，名家小传，以帮助读者对于作家之认识"②。从这段自述中也可看出本文的写作思路。具体来说，这篇文章有以下几点值得注意。

首先，该文反映了作者对美国和美国诗歌的总体认识。"美自建国以来，尚未逾百六十载。她虽享有天然的富产，广大的领域，各种气候的环境，实业发达，科学昌明，教育政治经济均甚兴盛的地位；然而她缺乏深久的文化背景，以及高超纯一的国粹，她好像是一只大火炉，溶化薰陶一般各具特殊国民性的侨民，于大美国主义之中。然而她有丰富饱满的精神，活泼猛进的能力，新鲜朝气的心志。现代美国诗艺之特色，亦可说是它诗人努力于实现艺术上独立自由的地位，不再受英国诗艺的束缚；是它诗人努力于创作新诗品新艺技，以增进国家意识，以表现美国，以描写时代精神，以发展美国诗艺在世界文坛的机会。我们研究现代美国诗艺，便能洞悉内心的美国，是什么东西。"③ 一国文学正是一国国民性的反映，这是民国时期文坛的共识。在作者看来，美国的国民性在于其"丰富饱满的精神，活泼猛进的能力，新鲜朝气的心志"，表现在诗歌上，现代美国诗歌不仅追求艺术上的自由独立，而且体现着美国现代国家意识、时代精神和内在性格，蕴含着对世界文学价值

---

① 上海社会科学学会联合会研究室编：《上海社会科学界人名辞典》，上海人民出版社1992年版，第320页。
② 朱复：《现代美国诗概论》，载《小说月报》1930年第21卷第5号，第811页。
③ 朱复：《现代美国诗概论》，载《小说月报》1930年第21卷第5号，第811页。

的向往和追求。通过研究美国诗艺,其价值还在于"洞悉内心的美国"。这种对美国诗歌的积极评价和自觉追求显然有着很高的识见。

其次,该文对惠特曼的评论也比 20 年代更为详尽深入。不同于 20 年代田汉等人对惠特曼诗歌精神价值的偏重,朱复主要从艺术性的角度看待惠特曼在美国诗歌史上的成就和独特性。作者认为,惠特曼的中心主旨"是普天的同情心,是爱情想像;这种爱情想像,能使伟大艺术家,与人类一切悲乐同体化,能使伟大艺术家,深解自然界之奥妙"①。"人生所接触的万事万物,据他看来,都是富有情感的,都可做诗歌方面最真实的题材。人类种种工作娱乐,都能给惠特曼以诗兴。他虽很爱自然,也酷爱城市中一切繁闹情景。他以为人类种种事业的图景,是最富情感性,如果这种富有情感性的心像,诗歌中包含得越多,则诗歌的感动力,越是广大而强烈。他以为那种描写民族的心像,在诗中表现得越多越真切,它们定能握持着民族的想像。"②"他自己创作一种节奏,以表现他的个性。他照了歌剧方面朗诵式的模型,去创造他的节奏;他使节奏的统系,依照了自己的思想情感。他那种伟大的节奏是在诗及散文间自由地滚流;他借重于音乐方面的发展,就是从严格句点的节奏到自由无限制的节奏。"③ 这些分析从诗歌的主旨、题材和情感特质等方面透彻地说明了惠特曼诗歌的艺术性。特别是关于惠特曼诗歌节奏的分析,指出其借重音乐性的一面,这也是此前的美国诗歌介绍中不多见的。作者对于诗歌节奏的讨论在介绍新诗运动时有更深入具体的说明。

该文虽然偏重对 1912 年以后美国"诗艺复兴"的介绍,但对 1912 年之前的美国诗歌简史的叙述也很有价值。此前,虽有刘延陵的《美国的新诗运动》(1922)对这一时段的美国诗歌有过简短介绍,但在丰富性和概括性上不能和该文相比。此后,涉及这方面内容的张越瑞的《美利坚文学》、《英美文学概观》等论著对此也并没有给出更多笔墨,且要迟至 1933 年才问世。因而朱复这篇文章对这段时期美国诗歌的介绍与评论可以说为中国读者补充了这方面的知识,有助于加深对美国现代诗歌发展的历史传承关系的理解。例如,在叙述"改造时期"(1870—1890)的诗歌时,作者将其分为派克郡短歌、故乡诗歌、报界诗歌。西部南部诗歌四种诗歌作品,特别提到惠特曼对于西部

---

① 朱复:《现代美国诗概论》,载《小说月报》1930 年第 21 卷第 5 号,第 813 页。
② 朱复:《现代美国诗概论》,载《小说月报》1930 年第 21 卷第 5 号,第 814 页。
③ 朱复:《现代美国诗概论》,载《小说月报》1930 年第 21 卷第 5 号,第 814 页。

南部诗歌的影响。"浪漫的美国的富有刺激性的愉快的西部,是由密拉(Joaquin Miller)的作品中表现出","优美高超的南部精神,是由蓝那(Sidney Lanier)传出",他们作品中的原始精神、民主精神"都可表现惠特曼的势力",而前三种诗人的作品却鲜见惠特曼的遗痕。① 这样的叙述让读者不仅对惠特曼也对美国诗歌发展的历史脉络有了更细致的认识。又如,在介绍1890年至1910年间的美国诗歌时,作者认为,19世纪末,随着美国国内经济的发展和国际影响力的提升,诗歌也乐于表现国家的思想、国家的情景,开始考虑国际文艺思潮和美国文艺在国际上的地位。但是当时英国的颓废主义和法国的象征主义在美国并没有太大的回声。因为受美国生活、民主精神和团体意识的牵制,"美国诗人须要表现美国,或表现美国人对于人性的真切认识。至于不合民主精神的隔离性,孤远自赏的虚假阶级性,轻视群众舆论的自夸性,在美国几难立足"②。正是这个过渡时期诗人们"国家的、人道的、康健的"精神使美国文学的发展充满了希望。在作者看来,这一时期对美国现代新诗的开启起到了重要的承上启下作用。可见,作者在讨论中既注意了社会历史变迁及外国文化对美国现代诗歌的影响,也注意突出了美国诗歌本身的内在脉络和发展主线。

在介绍1912年之后的美国诗艺复兴时,该文也以详细深入的分析见长,显示出作者渊博的知识修养和严谨的学术态度。例如,作者从诗歌形式方面讨论了节奏与自由体诗的关系,特别追溯了"节奏"(rhythm)这一名词的起源。"节奏是较脚韵(meter)愈为亲切伟大而优美。脚韵意示测量,但是节奏则暗示行动生气,因为这个名词来自希腊古字,意谓'流动'。所以节奏为诗歌方面那种似浪流动的连续声音。人体的生存,也有节奏可按。如果血液循环的节奏,有了缺点,则心部或已致疾病。""我们的情绪,可以变换身体的节奏,使他或徐或疾或增或减。这种个性的节奏,是一种品质,属于种种习常的心地和情感,这种种习常的心地和情感,是为诗人于恬静中记忆得之,因而浸入于他们所作诗词的行动中。"③ 这样的分析将诗歌的节奏问题说的浅显易懂。作者又写道:"节奏是精神的外形,精神是节奏的灵魂,彼此不能分离","仅有少数诗人,能做自由体诗。许多下等的做诗者,类多不谙英美古

---

① 朱复:《现代美国诗概论》,载《小说月报》1930年第21卷第5号,第815—816页。
② 朱复:《现代美国诗概论》,载《小说月报》1930年第21卷第5号,第817页。
③ 朱复:《现代美国诗概论》,载《小说月报》1930年第21卷第5号,第820—821页。

体的均衡模型,又不能流利纯熟写那种隔句押韵的四行诗,他们抓着自由体诗盛行的机会,大做其投机的作品,'鱼目混珠',自命为诗人,以愚公众。但这是冒牌的诗人:他们只把长而清晰的散文句子,随手割成各种长度,纷乱地写在白纸上。这种把散文支离割断的诗句,当然没有真诗的音调,因为没有那种真纯诗情的提高力,去产生之。因此,这般诗匠不能永久维持读者的兴趣"。① 在30年代初的中国,这样的提醒颇有借鉴意义。五四初期的自由体白话诗的发展由于强调绝对自由,不注意诗歌形式的构建,不但有散文化的倾向,而且出现了不少粗制滥造之作。20年代中期以后的新月派诗人开始提倡新格律诗对此进行反拨。朱复在该文中指出的美国现代诗歌发展中出现的这种现象,对于中国新诗的发展无疑是一个重要的参照。

在对美国现代诗人的评论方面,作者把他们分为心像派诗人(罗伟尔 Amy Lowell、磅特 Ezra Pound、弗兰却 John Gould Fletcher、希尔达·杜力得尔 H. D.)、抒情派诗人(密兰 Edna St. Vincent Millay、替斯达尔 Sara Teasdale)、东部诗人(福劳斯忒 Robert Frost、鲁宾逊 Edwin Arlington Robinson)、中西部诗人(麦斯脱士 Edgar Lee Masters、林特散 Vachel Lindsay、散姆特堡 Carl Sandburg)四个派别,侧重于介绍各派代表诗人的诗艺、风格及特色。这种分类今天看来或许无足称道,但这却是中国学者对美国现代诗歌的第一次全面认真的检阅。作者对各个作家显然富于真正的了解和认识,不但对他们每个人的独特作风有准确描述,而且善于概括每个派别的整体特征。例如,对希尔达·杜力得尔的介绍:"这位女诗人,被称为最富心像的心像派作家。这位新诗人,对于诗艺,是崇尚精确简括,个性的节奏,直接现示的心像,剥去一般无用的文饰。所以她的诗体,是像碑铭式的简括无华。"② 再如,对抒情派诗人整体特征的介绍:"这般诗人,少注意到时代的精神,艺术和人生的理论,以及盛行于时的各种运动。他们仍唱那种生死花鸟,时光亿年之旧歌。他们所用的体裁,大都是旧式的,他们咏唱通常不变的人性大观,人生所有种种狂欢恐怖,以及世间人生之美和可怜。他们的诗,可说是无时代性的诗,任何时期,都可产生的。"③ 文中类似这样富于学理的深入分析随处可见。作者还对这几派诗人的区别进行了论述:"心像派诗人及自由体

---

① 朱复:《现代美国诗概论》,载《小说月报》1930年第21卷第5号,第821页。
② 朱复:《现代美国诗概论》,载《小说月报》1930年第21卷第5号,第825页。
③ 朱复:《现代美国诗概论》,载《小说月报》1930年第21卷第5号,第825页。

诗的作家,失于偏重艺技,抒情派诗人,失于偏重美术的孤远性;这两派诗人鲜注意到美国社会的精神的组织;他们的艺术,算是较为纯粹的。现代读者,如要研究美国社会的精神的组织,他须阅读那种内容较为充实,见解较能代表社会,意识较为高深的艺术;因此他须赏鉴东部及中西部名家著作。"[1] 这样的比较充分体现出作者高超的诗歌鉴别力。作者对美国中西部诗人尤为推重,认为他们最能代表美国的时代精神,比其他美国诗人"格外热切,格外活泼,格外本着少年的热忱,去握持世界的事实"[2]。在介绍这些诗人时,作者还草译了他们的代表诗作,使论述显得有的放矢,生动具体。鉴于30年代初中国文坛对于美国现代诗歌的了解才刚刚起步,不少诗歌尚未被译成中文,许多美国现代诗人也还在继续创作,因而作者的这种全面细致的介绍无疑为中国读者开启了一扇认识美国现代诗歌的大门。

该文的结论部分对美国现代诗的价值进行了高度评价:"现代美国诗,可说是已超脱了模仿的殖民地时期,而到精壮复杂优美的实验时期了。"它们创造了新的美,代表了新时代的精神,展示了"一幅描写美国生活思想事业风景的华美绣幔"。"研究现代美国诗,我们不独是要了解美国社会情状,人民生活,民主精神,实业势力,自然景色,人物理想,以求我们对于美国所有种种真善种种虚假种种丑恶种种美点的认识;并且要与表现这般东西的作家做精神上的朋友。"[3] 在这里,作者不仅点出了研究现代美国诗的认识价值,更突出了文学之于人生的精神价值。

总之,朱复的这篇《现代美国诗概论》虽名为概论,但就其涉及内容之广泛性和丰富性而言,更像一篇条理分明、主线清晰、议论精当的美国现代诗歌小史,在多个方面都推进了民国时期对美国诗歌的认识,对于美国现代诗歌在中国的影响和传播也起到了重要的中介作用。该文对于许多美国诗歌演变的分析和对重要诗人的评论迄今仍能为学界提供借鉴,值得研究者重读。

四年后,邵洵美发表于《现代》杂志"美国文学专号"的《现代美国诗坛概观》作为30年代美国诗歌研究的又一篇重要专论,再次展示了中国学者研究美国诗歌的能力与实力。该文被李欧梵赞誉为"一篇渊博的论美国诗歌

---

[1] 朱复:《现代美国诗概论》,载《小说月报》1930年第21卷第5号,第826页。
[2] 朱复:《现代美国诗概论》,载《小说月报》1930年第21卷第5号,第830页。
[3] 朱复:《现代美国诗概论》,载《小说月报》1930年第21卷第5号,第839页。

的文章"①。邵洵美（1906—1968）本身就是现代著名诗人，又曾在英国剑桥大学留学，攻读英语语言文学，对英美现代诗歌有广泛兴趣和深入研究。这篇文章不但反映出邵洵美作为一个中国诗人眼中的美国诗坛风貌，而且反映出他作为一个学者渊博的知识储备。

首先，他重视促成美国现代诗歌发展的历史前期准备。他在前言中即指出，许多人谈美国现代诗歌都从1912年《诗》杂志创刊谈起，以惠特曼为现代诗歌的诗父、先知、前驱，革命的英雄和灵魂的解放者。"但是我却用另一种眼光来看。我以为一个伟大的成就，决不能单靠着反面的工作：破坏并不是建设的母亲；解放以后，我们仍旧需要着一种秩序，而一种秩序的获得，背后犹免不了一番苦工。我以为一般人所取笑的那个美国诗的模仿时期，却正是他们走向最后光荣的正当过程。"②作者认为，正是因为美国没有什么"文学遗产"可以继承，所以它只能一方面尽力把英国诗的精华进行选择与模仿，另一方面尽量把古典的名著进行移译与重述。历史上美国诗人在翻译和技巧方面的探求，正是为新诗创造准备了一切工具。"因为早先已有了健全与完美的准备，所以新的思想，新的格调，新的辞藻，新的形式的出现，竟像是一种自然的现象。知道了美国诗歌过往的历程，我们便可以明白现代美国诗歌必然的趋势。"③这种充分重视诗歌传统的观念与朱复的论述有着一致之处，也从侧面反映出30年代初学界的一种共识。

邵洵美以诗人的敏锐，学者的思考，高度评价了产生新诗的历史条件。模仿是走向光荣的正当过程，这一说法颇有夫子自道的意味。邵洵美早年赴英留学时曾醉心于萨福、拉斐尔前派、波德莱尔等人的诗歌，他的创作也从模仿这些诗人开始起步。在进行格律诗的创作尝试时，他曾借用英国诗人柯勒律治的名言"最好的字眼在最好的秩序里"表达自己的诗歌理论。④ 因而，他在观察美国现代诗歌时，对模仿与秩序的强调，正与其本人的诗歌创作实践密切相关。不仅如此，他还意识到了读者的变化对于诗人趣味和现代诗歌品格的选择。他指出，丁尼生的读者多为贵族，于是他的诗韵节便格外

---

① 〔美〕李欧梵著：《上海摩登：一种新都市文化在中国1930—1945》，毛尖译，三联书店2008年版，第249页。
② 邵洵美：《现代美国诗坛概貌》，载《现代》1934年第5卷第6期，第874页。
③ 邵洵美：《现代美国诗坛概貌》，载《现代》1934年第5卷第6期，第875页。
④ 邵洵美：《〈诗二十五首〉自序》，见张伟编：《花一般的罪恶——狮吼社作品、评论资料选》，华东师范大学出版社2002年版，第357页。

美妙，词句便格外浅显，题材也格外的浪漫。而现代读者变得非常复杂，诗人也无从去认识他们，有的诗人选择为一部分读者写作，有的则向内转，为自己写作。"前者是在现代文化中生存的方法，而后者是在现代文化中生存的态度。"① 这些判断充分说明他作为一个诗人对于现代诗歌创作与接受过程的理解。

根据诗歌描写对象和走向目标的不同，邵洵美把美国现代诗歌分为六个类型：以鲁滨逊（A. E. Robinson）、弗罗斯特（R. Frost）、马斯特斯（E. L. Masters）为代表的乡村诗；以桑德堡（C. Sandberg）、哈德·克兰（Hart Crane）为代表的城市诗；以台维斯（W. H. Davies）、霍斯曼（L. Houseman）、爱肯（C. Aiken）、蒂斯黛尔（S. Teasdale）为代表的抒情诗；以邦德（Ezra Pound）、艾梅·劳威尔（Amy Lowell）、弗雷丘（J. G. Fletcher）为代表的意象派诗；以肯敏斯（E. E. Cummings）、格雷夫斯（Robert Graves）与赖衣廷（Laura Riding）为代表的现代主义的诗；以邦德和爱里特（T. S. Eliot）为代表的"世界主义的诗"。这一类型的划分与此前朱复对现代美国诗歌较为稳健的分类相比，显然更富于个性化的色彩，涉及的诗人也更多，反映出作者对于美国现代诗坛格局的认知。

文中对于每个类型的评述也体现出他作为诗人的独特视角和见解。例如，他所谓的乡村诗实际上就是平民诗，描写的是乡村里的人物、景地，用的是乡村里所能了解的语言。他把鲁滨逊、佛罗斯特、马斯特斯作为这类的代表。他还指出，惠特曼虽然在诗歌"论调的狂放""格律的自由"，显明的辞藻等方面有所成就，但他仍然没有达到真正的平凡、鄙陋、亲近、容易，仍然不能使简单的平民了解。鲁滨逊、佛罗斯特、马斯特斯作为乡村诗的代表，正是继续了这一工作。鲁滨逊描写的是人物，要表现的是性格；佛罗斯特所要描写的乃是景地，所表现的乃是情致。"假使鲁滨逊的诗是电影；那么，他的诗是图画。"而马斯特斯虽"没有鲁滨逊的热烈的情感，没有佛罗斯特的空洞的哲学"，却"用详细的观察，忠实的笔法，去记载当地一切风俗，习惯，生活"。② 这样的论述不仅注意了诗歌的历史传承与新变，而且还在对比分析中突出了诗人之间的不同。

再如，在讨论城市诗的代表桑德堡时，作者从技巧的角度分析了桑德堡

---

① 邵洵美：《现代美国诗坛概貌》，载《现代》1934年第5卷第6期，第890页。
② 邵洵美：《现代美国诗坛概貌》，载《现代》1934年第5卷第6期，第878页。

的《芝加哥》,认为他的技巧比惠特曼进步不少:"我觉得《支加哥》诗中,非特是新的题材,新的字彙,更有极完美的新的技巧。在开首的五行里,表示出这城市的鄙俗与复杂;接下是许多长的句子,使我们直觉地感到他的怒恨的申诉与痛快的咒骂。于是来了一位懒汉,四个分行排列的形容字使一个可怕得像是挂着舌头要咬人的狗的懒汉变得更可怕。紧接着的六行中,一共有九个'笑'字,一张悲惨地狞笑着的脸便活现在我们眼前。这种生动的表现法是旧诗中所没有的。"① 如此细致、详尽、到位的解读,在民国时期的美国诗歌研究中是不多见的。

在谈到抒情诗时,邵洵美对此前朱复的"抒情诗是无时代性的诗"的观点显然有着不同意见。他说:"并不是因为太新的形势不适宜于抒情,但是有许多诗人情愿运用着旧式的体裁;一半也许是因为他们对于传统的格律已经惯熟,一半也许他们以为习闻的韵节更容易拨动一般人的心弦。……他们相信旧瓶子可以装新酒;他们又觉得故意要使形式显示新奇的时候,会把诗意打断:抒情诗像是轻烟,又像是香气,你不能使它的活动有一忽的静止。但是时代是绝不会忽略这般诗人的;这般诗人也能深切地感觉到这时代的变迁。这是一个转动的时代,同时也是一个更可以肯定的时代;所以他们的调子比以前更活泼,同时又更是直线的。"② 在这里,作者表达出一种对运用传统诗歌形式在新时代进行创作的诗人的理解的同情。作者特别推崇作为抒情诗人的蒂丝黛儿,认为她的诗"十足表现着美国女子的最可爱处:它们丰富的情调,它们饱满的线条,它们自由的意志,它们透明的幻象"③。这样的评论可以说是非常灵动、贴切和精彩的。

在介绍意象派诗歌时,作者以诗人之眼光,能发人之未发。比如他先讨论了意象派诗歌的哲学背景,认为意象派诗人的元首应当推举英国哲学家休姆(T. E. Hulme),不但详论了休姆的理论主张对意象派的影响,而且还翻译了休姆的诗歌《秋》,并称它"也许是第一首的意象派诗"④。这一结论的准确性已被后来的文学史家所证明。他还谈到希尔达·杜力得尔等意象派诗人对古典的希腊拉丁文学有研究,"所以我总觉得意象派诗人受到古希腊诗的

---

① 邵洵美:《现代美国诗坛概貌》,载《现代》1934年第5卷第6期,第879页。
② 邵洵美:《现代美国诗坛概貌》,载《现代》1934年第5卷第6期,第880页。
③ 邵洵美:《现代美国诗坛概貌》,载《现代》1934年第5卷第6期,第881页。
④ 邵洵美:《现代美国诗坛概貌》,载《现代》1934年第5卷第6期,第883页。

影响最深;用实质去描写实质;用实质去表现空想。""我觉得这个运动的最大的意义,是在充分表现了幻想在诗里面的重要;理想是理智的,而幻想则是灵感的。我觉得这个运动的最大的功绩,不在为我们留下许多透明的雕刻,而在使后来的诗人更明白如何去运用他们的天才。"① "用实质去描写实质","用实质去表现空想",这可以说是民国时期中国文坛对意象派诗歌要义的最简练的概括。邵洵美对意象派运动意义的认识,对幻想与理智在诗歌创作中关系的理解,更是显示出他已经从意象派的诗歌中领悟到了智慧的诗艺。邵洵美的研究的确带有不少诗人的主观判断与敏感解读,也许没有什么严谨的依据,但却有一种直觉式的准确。

这一点还可以从该文对艾略特的分析中体现出来。艾略特被归为"文学的国际主义"或曰世界主义的代表,作者认为他的诗是不被国界所限制的,并盛赞:"这种诗是属于这个宇宙的;不是属于一个时代或是一个国家,我们读着,永远不会觉得它过时,也永远不会觉得它疏远。"② 他把艾略特的《荒土》称为"最伟大的作品",并对这首诗的用典、联想、故事的断续、外国文的采用、格律和韵节分别作了细致的分析。例如,对"联想"的分析,他先提到了弗洛伊德,认为他的学说给予现代文学一个很大的影响:"从描写心理的变化,进而分析潜意识的动作。"这实际上是先说明了艾略特诗作的心理学背景。他认为《荒土》是一首写毁灭的诗,诗中用水来象征自由、繁殖和灵魂的食量。接着他举出了其中的两句诗:"一年前你先给我许多玉簪花;/他们便叫我玉簪花的女子。"作者以这两句诗的突然出现作为分析"联想"的例证。他推测:"这当然是他个人的经验,谁也不会明白是什么一回事。大概和水一定有关系。在同章的第一段讲起在花园里遇雨的话,那一段里的女子不知是否和讲这两句话的是同一个女子?不过在这两句话的前面,他引了华格纳的歌剧里的四句歌,中间两行是'我的爱尔兰的女子,你在哪里了?'这联想也许从这上面来得。同时玉簪花是一种春天的花,古诗里惯常把它和被杀的神道一起讲;所以它有时被认作是再生的神道的象征,跟了来的,是花草的重放。现代诗里这一类的联想最多,而爱里特则更能给他们一种自身的生命。"③ 这段分析先从理论背景出发,继而以作品为证,然后联系诗歌的上下

---

① 邵洵美:《现代美国诗坛概貌》,载《现代》1934年第5卷第6期,第884页。
② 邵洵美:《现代美国诗坛概貌》,载《现代》1934年第5卷第6期,第886页。
③ 邵洵美:《现代美国诗坛概貌》,载《现代》1934年第5卷第6期,第887—888页。

文语境，甚至还点出了植物的象征意义，将艾略特对联想的运用进行了合乎逻辑和诗情的解读，着实精彩。

在30年代的中国，虽然国内期刊上出现了不少介绍艾略特的文章，但是多数为译文，中国学者自己的分析与解读则较为少见。叶公超、赵萝蕤的艾略特研究和译介在学界享有盛名，叶公超的《艾略特的诗》（《清华学报》1934年第9卷第2号）一文被认为是中国最早研究艾略特的论文。赵萝蕤译的《荒原》则于1937年出版，是最早翻译艾略特诗作的学者。邵洵美此文发表于1934年10月，虽非艾略特专论，但这些独立深入的分析，在我国的艾略特研究史上仍应占有重要地位。

当然，该文在一些当时文坛共同关心的问题的认识上，也有一定的局限性。1932年，黑人诗人休士访问中国，之后中国文坛也开始了对休士等黑人诗歌的译介。邵洵美此文虽也简略地提到了黑人的诗，但对其评价并不高，认为"这种诗是走不出美国的，至少走不出英语的圈子。这是在世界主义的诗的脚底下蠕动的小动物；正好是一种对照，但他们有他们自己的生命"①。这一评价招致了鲁迅的批评。对此，鲁迅曾在《准风月谈》（上海联华书局1934年初版）的后记中说，邵洵美"在赞扬美国白人的文章中，贬落了黑诗人"。"我在中国的富贵人及其鹰犬的眼中，虽然也不下于黑奴，但我的声音却走出去了。这是最可痛恨的。但其实，黑人的诗也走出'英语的圈子'去了。"② 平心而论，除去当年的门户之见和意气之争，这里出现的分歧实际上反映了当时的中国学者看待美国黑人诗歌的不同角度。鲁迅是从中外文化交流的意义上而言的，看重的是黑人诗歌的战斗精神对世界诗歌的影响力；而邵洵美的苛刻判断是基于"世界主义的诗"的参照，他虽然注意到了黑人诗歌在美国文坛的新兴，但他更为注意诗歌本身的艺术性，追求的是与现实保持一定距离的纯诗的价值观，因而对表达民族解放追求的黑人诗歌评价不高。邵洵美的局限之处正与他自身的审美立场息息相关。

尽管如此，从美国文学学术史的角度看，邵洵美这篇《现代美国诗坛概观》作为30年代一篇研究美国诗歌的重要论文，以其诗人的敏锐、学者的广博对美国现代诗歌进行了富于智慧的思考，切实推进了民国时期的美国文学研究水准，应该给与高度评价。

---

① 邵洵美：《现代美国诗坛概貌》，载《现代》1934年第5卷第6期，第889页。
② 鲁迅：《准风月谈》，人民文学出版社1980年版，第199—200页。

第二节 民国学界对美国小说的评介与研究

一、20世纪20年代对美国小说的初步评介

这一阶段对美国近代小说的介绍和研究工作也开始起步。1922年，应元道的《六十年来美国的小说界及其作者》(《青年进步》1922年第53期) 是20年代初较早关注美国近代小说的一篇文章，作者自述该文根据穆迪 (Moody)、洛维特 (Lovett)、博图顿 (Boynton) 三氏的著作写成，属于编译之作。该文将南北战争后出现的写实派作家分为东方的写实主义者和西方的写实主义者两派。前者以豪威尔斯 (W. D. Howells)、亨利·杰姆斯 (Henry James) 为代表，描写的是繁华的、尘俗的和狭义的都会生活；后者以恰脱 (Bret Harte) 和马克·退恩 (Mark Twain) 为代表，描写的是自然的、简单的，高尚和人生的乡野生活。文章对这些作家的生平、著作和作风进行了介绍。同年，《学艺》杂志第3卷第2期刊载的《美国最近小说界的概略》(作者署名：蠢儿) 对美国近代小说的观察更为全面。该文分为"小说界受外来文学的影响""外国色彩的有名小说家""历史的小说""性欲的小说""短篇小说的倾向""最近社会色彩的小说"六个部分，对美国近代小说进行了介绍和批评。作者认为，美国人外表上发挥个性，讴歌自由，倡导德谟克拉西，好似是世界上的共和乐土，但实际上实业阶级追求物质享受，小说也供其娱乐，阿附他们的所好，因而很少带有文学的气味。"美国不彻底的民主主义，细阅各种小说，也可略知多少。"该文虽是概略介绍，但分类清晰，涉及面广，并带有一定的阶级论色彩。类似的认识还见诸《美国革命文学与贵族精神的崩坏》(《东方杂志》1922年第20期，作者署名"幼雄")一文，作者指出虽然美国是世界上最富有的国家，汽车、洋房是其标志，但美国的民主 (德谟克拉西) 和自由只为有产阶级所有。美国革命文学的发生缘起于美国人民对资本主义罪恶的批判，对贵族精神崩坏的期冀，对社会主义精神的提倡。该文以当时已经名传欧洲的美国青年作家辛克莱·刘易斯和他的小说《白弼德》为例，认为小说描写了美国资产阶级的苦恼，富有革命精神，预示了贵族主义的崩坏，并评价辛克莱为"美国革命文学的急先锋"。

著名的新文学刊物《小说月报》在沈雁冰主持的"海外文坛消息"栏目也对当时美国小说的近况进行了介绍，有时还夹杂着编者的一些评论。如第一七四条（1923年第6期），介绍了安特森（Sherwood Anderson）的小说 *Many Marriages* 和女作家阿史东·甘尔鸠特（Mrs. Atherton）的小说 *Black Oxen*，认为前者反映了安特森的神秘主义倾向，其主旨是谋求基督教精神和异教精神的调和，要把人性的二元沟通为一；后者作为一部畅销小说，虽不免流入了感伤主义的窠臼，但小说描写人对自然的反抗，对于过去现在未来三时代的奋斗，都着实可取。第一八八条（1923年第11期），沈雁冰将20年代初的美国小说按主题分为欧战小说、两性问题小说、憎恨都市的小说、异域情调或古代文化的小说、恋爱小说和反对结婚的小说等几类，并举出代表篇目，以求反映当时美国小说的大概面目。

1927年，郑次川的《欧美近代小说史》（商务印书馆1927年版）是20年代出现的较早系统梳理欧美小说历史的专著。该书的主体是介绍欧洲小说的发展，但对于新生的美国文学也给予了一定的关注。作者写道："在欧洲小说史中加入美利坚，乃是不必要的事情，不过如坡爱一流有世界影响的作家，却也不可逸去；再则英吉利同文国的文学的别途，在过去虽不重要，将来必然很有关系，所以本书要把他述个大略。"在这种指导思想下，该书在第四章"自然主义的时代"对富兰克林、库拍（Cooper）、爱特加阿伦坡（Allen Poe）、霍桑、斯陀夫人、荷姆斯（Oliver Wendell Holmes）、哈托（Francis Bret Harte）、詹姆斯（Henry James）、好威尔（William Howells）、马克土温（Mark Twain）等小说家进行了简略介绍。作者还将美国文学与俄罗斯文学相对照，认为俄罗斯文学犹如"巨人的睡眠，酣睡了十世纪之久，直到十九世纪，忽然大踏步奔走，使世界震撼。"而美国直到19世纪才奔上文学发展的途径。"俄国是老年，美国是幼年。俄国文学的开步，好像巨人的踏步，美国文学却像摇篮中小儿的哭声。"这样的比喻和对照形象地说明了美国文学在世界文学中的新生状态。

1929年，《小说月报》刊载了赵景深的《二十年来的美国小说》（1929年第20卷第8号），集中介绍了20世纪初年美国小说的代表性作家作品。他认为美国小说以幽默著名，但在近20年，除了老作家马克·吐温外，几乎没有像样的幽默作家，最多只是通俗的娱乐作家。他把这20年来的美国小说分为四类：罗曼小说家、神秘小说家、心理小说家、社会小说家。前两类又可称之为浪漫的，后两类属于写实的。该文主要介绍了属于此四类的十二位美国小说家，反映了 20 年代末中国文坛对于美国小说的了解。例如，作者认为杰克·伦敦属于罗曼小说家。虽然当时他在中国以普罗文学家著称，但作者指出杰克·伦敦在游历和冒险小说方面更有成就。"他在美国，只不过是个三等作家，但在瑞典，却极著名，俄国甚至把他当作先知看待。他的小说的取材极广，从来没有一个作家能够像他那样把世界上的一切奇丽精神显示给我们看的。他展开北极冰天雪地，荒林野兽给我们看，又将南海的绮丽风光用妙笔写了下来。从北极一直到南极，都可以在他的小说里找到。并且无论是饥饿病苦，野兽寒风，或是夏海里白浪滔天，书中的主人翁总是勇往直前，与自然奋斗。他用字也很有力，时常将动词用作名词，将名词用作动词。"这样的评述从国际影响、小说取材、人物特征、语言技巧等多个方面对杰克·伦敦进行了点评，有助于读者认识作家的全貌。作者进而点出，由于许多罗曼作家都长于异国情调的描绘，而且本人也是喜欢游历的，异国情调实是罗曼主义特色之一。在这个意义上，作者认为称这类作家为环境小说家也许更为合适。这些叙述显然有作者自己的摸索和判断。

在小说家和诗人的综合介绍方面，还有毕树棠的《现代美国九大文学家述略》（《学生杂志》，1924 年第 11 期）值得一提。该文列举了九位美国现代作家的生平和代表作品，对所列作家作品都有中英文对照，包括鲁滨孙（Edwin Arlington Robinson）、弗洛斯特（Robert Frost）、萝薇儿（Amy Lowell）、马士德（Edgar Lee Masters）、孙达伯（Carl Sandburg）、华登夫人（Edith Wharton）、达钦顿（Booth Tarkington）、杜莱塞（Theodore Dreiser）、客伯尔（James Brauch Cabell）。这个名单中诗人占多数，反映了作者眼中美国现代文学发展的一种趋势。作者自述该文是为了满足中学生阅读美国文学的需要，为他们作一个指引。"借此篇之介绍，以引起读者研究现代美国的文学"。为此，作者在结尾处还分门别类，按诗之研究（10 部）、小说之研究（13 部）、短篇小说集（10 部）、戏曲之研究（15 部）列举了近五十部研究美国文学的重要英文书籍。如此完备的介绍，既反映了作者对美国文学广泛的涉猎，也包含着对于中国读者进行美国文学研究的期待。该文作者毕树棠时任清华大学图书馆馆员，有着便利的阅读条件。他精通英文，爱好文学，一直关心美国文学的发展动态，为文艺界提供了很多美国文学的书目信息。除此文外，1934 年至 1935 年，他还在《文学季刊》等发表《最近英美杂志的文学论文》，对相关论文进行内容提要，以满足读者需要。1935 年，他还为《现代》杂志的"美国文学专号"撰写了《大战后美国文学杂志编目》。在中国的美国文学研究的草创阶段，这些基础性的资料工作具有重要的价值和意义，毕树棠的功绩也不能被遗忘。

二、赵家璧《新传统》对美国小说的研究

赵家璧是著名的出版家、编辑，他策划编辑的《中国新文学大系》《良友文学丛书》等大型丛书都在中国出版史上享有盛名。同时，他也是一位美国文学的热心翻译者和研究者。他自编的论文集《新传统》（良友图书印刷公司，1936年）一书是民国时期中国学者出版的最有分量的美国小说研究成果，在我国的美国文学学术史上占有重要地位。该书收录了十篇作者此前散见于各种刊物的关于美国小说的研究文章，涉及的作家包括德莱赛、舍伍德·安德森、维拉·凯瑟、格特鲁特·斯泰因、桑顿·怀尔德、海明威、福克纳、多斯·帕索斯和赛珍珠。由于赵家璧本人在当时不属于什么党派，因而他对美国小说家的选择明显不同于当时中国左翼文学界偏爱的杰克·伦敦、辛克莱等人。他自述：“我挑选这些作家，完全凭了个人的趣味和材料的是否顺手而定。”① 晚年时他还曾回忆说：“从个人感情上说，我年青时就爱读现代美国文学作品，读完一个作家的主要原作后，我就写一篇译介文章。”② 可见，趣味和感情，才是赵家璧关心美国文学的首要原因。而位于全书篇首的《美国小说之成长》一文，相当于全书的总论，集中反映了30年代中国学者对美国小说发展的总体认识。虽然在收入《新传统》时，作者仍谦虚地说，"这些文章说不上是论文，更不配称为批评，只是一种作家介绍，参入了些个人的私见在内而已。"③ 但就其学术价值而言，这篇文章远非一般的介绍性文字可比。

《美国小说之成长》最初发表在1934年《现代》杂志第5卷第6期的美国文学专号上，是该期关于美国文学的四篇综论性文章的第一篇。在写作此文之前，赵家璧已经对美国小说有了一定的认识和研究。1936年，《新传统》的序中提及："近二三年来，我对于现代的美国文学，发生了些趣味，读了几个比较重要作家的作品以后，也曾写过几篇文章陆续的刊载在几位朋友们所

---

① 赵家璧：《新传统》序，良友图书印刷公司1936年版，第2页。
② 赵家璧：《出版〈美国文学丛书〉的前前后后——一套标志中美文化交流的丛书》，见《编辑忆旧》，中华书局2008年版，第323页。
③ 赵家璧：《新传统》序，良友图书印刷公司1936年版，第1页。

编的刊物上。"① 由此推测,赵家璧对美国文学发生兴趣的时间大约在1933年。在此前一年,美国女作家赛珍珠以小说《大地》获得了普利策文学奖。而赵家璧关于美国文学的研究正是从赛珍珠开始的,1933年他的论文《勃克夫人与黄龙》发表在《现代》杂志的第5卷第1期上,这是他关于美国文学的最早一篇研究。这篇文章后来又以《辟尔·勃克》为题收入了《新传统》,直到现在还是中国的赛珍珠研究史上不能忽略的一篇重要论文。因而,赵家璧对于美国文学的趣味很可能是由赛珍珠的中国小说引起的。1934年,赵家璧又翻译了英国学者米尔顿·沃尔德曼(Milton Waldman)的《近代美国小说之趋势》一文,发表在《现代》杂志的第5卷第1期。② 这篇文章的翻译,对赵家璧的美国小说译介与研究具有一定的指导意义。文章认为20世纪初期及以前的美国小说只是英国文学的一支,从20世纪开始,作家们才开始追求一种新鲜而确实的美国特性,批评家也开始以鼓动文学上的独立论。文章评论了斯坦因、海敏威、刘韦士、福尔克奈、凯漱等美国小说家,总的基调是肯定了美国小说家创制独特民族文学的努力和美国现代小说所取得的成绩。这些小说家也是此后赵家璧所讨论的,但显然赵家璧的对美国文学的关注范围并不囿于这篇文章所谈到的作家。

赵家璧在《美国小说之成长》这个题目中使用了具有拟人化色彩的"成长"二字,正表明了作者认识到美国小说有一个自身的历史发展过程,不是凭空出现的。这是一种历史的文学观。该文的第一部分"从殖民地文学到民族文学"正是从历史的角度探寻了美国文学迟迟未能获得独立的原因,这也

---

① 赵家璧:《新传统》序,良友图书印刷公司1936年版,第1页。
② 这里谨指出学界的一个史实错误。陶洁先生的《福克纳在中国》一文指出,赵家璧的这篇译文是"福克纳的名字第一次出现在中国的杂志上",译文中的"福尔克奈的美国小说"是在中国发表的第一篇介绍福克纳的评论"。此文原载《中国比较文学》1991年第2期,后收入《灯下西窗:美国文学和和美国文化》(北京大学出版社2004年版)一书。吴建国的《菲茨杰拉德研究》(上海外语教育出版社2002年版)称:"在20世纪的二三十年代,由于中国正处于贫穷落后,战火连绵的状况,菲茨杰拉德的作品不大可能引起我国学人的注意。"事实上,早在1932年,挹珊根据美国批评家曼笙(Gorham Munson)在《读书人》杂志(The Bookman)1931年10月号发表的论文《战后美国小说》("Our Post-war Novel")译的《战后美国小说概况》(《国闻周报》1932年第9卷第18期)一文中已经开始了对福克纳(文中译作:芙克俄尔)和菲茨杰拉德(文中译作:费慈杰拉德)的主要作品的介绍。赵家璧在《新传统》中也多次引用曼笙(Munson)该文的观点。

是该文颇具思想识见和理论高度的一部分。作者找出这些原因具体说来有三个：首先，从思想上来说，最初移民的清教徒由于出身微贱的中等阶层，因而畏缩、守旧，无智识。这批人组织成了整个的美国社会。他们以物质生活的安全和宗教为生命的重心，既不鼓励艺术，也不重视艺术的价值，不鼓励独创反而提倡模仿，导致 20 世纪以前美国人在思想上无法突破殖民地的心理。其次，从言语上来说，美国人一直把大洋彼岸带来的英文作为标准，文学作品处处模仿英国，语言的变革困难重重。"把维多利亚式的文字和风格作为创作的工具和标准，根本就限制了美国文学的生长。"① 虽然费特曼（Walt Whiteman）曾在言语的试验上进行尝试，但他的作品当时不被读者重视，更不能领导时代去从事言语上的革命。第三个原因是美国经济上的落后。"作为一切产生艺术的主要条件的经济基础，既然处处受英国的支配，反映社会和生活的文学作品，当然脱不掉殖民地的心理。"② 经济的不发达在作者看来是美国文学迟迟未成熟的一个更为重大的原因。他指出，"一战"之后，正是美国经济的崛起才促成了美国民族的自觉，阻碍美国文学独立成长的障碍才开始逐渐溶解。正如作者在后文所强调的，物质条件的完成才使"日夕酝酿中的美国的民族文学，得到了成熟的机会，摆脱了所有的殖民地意识，在形式和内容上，都创造了自己的风格"③。显然，作者的论证不但是历史的，而且是唯物的，这使他能够深刻地理解美国文学作为一个独立国家文学兴起的最根本原因。

在具体的论述中，作者分"早期的现实主义者""暴露文学""逃避的中代作家""现实的中代作家""新进的悲观主义者""新进的社会主义的现实主义者"几个专题对美国小说的成长进行了详细的解读。现实主义则是作者把握美国小说的一条主线。从他的论述中，读者可以清晰地看到，美国小说经历了以马克·吐温和霍威耳斯为代表的早期现实主义，以辛克莱和杰克·伦敦为代表的暴露文学，再到以德莱塞、安特生、刘易士为代表的"个人的现实主义"，中间还曾经历了以维拉·凯漱、华顿夫人、凯贝尔、赫格麦夏等作家为代表，逃避现实的一度反向，也曾被以海敏威和福克奈尔为代表的悲观主义所笼罩，但最终为杜司·帕索斯所开辟的"社会主义的现实主义"所突破。

---

① 赵家璧：《新传统》，良友图书印刷公司 1936 年版，第 10 页。
② 赵家璧：《新传统》，良友图书印刷公司 1936 年版，第 10 页。
③ 赵家璧：《新传统》，良友图书印刷公司 1936 年版，第 46 页。

值得注意的是，作者虽然使用了"社会主义的现实主义"这样的批评语汇，但其含义与苏联当时提倡的侧重文学的宣传功效与思想改造的社会主义现实主义并不相同。作者在该书序中谈到，近数年来，在美国的个人主义没落以后，太平洋两岸的文艺工作者，大家都向现实主义的大道前进。这个说法部分表明了作者的文学批评路径。作者所理解的"社会主义"是与"个人主义"相对照的，进而社会主义的现实主义是与反映个人的现实主义相对照的。这种对照在他具体批评德莱塞与帕索斯时，有明显的呈现。他认为"德莱塞的现实主义，是个人主义的现实主义，他代表了美国农村和都市里数千万小有资产的个人主义者，为了受到各方面的压迫而难以生活，在替他们吐露着那种悲观失望的情绪"[1]。而在帕索斯的小说里，"我们看不到个人，只看到整个的活的社会在依着历史的铁律向前行进着，书中几个比较清晰的人物，他们的任务，也只是在完成这历史的使命而已"[2]。可见，作者对美国小说的解读带有一种自觉的比较观察的眼光，这使他感受到了两位作家在处理个人与社会、个人与历史关系上的差异。他注重的是文学本身反映社会内容范围大小的变化，并非文学的宣传与改造功能。

在强调现实主义在美国小说中的演进的同时，作者将批评重点放在小说如何体现美国格调上。这些解读也明显基于历史的态度和独立的思考。例如，他反对《康桥美国文学史》对马克·吐温的简单评判，认为马克·吐温所领导的"美国故事"和"边疆的现实主义"(Frontier Realism)不但为美国文学开辟了一条正确的道路，而且为现代美国的现实小说奠定了一块基石。霍威耳斯(Howells)的"缄默的现实主义"虽然被《康桥美国文学史》批评为肤浅，但作者指出，对阿美利加主义和现实主义在美国的成长，霍威耳斯与马克·吐温一样同样值得纪念，因为"至少他已看到一个美国作家所应写的题材必得是美国的事物"[3]。再如，他认为，19世纪末20世纪初的暴露文学运动，使美国人的目光第一次由"个人的"转变为"社会的"，"暴露文学"的价值在于"把典型的美国生活作为美国小说的主要题材"[4]。德莱塞的作品不但在背景和人物上是美国的，而且在文字上也追随了费特曼和马克·吐温，

---

[1] 赵家璧：《新传统》，良友图书印刷公司1936年版，第38页。
[2] 赵家璧：《新传统》，良友图书印刷公司1936年版，第57页。
[3] 赵家璧：《新传统》，良友图书印刷公司1936年版，第19页。
[4] 赵家璧：《新传统》，良友图书印刷公司1936年版，第23页、第27页。

养成了一种独特的美国格调。安特生在创立美国格调上比德莱塞更进一步。而刘易士作品中美国色彩的深厚，也是他能得诺贝尔文学奖的重要原因。"福克奈尔的小说不但在形式上是美国的产物，他的故事和思想，也是现实地美国的。"① 而帕索斯的出现更显示了美国的文学作为一种民族产物的成熟。经过对这些作家的梳理，作者最后总结道，美国小说在经历了一百五十多年的挣扎和努力之后，终于成为一种纯粹的民族产物了。"这里，美国的人民活动在美国的天地间，说着美国的话，表露着美国人的思想感情；在美国的散文中，包容着美国的韵调，讲述着美国实际社会中许多悲欢离合的故事。"② 可见，在作者的论述逻辑中，现实主义和美国格调是相辅相成的，能否关注美国现实，反映美国现实成为衡量美国小说成熟与否的一条重要标准。正是因为美国作家对美国现实的关注，才促成了美国小说的真正成长。

赵家璧不仅对美国小说有深入研究，而且自身也从事美国小说的翻译工作。从 30 年代中期到 40 年代，他关于美国文学的翻译主要是舍伍德·安德森、斯坦贝克和格特鲁特·斯泰因等人的小说作品，包括：《梅兰沙（片段）》（美国 A. 斯坦因女史③原著，《文艺风景》1934 年第 5 期）、《冒险》（休伍·安特生著，《新小说》1935 年创刊号）、《成熟》（休伍·安特生著，《文季月刊》1936 年第 1 卷第 5 期）、《手》（休伍·安特生著，《文艺新潮》1938 年第 3 期）、《一个父亲的发现》（休伍·安特生著，《西洋文学》1940 年第 1 期），还出版了译作单行本《月亮下去了》（斯坦贝克原著，晨光出版公司 1947 年版）。40 年代末，他还主力促成了一套大型"美国文学丛书"的出版，显示出对美国文学的一贯热情。

赵家璧对美国文学的研究和翻译充分反映了他对于美国文学作为一种独立的国家文学的尊重和承认。这在美国文学普遍被欧洲和中国学界轻视的时代，无疑是需要勇气和胆识的。作者也清醒地知道，"美国的文学是素来被人轻视的，不但在欧洲是这样，中国也如此；所以有许多朋友劝我不必在这种浅薄的暴发户里枉费什么时间，然而我竟然这样的枉费了"④。由于"一战"后美国经济迅速发展，短时间积累了大量财富，"浅薄的暴发户"是当时人们

---

① 赵家璧：《新传统》，良友图书印刷公司 1936 年版，第 52 页。
② 赵家璧：《新传统》，良友图书印刷公司 1936 年版，第 58 页。
③ 即美国女作家斯坦因（1874—1946），赵家璧的译文为斯坦因代表作《三个人的生活》中第二篇《梅兰沙》中之一个片段。
④ 赵家璧：《新传统》序，良友图书印刷公司 1936 年版，第 2 页。

对美国的一种普遍认识。但是,赵家璧显然没有被这种成见所左右。这是因为他通过阅读、翻译和研究美国文学,发现了美国文学更为重要的价值,即反叛旧有传统,建立新传统的努力。"我觉得现在中国的新文学,在许多地方和现代的美国文学有些相似的:现代美国文学摆脱了英国的旧传统而独立起来,像中国的新文学突破了四千年来旧文化的束缚而揭起了新帜一样;至今口头语的应用,新字汇的创制,各种写作方法的实验,彼此都在努力着。""他们的成绩也许并不十分惊人,但是我们至少可以从他们的作品里认识许多事实,学习许多东西的。"① 作者认为,美国文学不但在反叛传统的精神上为中国文学提供了先例,而且两国文学在文学形式上也同样进行着创造和实验,值得中国文学界学习。可见,正是中美文学这种境遇的相似,使30年代的中国现代文坛的有识之士将学习的目光转向了属于现代的美国文学,这对于美国文学研究在三四十年代的进一步发展无疑起到了推动作用。

第三节　民国学界对美国戏剧的关注

美国戏剧起步较晚,发展缓慢。这是美国文学史上公认的事实。民国时期对美国戏剧的介绍也较诗歌和小说相对要晚,研究也相对薄弱。虽然20年代起中国学界就有人注意到了美国的小剧场运动以及奥尼尔在美国剧坛的出现,但基本是对国外学者介绍性文章的译述,且旨在为国内戏剧的发展提供参考。例如,1921年,《戏剧》杂志刊登了《美国的剧场公会(Theatre Guild)》(署名:美国 Dudley Digges 原著,汪仲贤译)、《美国最近组织的"小剧场"》(署名:美国戏剧联盟会会长爱登 Horace A. Eaton 著,汪仲贤译),介绍了美国剧场公会的成立和小剧场运动的概况。译者殷切地希望中国戏剧界能够以美国的戏剧界为借鉴,提升剧本的质量,加强剧团的组织。1929年《戏剧》杂志还曾刊载了《美国戏剧家概论》(美国 George Jean Nathan 原作,春冰译)一文,该文主要对奥尼尔以外的其他美国现代剧作家进行了评论,包括安得生(Maxwell Anderson)、司德邻(Laurence Stallings)、格里因(Paul Green)、巴利(Philip Barry)、顾夫曼(George S. Kaufman)、格拉斯贝尔(Susan Graspell)等人。这些零星介绍谈不上什么深入研究,同

---

① 赵家璧:《新传统》序,良友图书印刷公司1936年版,第2—3页。

时，由于奥尼尔和其他这些剧作家的作品此时尚未被翻译至中国，所以这些文章的影响也非常有限，但至少说明中国文坛对于美国戏剧的关注并不是完全缺失的。

进入 30 年代以后，随着奥尼尔等作家的戏剧作品在中国的翻译，对美国戏剧的真正的介绍与研究才真正开始。继 1931 年林疑今在《现代美国文学评论》中对美国戏剧的概览式介绍后，1933 年，钱歌川在《新中华》杂志上连载了《美国戏剧的演进》一文，首次对美国戏剧的历史与现状进行了较为详细的专题介绍，但该文仍是对国外学者著作的译述。从该文来看，美国戏剧的演进经历了英国殖民时代的反映美国土人与侵略者的作品、独立革命时代反映独立自由精神的作品、南北战争时代讽刺批判社会的作品，直至此后新剧的怀胎、勃兴与隆盛时代几个主要阶段。该文对于美国的小剧场运动、奥尼尔的出现、与奥尼尔同时代的主要剧作家等也都做了罗列，为中国读者认识美国戏剧发展的全貌打开了一扇窗。一年后，顾仲彝的《现代美国的戏剧》一文发表于 1934 年《现代》杂志的"美国文学专号"，这是中国学者较早对美国戏剧进行全面介绍和研究的文章，也是该期唯一一篇关于美国戏剧的综论。

《现代美国的戏剧》以叙述欧战对美国戏剧的影响开篇，认为欧战的结束，使人们从幻想里清醒过来，年青人开始质疑权威，用锐利的眼光检视一切，评估一切，建设道德的、社会的、法律的、制度的新标准。"这一切反映在戏剧里，戏剧于是又转了一个新的趋势"；"一是新写实主义的兴起，一是描写荒野民间生活的戏剧的勃兴"。[①] 对于后一种倾向的作品，作者评价较为积极，认为"这种戏剧运动是很健康的，因为原野人的性格是无遮无掩，自由发挥，情感强烈，热情天真。荒野的土人，劳苦的黑人，都有他们特殊的个性，有他们的美德和缺点"。"我深信深入民间的戏剧是美国戏剧在最近的将来最显著的趋势"[②]。

作者重点讨论的是具有新写实主义倾向的戏剧作品。他认为，欧战后美国戏剧中的新写实主义倾向主要体现在用新的检讨方法描写旧的题材方面，包括对婚姻制度的检讨、对父母子女关系的检讨和对个人与社会关系的检讨等几个方面。但是，欧战后的美国戏剧有一定的滞后性，并没有及时反映社

---

① 顾仲彝：《现代美国的戏剧》，载《现代》，1934 年第 5 卷第 6 期，第 860 页。
② 顾仲彝：《现代美国的戏剧》，载《现代》，1934 年第 5 卷第 6 期，第 872—873 页。

会生活中的矛盾和冲突。"以全体而论,欧战后的美国戏剧并不是十分前进的。它是跟从在时代后面的,亦步亦趋地。冲突是戏剧的生命,但往往实际的冲突已经解决,戏里才演剧"。因而,"攻击婚姻制度的剧本实际上并不能影响婚姻制度的改进"。① 作者把产生这种现象的原因归为美国一般戏剧家思想的落后和保守,缺乏预见性。他认为,美国戏剧中的新写实主义倾向主要表现在人物的描写里,而戏剧形式与之前并没有多大不同。由于作家对个性描写的注意,个性的真实、个性的发展成为全剧的中心。这尤其体现在社会剧中的家庭戏剧方面,但是家庭戏剧中的纠纷和冲突并没有多大的社会意义。从这些论述中,可以看到作者对戏剧艺术的深入理解,他本着"冲突是戏剧的生命"的原则,主要以戏剧的社会价值和影响为衡量标准,对美国现代戏剧的发展并没有给予过高的评价。

文章以主要篇幅介绍了具有新写实主义倾向的美国重要戏剧家和他们的代表剧作,包括左娜·盖尔(Zona Gale)、苏珊·葛莱斯泊尔(Susan Graspell)及其丈夫乔治·克仑·考克(George Gram Cook)、吉尔勃特·恩末列(Gilbert Emery)、亚瑟·李治曼(Arthur Richman)、奥文·台维斯(Owen Davis)、考夫曼(George S. Kaufman)、康纳里(Marcus Cook Connelly)、乔治·凯列(George Kelly)、何华德(Sidney Coe Howard)、马克斯威尔·安得生(Maxwell Anderson)、劳伦斯·施德林(Laurence Stallings)、保罗·格林(Paul Green)等。在介绍这些作家的生平与创作之外,也对他们重要剧作的内容、主题、戏剧技巧、演出影响等也进行了或详或略的分析和说明,为读者展示了欧战后现代美国戏剧的概貌。

为了突出现代美国戏剧最重要的剧作家奥尼尔,顾仲彝在写作此文之外,又专作了《戏剧家奥尼尔》一文,发表在同期的《现代》杂志上。该文后来又题作《奥尼尔评传》,收入他所翻译的奥尼尔的剧作《天边外》之后,由商务印书馆出版。《戏剧家奥尼尔》在我国的奥尼尔评介史上占有重要地位,对一些剧作的评论至今仍有借鉴意义。由于顾仲彝此前翻译过奥尼尔的《天边外》(《新月》1933 年第 4 卷第 4 期)和《琼斯皇》(1934 年《文学》第 2 卷第 3 期,与洪深合译),因而他对这些戏剧的评价格外能切中要害。例如,他称《天边外》为"同时表现人类的热情和节制可说登峰造极",是"近代戏剧中的不常见的杰作","那欢乐希望的精神使《天边外》成为伟大的作品"。

---

① 顾仲彝:《现代美国的戏剧》,载《现代》,1934 年第 5 卷第 6 期,第 861 页。

"奥尼尔知道人类最宝贵的是使我们生存的幻想；并且这部戏完全合于希腊悲剧最严厉的试验，剧终时我们同情于剧中一切受苦的人，把我们的俗虑洗涤干净，使我们同情于剧中一切受苦的人。"① 再如，对于《琼斯皇》作者写道："奥尼尔真是一个打破传统形式而主张自由的创造作家。但他的戏剧形式上虽较自由，对于戏剧技巧的普通规则虽则轻视，可是对于剧戏的基本规律却并不违背。时间的合一律他服从的；地点的合一律他却违背的；但他以印象的合一律来代替。《琼斯皇》是人类恐惧的戏剧；害怕的情感是一种力量，搀和在各场的戏里，使它跟自己罪恶的往事，跟他祖先的凶恶的命运，几世纪来的愚蠢，作正面的冲突。"② 这段评论对奥尼尔戏剧在传统基础上的创新进行了独到的分析，对于《琼斯皇》恐惧主题的把握也颇为到位。他的剧评绝非空谈，而是来自对戏剧内容、戏剧形式、戏剧技巧、戏剧冲突乃至舞台调度等因素的全面分析。

作者还注意到了奥尼尔戏剧中的象征主义和神秘主义倾向，将奥尼尔定位于一个"神秘的富于诗意的戏剧家"③。这是非常富有洞见的看法。他认为奥尼尔的其他戏剧如《毛毛人》（The Hairy Ape）、《青年的源泉》（The Fountain）、《马可百万》（Marco Millions）、《大神勃朗》（The Great God Brown）、《拉萨勒斯笑了》（Lazarus Laughed）等都属于具有象征意味。例如，他认为《毛毛人》（The Hairy Ape）的主人公杨克代表一种力量，"这种力量如果没有好的引导可以破坏世界。他也代表原始人向上的奋斗，也代表民族生存必须经过可怕的争斗"④。再如，他认为《大神勃朗》"是一出十足象征的戏。剧中的四个主角，各人代表一种人生的不同观念，隐示人类灵魂中冲突的激流，神秘的潜力。总之，人生是神秘的，我们只能感觉到神秘，却不明白神秘的意义所在，他就是要把神秘的人生观念用象征来表现在舞台上"⑤。而《拉萨勒斯笑了》则"达到了象征戏的高峰"，"这是奥尼尔剧本中最有诗意最有想像的一出戏。拉萨勒斯从坟墓里面回来的时候，他象征能征服死的爱和快乐。人类在恐惧和自私的面前把爱和快乐都遗忘了。拉萨勒斯的笑并不是讽刺的笑，而是从他心里深处放出来的，使听见他笑的人都充满

---

① 顾仲彝：《现代美国的戏剧》，载《现代》1934年第5卷第6期，第960页。
② 顾仲彝：《现代美国的戏剧》，载《现代》1934年第5卷第6期，第963页。
③ 顾仲彝：《现代美国的戏剧》，载《现代》1934年第5卷第6期，第967页。
④ 顾仲彝：《现代美国的戏剧》，载《现代》1934年第5卷第6期，第964页。
⑤ 顾仲彝：《现代美国的戏剧》，载《现代》1934年第5卷第6期，第965页。

了快乐。这出戏不但是高深的诗,并且是好的戏"。① 这些分析层层推进,将奥尼尔剧中的象征因素讲得透彻深入。

更值得称道的是,作者不但点出了奥尼尔剧作中的象征意味和神秘气息,而且对产生这种戏剧特质的原因也进行了探讨。他认为,奥尼尔的神秘主义和象征主义是与克尔特(Celts)民族的民族性格与艺术传统密切联系的。"克尔特民族是富于想像的,他们能设想比实际高尚得多的生活,能有灿烂的想像。""克尔特的诗人是不悲观的。""克尔特的绘画,诗和宗教也都用象征法来表达出来,他们知道要把神秘主义和实际生活缚紧在一起,必须要用具体的象征来做联系。"② 在作者看来,奥尼尔的戏剧充满了生命的创造力,虽然用象征的方法来写出,但所写的人物无不生动而切合于实际的人生。奥尼尔戏剧中的乐观情绪也是其民族特点的体现。这些论述已经超越了单纯的作品分析,进入到了更广阔的艺术生产机制层面。

总之,顾仲彝作为中国研究现代美国戏剧的先行者之一,他的这两篇文章结合在一起,近乎一部"美国现代戏剧小史",代表了30年代乃至整个现代时期中国学者对于现代美国戏剧的全面关注和研究热情。它们的出现不但使中国读者更加了解正在发展中的美国现代戏剧,而且也使中国视野下的现代美国文学研究显得更加完整、丰富。

---

① 顾仲彝:《现代美国的戏剧》,载《现代》1934年第5卷第6期,第966页。
② 顾仲彝:《现代美国的戏剧》,载《现代》1934年第5卷第6期,第967页。

第七章 20世纪40年代民国学界对美国文学的评介与研究

在中国的美国文学研究方面，40年代是一个不能忽略的重要时期。40年代的中国正处于艰苦卓绝的抗日战争时期，驱除日本帝国主义，争取中华民族的独立和自由成为中国人民的首要任务。由于文艺为抗战服务成为时代的主题，40年代初，中国文坛就注意到了美国作家的反战言论。① 1941年，珍珠港事变，太平洋战争爆发，美国因为宣布参加第二次世界大战而被时人视为"文明的救世主"，中美两国首次结成了反法西斯同盟。中美关系的这种变化一定程度上也促成了中国文学界对美国文学的关注。以两次世界大战为背景的美国文学作品在中国引起了强烈的反响，海明威和斯坦贝克的小说成为中国文坛关注的热点。海明威的长篇小说《永别了，武器》、斯坦贝克的小说《月亮下去了》等因其反战的主题，在三四十年代的中国曾出现了多个译本。中国文学界重新燃起了对此前一直不受重视的美国文学的兴趣，对美国文学的认识在40年代终于有了根本性的改变。这反过来进一步促进了美国文学在中国译介和研究。

40年代中国学界对美国文学的重视还明显地反映在一个出版事件上。抗战胜利后，一向关心美国文学的赵家璧曾接受时仕美国新闻署驻华办事处主

---

① 例如，江郁的《美国作家论反战文学》（《杂志》1940年第4—5期合刊）曾译述编辑了美国《生活》画报收集的海明威、安特生（Maxwell Anderson）、休伍特（Robert E. Sherwood）、密列斯（Walter Millis）、克明斯（E. E. Cummings）、格拉顿（G. Hartley Grattan）、脱伦朴（Dalton Trumbo）、爱丁顿（Richard Aldington）等八位美国作家关于反战文学的言论。

任费正清博士的建议,联合当时的多位著名学者,策划出版了一套大型的"美国文学丛书",以增进中美之间的了解。这套丛书凡18种,1949年3月至1950年8月出齐,包括冯亦代译卡静的《现代美国文艺思潮》,焦菊隐译爱伦·坡的《海上历险记》《爱伦坡故事集》,朱葆光译德莱塞的《珍妮小传》,马彦祥译海明威的《康波勒托》《在我们的时代里》《没有女人的男人》,吴岩译舍伍德·安德森的《温士堡·俄亥俄》,罗稷南译多人短篇小说合集《漂亮女人》,徐迟译梭罗的《华尔腾》,高寒(楚图南)译惠特曼的《草叶集》,袁水拍译多人合集《现代美国诗歌》,荒芜、朱葆光合译《朗费罗诗选》,荒芜译奥尼尔的《悲悼》,石华父(陈麟瑞)译勃尔曼的《传记》,袁俊(张骏祥)译夏尔乌特的《林肯在依利诺州》,洪深译萨洛扬的《人生一世》,毕树棠译马克·吐温的《密西西比河上》。这个书目既包括文学理论方面的著作,也包括小说、诗歌和戏剧,可谓选目精良。可惜,这套书出版时国内外形势已经发生了巨大变化,中美关系跌至历史最低潮,加之印数又少(每本才印2000册),因而并未引起多大反响。①

总体来看,这一时期虽然没有中国学者所写的重要的美国文学研究专著出版,但当时文艺期刊上仍有一定数量的美国文学介绍、评论和研究性文章。这些成果主要体现在小说研究和诗歌研究两个方面。前者以马耳的《美国的小说》、孙晋三的《美国当代小说专号引言》等文章为代表,后者以杨周翰的《论近代美国的诗歌》、徐迟的《美国诗歌的传统》等文章为代表。本章将着重对这些代表文章进行评述。

第一节 马耳、孙晋三对美国小说的评介

1942年马耳发表在《文摘副刊》②的《美国的小说》一文,明显地反映

---

① 关于这套书的出版情况及价值,可参见冯亦代的《美国文学丛书始末》(《新华文摘》1979年第3期)、赵家璧的《出版〈美国文学丛书〉的前前后后——回忆一套标志中美文化交流的丛书》等回忆文章。参见王锡荣主编:《赵家璧文集》第1卷,上海文艺出版社2008年版,第479—488页。另见顾钧:《一套美国文学丛书的诞生》,载《中华读书报》2009年6月3日。
② 《文摘副刊》系抗战时期在桂林出版的一本文艺刊物,据当时有关报导,该刊主张"严正幽默冶为一炉,特稿译稿兼收并蓄。"参见杨益群:《桂林文化城概况》,广西人民出版社1986年版,第315页。马耳系著名翻译家、作家叶君健的笔名。

出40年代中国学界对于美国文学认识的转变。作者写道："在二十年以前，不，就在十年以前吧，如果我们提起'美国文学'或'美国小说'这个名词，听的人必觉得非常地好笑。的确，有许多人至今还不承认有什么美国文学。在任何大学的文科里，我们还找不出'美国文学'这个课程。但现在确确实实地是存在着美国文学这个东西。而且它发展得很快。和目前任何国家的民族文学相比拟，它只有过之而无不及。我们只消涉猎一下美国近代的作家，就可以看出，美国今日的文学是充满了生命力，创作性和弹性，跟大英帝国或其他任何欧洲大陆的文学比起来，它只有显示着无限的前途。关于这一点，什么人恐怕都不会怀疑。"[1] 在这段话中，美国文学被定位为"充满了生命力""创作性和弹性的"文学，它发展很快，有着无限的前途，这在当时已经是一个不争的事实。

作者首先对20世纪以来美国文学勃兴的原因进行了分析。他认为，美国新兴文学的产生要从"一战"为始点，虽然在"一战"前，美国就开始产生了很多作家，但因为物质和读者条件的不具备，这些作家作品的美国特色并不明显。"一战"期间，从欧洲逃亡至美国的智识份子与美国新兴的工业文化相结合，才开始"创造一种典型的美国文学"。"一战"后，美国成为世界的债权国，繁荣与和平激起了美国的自尊心和自信心，这促使作家创造出了真正的美国文学。这种文学采取纯粹的美国题材，充满了美国人的情感，代表了新兴的美国精神。

在本文中，作者举出了他心目中代表这种真正美国文学的作家，包括德莱赛、辛克莱、帕索斯、海明威等，并评价了他们文学的特点和价值。其中，作者对海明威尤为推崇："海敏威是近代美国小说叙述文字和对话的创始者。他的文字是简单，明了，快捷，有力和粗野。在传统的英国人看起来，他的文章是一种野蛮的文字（barbarian language）；但是我们耐心地读下去，我们可以觉到一种特殊的风味（flavour）。在这文字里面，我们似乎嗅到一种美国

---

[1] 马耳：《美国的小说》，载《文摘副刊》，1942年第1期，第56页。马耳这里提到的在任何大学里都找不到美国文学的课程这一说法有点绝对。在现代中国的个别教会大学，如圣约翰大学曾开设美国文学课，但其目的还是为了提高学生的英文能力。燕京大学在40年代也有美国教授如包贵思（Miss Grace Boynton，1912—1970）讲授过美国文学史。但这些都是极个别的案例。当时大学英文系还是主要以教授英国文学为主。参见熊月之、周武主编：《圣约翰大学史》，上海人民出版社2007年版。另见张玮瑛等主编：《燕京大学史稿》（1919—1952），人民中国出版社2000年版。

的精神，美国的高度生产力，美国人的紧张生活，快捷的思想，和丰富的生命力。这文体一直被近代的作家模仿着，发展着，渐渐使美国文学成为一种独立的文学。"① 这段话从语言和风格的角度论述了海明威在美国小说史上的创新和影响，并且明显带有作者自己的品读与判断。

作者的评论基调充满了对真正美国文学的高度肯定和赞扬，就连1929年美国经济危机给文学带来的影响，他都能从较为积极的角度去看待，甚至从历史上找出了同类的例子，为经济危机后美国文学内容和风格的走向进行辩护："失望在文学方面说起来，并不一定是很坏的东西。法国在一八四八年和一八七〇年的混乱后产生出一个光辉的绘画时代，英国在第一次大战后，产生了一个新诗时代，而德国在魏玛共和国那四年间的动荡时期产生了一个灿烂的小说时代。美国的经济恐慌，使美国被传统囚禁了的天才又得到了一次新的解放。他们因此更亲切地看到了他们周围的世界。不但看，而且这洗遍全国以及全世界的巨潮，更使他们思索。他们开始写'真正'的美国世界——那经过他们亲身体验过的，和思索过的世界。这类作品当然更真实和亲切地反映着他们的时代。"② 这样的评论不但从经济与社会的角度解释了美国文学有新发展的原因，而且明显带有世界文学的眼光与视野。

这篇文章的另外一个价值还在于从英美语言差异的角度谈论美国文学的独特性，这在此前的中国的美国文学研究中并不多见。作者写道："美国今日的小说，对于我们惯于读英国小说的人，简直是等于用第二种外国语写的作品。当然，我们读美国文字并非是像德文或者法文一样。但是要读懂今日美国的文字，我们倒是需要花点气力和思索的。美国的小说表面上是用英文写的，但它并不是英文。美国的近代生活，和美国人在那种美国生活环境里所产生的心理现象和思维方法，都和英国人不同。因之作为传达思想之工具的美国文字，也和英国不同。"③ 作者指出，要理解美国文字的创造性、幽默感，不是一下子就可以办到的。因为美国文字是"道地的美国'大众语'，由作家加以提炼，而形成了一种丰富的民族语言"④。马耳作为斯坦贝克小说的一位中国译者，为了说明近代美国语言的特点，在文中还举出了斯坦贝克的《愤

---

① 马耳：《美国的小说》，载《文摘副刊》1942年第1期，第58页。
② 马耳：《美国的小说》，载《文摘副刊》1942年第1期，第58—59页。
③ 马耳：《美国的小说》，载《文摘副刊》1942年第1期，第59页。
④ 马耳：《美国的小说》，载《文摘副刊》1942年第1期，第59页。

怒的葡萄》第五章第三段的一段原文进行例证:"这段文章,平淡得像日常所说的话一样,平行的句子很多","接续词 and 用的很频繁"。修辞学家也许会诟病这使得文章单调缺乏修辞感,如小孩说话一样。"但是细读下去,却一点也不觉得文章单调和孩子气。""我们发现一种柔和而又有力的天然音节,表现出一种特殊的美国味。"①可见,作者对美国的文学语言的特殊性有着自己的切身体会,这既是一种学习,也是一种鉴赏和研究。作者最后还根据自己的阅读经验,指出英国和澳洲的年青作家甚至开始模仿美国的文字和技巧,点出美国文学语言的世界影响。

总体来看,这篇文章从历史发展和语言变迁两个角度讨论了 20 世纪以来美国文学独特的创造性和文学价值。虽然有些论述并没有超出 30 年代《现代》同仁对美国文学的认识,但对美国文学自身内容和形式特征的强调仍然反映出时人对美国文学认识的深入。

1943 年 10 月 15 日,创刊于重庆的《时与潮文艺》(第 2 卷第 2 期)推出了"美国当代小说专号",刊载了八位作家的八部短篇小说,包括:德莱塞的《自由》(钟宪民译)、安特生的《上帝的力量》(高殿森译)、凯潄的《保罗的悲剧》(孙家新译)、威斯格特(Glenway Wescott)的《逃亡者》(罗书肆译)、休士的《掉了一件好差使》(陈瘦竹译)、海明威的《非洲大雪山》(谢庆尧译)、斯坦贝克的《约翰熊的耳朵》(胡仲持译)、萨洛扬的《十七岁》(李葳译)。为配合小说的翻译,其刊首发表了主编孙晋三的《美国当代小说专号引言》,该文分"健壮的当代美国小说""写实主义在美国""美国的短篇小说""八位作家和八篇作品"四个部分。虽名为"引言",但实际却是一篇综论美国文学历史和当代小说发展的论文,也是 40 年代中国学者对于美国小说的重要研究之作,值得在此评述。

这篇文章最大的一个特点是从英美两国文学发展的对比中突出美国当代文学所取得的成绩,对美国小说的整体面貌也有深入论述。作者首先从戏剧、诗歌和小说三个方面回顾了 20 世纪以来的英美文坛。他写道,戏剧方面,英国的萧伯纳、高斯华绥等到了 20 世纪已经成了元老,不再有新的贡献,剧坛未能出现有影响的作家,美国剧坛却产生了奥尼尔、安特生(Maxwell Anderson)、瑞斯(Elmer Rice)等作风新、精神蓬勃的剧作家。诗歌方面,英国诗坛的两大盟主,爱略奥忒(T. S. Eliot)和庞德(Ezra Pound)都是美

---

① 马耳:《美国的小说》,载《文摘副刊》1942 年第 1 期,第 60 页。

国人。美国诗坛也产生了两个有声有色的诗人，桑特堡（Carl Sandburg）和林德塞（Vachel Lindsay）。近来也有麦克李许（Archibald MacLeish）这样另辟蹊径打破传统的诗人。小说方面，虽英国也有劳伦斯、赫胥黎、乔伊斯、吴尔芙等作家的出现。"但是，英国的小说，犯了一个大毛病，就是和活生生的人生，已经距离渐远，研究的对象，走向变态的人生，而不是鲜红活跳的人生，作家的注意，在技巧的试验，而不在素材。当代英国小说，或探测到了灵魂的深处，或遨游太虚，但都缺乏一种'活'的感觉，一种'生'的喜悦。而这种'活'的感觉，'生'的喜悦，却正是当代美国小说所给与我们最夺目的印象。"[①] 可见，作者考察美国当代小说的标准是文学是否反映人生，是否具有自身独特的品质，而并非看重文学技巧或实验的先锋性，这也是美国小说与英国小说最大的不同。为此，作者回顾了美国文学发展的历史，一方面指出美国文化中心从波士顿到芝加哥再到纽约的变迁，另一方面列举了该期所刊八位作家的种族和出生地，实际上是从崭新的社会环境和多元的族裔构成两个角度，解释了美国小说活力充沛的原因。这样并不囿于文学文本的探讨，今天看来可能并不新颖，但在此前的美国文学研究中却并不多见，一定程度上反映了中国文坛对于美国小说历史变迁认识的深入。

作者认为美国当代小说的主流是写实主义，但这个写实主义与英国也有不同。旧世界的写实主义小说往往给人以灰暗的感觉，而美国作家写的是崭新的东西，颇有新鲜的色彩，素材内蕴具有浪漫性，因而能够补偿一般写实主义的缺点。作者把写实主义在美国小说中的发展分为四个阶段：本地风光的加重、赤裸的现实主义、社会批评和幻想破碎的写实主义。这些讨论有时相当深入，例如关于美国小说对于社会的批评，作者提到了刘易士对于小市民心理的透彻观察，"本来，这种讽刺，也并不是开始于小说，马士德（Edgar Lee Masters）的《史朋河诗辑》（The Spoon River Anthology，1915），已挖苦尽了浅薄的美国生活，而曼肯（H. L. Mencken）也已藉他攻击美国生活的辛辣随笔而变成一代宗师，但是如刘易士这样以显微镜方法有条有理的做出暴露讽刺，却第一次使素性不好躲避现实的美国人，觉得自惭"[②]。这样的论述将作家的价值放置在美国文学发展的总体视域中去阐述，显示出作者对美国文学的整体脉络的深刻把握。作者认为虽然美国小说在"一战"后

---

① 孙晋三：《美国当代小说专号引言》，载《时与潮文艺》1943年第2卷第2期，第1页。
② 孙晋三：《美国当代小说专号引言》，载《时与潮文艺》1943年第2卷第2期，第4页。

陷入了低调，但与"英国民族的老弱而精力衰退相比"，美国小说"具有惊人的康复力，很容易地便脱出了绝望的深渊"。随着斯坦贝克、萨洛扬等作家的出现，"美国的写实主义，已渐渐脱去仅存的少许矫作，而踏入和生活打成一片的化境了"。①

因为该期"美国当代小说专号"刊发的均为短篇小说，作者专辟两节讨论了美国的短篇小说，并对所选的八位作家进行介绍。这里也注意突出了英美两国短篇小说的不同境遇："短篇在英国只是一种次要的体裁，甚至有些'不登大雅之堂'，几乎很少受人注意。但是，从最初，美国文学里就以短篇小说为一种主要的类型。"②值得注意的是，作者虽然肯定美国短篇小说取得的巨大成绩，但也指出了其不足和缺点，如有时为了迎合大众阅读的需要，缺乏艺术上的提炼。比如欧·亨利的小说，作者就指出他的作品缺乏"坚硬的质地"。对于所选作家作品的介绍则突出了他们独特的作风。例如对安特生的介绍："安特生在美国文学中是一个很独特的人物。他所描写的，是中西部小城和农村中的生活，他的文字，竭力避免美文，而接近口语。但是，他并不只是一个堆砌细节的作家，他的作品的情调，毋宁说是'诗意的'。这篇《上帝的力量》，很可代表他的作风，尤其显示他受福洛依特（Freud）性中心的精神分析派学说的影响。"③再如对凯漱的介绍："凯漱是当代美国作家中文笔最精致美丽的。她避去传统的浓重故事，丑恶的情调，而以晶莹清丽的文笔，描写前驱垦民或文艺人生的生活。她最好的作品，是那几部描写内布拉斯加州开垦期生活的小说，尤其是《我的安东妮》（My Antoine, 1918），不过凯漱在那里所着眼的，不是生活的艰苦，而是人性的美丽。《保罗的悲剧》来自她在匹兹堡报馆服务时的经验，虽不是她最典型的作品，但很可以看出她作品的情调。"④这些介绍虽然简略，但仍能反映出作者对美国文学准确的把握。

《时与潮文艺》属于战时影响较大的文艺期刊，它的这期"美国文学专号"可以说一定程度上延续了此前30年代《现代》杂志对于美国文学全面展示的雄心壮志。从主编孙晋三该文的介绍和论述的深入性与广泛性来看，战

---

① 孙晋三：《美国当代小说专号引言》，载《时与潮文艺》1943年第2卷第2期，第5页。
② 孙晋三：《美国当代小说专号引言》，载《时与潮文艺》1943年第2卷第2期，第5页。
③ 孙晋三：《美国当代小说专号引言》，载《时与潮文艺》1943年第2卷第2期，第6页。
④ 孙晋三：《美国当代小说专号引言》，载《时与潮文艺》1943年第2卷第2期，第6页。

时的中国文艺界，对于美国文学的广泛兴趣并不止于反战作家和文学，有更多不同类型的作家作品被引进读者的视野，介绍者所要展示的是美国文学多样化的面貌和对于人生和现实的深入开掘，这样的立场甚至是纯文艺的。这恐怕也是美国文学研究在40年代有所深入的一个明证。

第二节 徐迟、杨周翰对美国诗歌的研究

在美国文学的各种文体中，民国学界对美国诗歌的接触和研究可以说是最早的。从胡适借鉴意象派的理论提出改良中国文学的建议，田汉对平民诗人惠特曼的推崇，到刘延陵对美国新诗运动的整体观察与思考，再到朱复、邵洵美对现代美国诗坛的深入研究，美国诗歌始终没有离开当时中国学界的视野。40年代，对美国诗歌的研究继续向前推进。

这里首先要提到的是徐迟在三四十年代对美国诗歌的研究。① 在中国当代文学史上，徐迟的名字是和诗人、散文家、报告文学家联系在一起的。实际上，徐迟还是一位卓越的外国文学翻译家和研究者。他对美国文学的关注自其中学时期就已开始，当时为了学习英语，他曾阅读了杰克·伦敦的《野性的呼声》等作品。30年代进入大学后，他受当时老师冰心的启发，开始翻译和研究美国诗歌。虽然还是一名大学生，但徐迟对美国诗歌的选择却有着不俗的气魄和眼光。他最初翻译的是美国现代诗人维琪·林德赛的三百行的长诗《圣达飞之旅程》，这也是中国对林德赛诗歌的最早翻译。为此，徐迟还写了一篇评论文章《诗人 Vachel Lindsay》，与译诗一同发表在1933年《现代》杂志第4卷第2期。这篇评论可视为徐迟研究美国诗歌的开端。

在这篇评论中，作者称"这是诗人一生中最幸福的歌"，他对这首诗的研究侧重对其音律的考察，而这正是当时中国诗坛所关心的问题。他敏锐地发现林德赛诗歌最主要的质素即诗的音律，这种音律包含了纵跃、翻身、移转、旋涡的技巧。他用诗一般形象的语言写道："有音律的诗有一种动的生命。正如风吹动的树，正如泉基的白色小喷泉。正如熊熊之春跃起，在我们的一切

---

① 姚君伟的《徐迟与美国文学在中国的译介》一文对徐迟在美国文学译介方面的贡献有过详细论述。这里仅就三四十年代徐迟对美国诗歌的翻译和研究做一些补充论述。

之间是音律的存在。"① 这样的认识，已经不单单是在研究林德赛的诗歌，而是在谈音律体验对于诗歌创作的重要性。值得称道的是，作者不但将《圣达飞之旅程》这首诗中所包含的几种重要的音的类别进行了详细的分析，而且借此对中国诗的音乐性问题发表了看法："西洋的文字已经能直接传出音乐来了。这不是自林德赛开始的。在中国，一般人争执着诗的音乐性的不可少。殊不知中国的今日是连可唱的歌曲也没有，更何用谈可以歌咏的诗的试验了。音的试验是终当让歌（歌不是诗）来担任的。这是说中国的文字还不能翻译音乐呢？读了林德赛的诗后有点感觉音诗的问题在中国的文字是不可能的。"② 这样的思考是在阅读和翻译林德赛诗歌的过程中产生的，体现了徐迟敏锐的问题意识。而将对美国诗歌的研究与中国文学的问题结合起来进行思考，正是徐迟美国文学研究的一个重要特点。

徐迟的研究在 30 年代就产生了一定的影响，后来著名的美国文学研究专家冯亦代回忆自己年轻时就曾读过这篇文章，"写得颇为深入，论点明确，令我折服。后来从同学处得知徐迟还在北平某大学读书，使我吃了一惊。我想他还在大学读书，年龄大概和自己差不多，居然有这样的水平，堪称是个天才"③。对这首诗的翻译和评论是徐迟早年文学生涯的一件值得纪念的事。他晚年也回忆道："这个林德赛，并非现代派；他是继承了惠特曼传统的诗人。通过对这条圣泰飞公路的颂歌，他描绘了美国资本主义经济的大发展道路，如何穿过幽静的、美丽的田园，通到了许多新兴的发达的大城市。这首诗富于资本主义现代化的感觉。"④ 1934 年，徐迟的这种天才在《现代》杂志上得到了进一步的展示，他先后为该杂志写了《意象派的七个诗人》（《现代》1934 年第 4 卷第 6 期）、《哀慈拉·邦德及其同人》（《现代》1934 年第 5 卷第 6 期）等介绍美国诗歌的文章。1938 年，艾略特的《荒原》中译本（赵萝蕤翻译）出版后，徐迟还写过一篇书评，对艾略特诗歌的特点和译本的得失进行了分析，高度肯定了这项译事的价值。30 年代的这些译介虽然都是具体作家作品的研究，但已经显示出徐迟对美国诗歌的兴趣和关注。

---

① 徐迟：《诗人 Vachel Lindsay》，载《现代》1933 年第 4 卷第 2 期，第 326 页。
② 徐迟：《诗人 Vachel Lindsay》，载《现代》1933 年第 4 卷第 2 期，第 328 页。
③ 冯亦代：《一颗明星的陨落——哭徐迟》，见《冯亦代文集·散文卷一》，中国友谊出版公司 1999 年版，第 331 页。
④ 徐迟：《外国文学之于我》，见徐迟：《文艺和现代化》，四川人民出版社 1981 年版，第 198 页。

1943年发表于《中原》创刊号的《美国诗歌的传统》反映出徐迟对美国诗歌的整体认识。这篇文章开门见山地表示："美国诗歌的传统——亦即是窝尔脱惠脱曼（Walt Whiteman）的传统——亦即是美国民主主义底诗歌的一贯的传统——不能有其他的传统，并事实上没有其他的传统，存在。"① 作者认为美国诗歌的传统是由惠特曼开创的民主主义的传统，而这种民主主义与林肯提倡的美国的政治纲领是一致的。他宣称："没有一个美国诗人不是林肯的理想底歌手，假如他是一个真的'美国'诗人。"② 民主主义必然是美国诗歌不竭的源泉。文章回顾了惠特曼以下美国诗歌经历的道路，对民主传统在美国诗歌中的历史脉络进行了高度的提炼。他认为，"惠特曼的传统似乎是时断时续的"。这种传统在《草叶集》问世的四十年后，才在林德赛的诗中始行接上，同时也在桑德堡、玛斯脱斯描写工人阶级和普通人民的诗中得以传承。"唯这三位诗人，是惠特曼传统的继承者"。"这里起，必得在休士（Langston Hughes）及麦克莱许，纽加斯这三位诗人的作品中找到继承者，其中的中绝一二十余年。但这里所用的'中绝'两字是不大准确的字眼，民主主义的精神一直在美国的大众之中保存着，并且一直成为诗的泉源，但为外的云雾缭绕，至使我们从远远的国土作鸟瞰时，仿佛它中绝了。我们却也同时看见多数的美丽的肥皂泡升起，现在一个个消失破碎。它们尽可以构成于所谓'诗人'的幻想中，却一昇出来，碰到现实的测验就爆破了。而惠特曼，林德赛，桑德堡，玛斯脱斯，休士，纽加斯，麦克莱许，这一串不受时光的干涉，他们自称为美国诗歌的'传统'。"③ 在作者看来，虽然这些诗人的诗内容与风格各异，但本质上都"属于同一传统之不同的表现"，他们的诗歌经得起时间和现实的考验。作者的这番描述在40年代的中国是具有深意的。中国文坛一开始对美国诗歌的接受看重的就是惠特曼所代表的民主传统，而到了反法西斯斗争如火如荼的40年代，美国诗歌仍然延续着这种传统，发挥着战斗作用。这正是美国诗歌之于中国的价值所在，恐怕也是徐迟再次强调美国诗歌传统的原因之一。

在这篇文章中，徐迟还表达了对美国诗歌在中国传播与接受状况的忧虑。当时一般中国民众对美国的看法局限在"金元国家""欧洲的债主""战争物

---

① 徐迟：《美国诗歌的传统》，载《中原》1943年第1期，第25页。
② 徐迟：《美国诗歌的传统》，载《中原》1943年第1期，第26页。
③ 徐迟：《美国诗歌的传统》，载《中原》1943年第1期，第26页。

资的救星"这些层面,对美国国内真实的贫富差距和社会矛盾认识不足。美国的大众文化如好莱坞电影、通俗歌曲等也已经散布于的中国的一些较为发达的地区(如重庆、上海),而相比之下,人们对美国诗歌的阅读和认识则还非常有限。这让一向关心美国文学的徐迟感到不无忧虑:"若要在国人中间,找一个美国诗歌的读者,我敢断言,恐怕是决没有找一个美国电影的观众来得容易。""在中国,中学生都知道了美国电影明星的姓名和俊俏的脸,可是几个影迷同时知道美国诗人的姓名的呢?"[①]可见,徐迟不仅仅在研究美国诗歌,而且也思考着中国人如何认识美国文化和美国文学。

徐迟这种思考一直到他在抗战胜利后所写的《关于美国文学》一文中仍有体现。他警觉到缺少统一的规划和编制是阻碍中国读者认识外国文学的重要原因。"我们的出版家对于西洋文学的介绍是那样的杂乱,毫无章则,毫无计划。"美国文学在中国的介绍状况更是如此,"已被译出的美国文学作品,据最近'文聊社'所辑的一张表格来看,显得一切是如何的杂乱。已被译出的有这样多,可是它们还是没有给我们一个整体的,较明确的概念。"这样的状况自然限制了读者对于美国文学的理解。就连在三四十年代译介过不少美国文学作品的徐迟本人也在文中承认:"一直到最近,我对于美国文学是非常糊涂的。最明显的一个例子,就是我非常不重视马克·吐温。我以为他不过是一个少年读物的作者,顶多是一个幽默大家。一直到最近,我才知道,在代表着美国这一个国家的精神,像长明的火焰一样,照耀着的,乃是三位一体的林肯,惠特曼和马克·吐温。"[②]从这段话可以看出,徐迟之所以重新认识了马克·吐温,是因为他和林肯、惠特曼一样,都代表了美国的国家精神。这和他之前对美国诗歌民主传统的赞誉是一致的。

除了徐迟对美国诗歌传统的思考,1946年杨周翰在李广田主编的《世界文艺季刊》第1卷第3期发表的近两万字的长文《论近代美国诗歌》更为集中地展示了40年代中国学者对美国诗歌的研究成果。这篇文章叙述了南北战争后美国近代诗歌的发展,对其中里程碑式的重要诗人的诗歌创作,而非生平经历,都做了详尽深入的介绍和解读,并且时有新见,写得极为精彩。综合来看,这篇文章至少有以下几个特色。

首先,文章从认识上明确了中国人看待美国诗歌应持的态度,体现出一

[①] 徐迟:《美国诗歌的传统》,《中原》1943年第1期,第25页。
[②] 徐迟:《关于美国文学》,载《文联》,1946年第3期,第19页。

种自觉的研究立场。一般关于美国诗歌有两种看法,一种把它当做英国诗歌分出去的一支,欧洲诗歌传统的演进;另一种把它当做和欧洲诗歌无关的独立的东西。作者指出,第一种看法虽有一定的道理,但它的错误"在于太偏重美国诗歌和欧洲诗歌的相同点,而忽略了美国诗歌和欧洲诗歌的不同点,它的特点"[①]。美国的土地和气候与欧洲不同,它是个新的人群社会,这里人们的希望、梦想,他们所经验的各种理智的、知识的及情感的问题,和旧大陆截然不同。因而,在读美国诗的时候更应该看重"它和欧洲诗歌不同的地方,而不应该把它完全看做欧洲的一条支流"。"事实上美国诗歌是存在的,非但存在,而且有话要说,有话说,有生气,有希望。我们于是也有听它的义务和听它的权利。""美国文学到了二十世纪,非但在内容,技术各方面,和英国文学完全脱节,即便在语言文字上也已完全不同。"[②] 这样的论证从学理上一针见血地指出了此前人们普遍把美国文学看做英国文学一支的根本性错误。此前中国学者对美国文学的论述中,虽已经有不少人意识到了美国文学的独立性,但像这样予以透彻分析的还不多见。作者还进一步指出,了解美国诗歌是从情感的角度出发去接近美国,这是了解美国的一个最经济的办法。情感是诗歌最重要的质素,作者正是抓住了这一点,将对美国诗歌的认识与对美国的认识结合在一起,进一步明确了研究美国文学的意义。

第二,在叙述美国近代诗歌的发展时,作者没有将论述停留在泛泛空谈上,而是善于结合具体的诗歌作品阐述各家得失,显示出极高的文学鉴赏和分析能力。例如,他把美国内战结束后出现的诗人,如爱麦生(即爱默生)、郎斐罗、勃莱恩特、泰勒等称为"贵族诗人",认为"他们有一点学院派气派,有一点贵族气派,但是是死的,和现实生活不十分发生联系"。"他们的诗的情调也未尝不美"。[③] 为了说明这一点,他举出爱默生所写的杜鹃(*Rhodora*)这首小诗的译文,先从内容和意蕴上进行分析:"它描写一朵紫色的小花如何孤独地长在树林里一条小河边,花瓣一片片落在幽暗的水上给它加上一点活泼,一点生气,一只红鸟来到水边歇凉,她的羽毛比这花的颜色却又显得卑贱……最后诗人借题就转到'孤独',以及孤独人所有的神秘主

---

① 杨周翰:《论近代美国诗歌》,载《世界文艺季刊》1946年第1卷第3期,第1页。
② 杨周翰:《论近代美国诗歌》,载《世界文艺季刊》1946年第1卷第3期,第1页。
③ 杨周翰:《论近代美国诗歌》,载《世界文艺季刊》1946年第1卷第3期,第2页。

义。"① 接下来,作者又从原诗的艺术形式上做出分析:"这首诗,从艺术方面讲很完美,比如 the purple petals, fallen in the pool,这一串'p'的声音,的确使我们听到花瓣落水的声音,但这种诗已近乎唯美主义,颓废主义,最好也不过是神秘主义:'一切美都是上帝安排的,是人的理智所不能了解的。'"② 作者的论述层层推进,既指出了这首诗在艺术上的情调与形式之美,也指出了它在思想意蕴上的局限性。

第三,作者虽然是在谈美国诗歌,但也十分注意美国诗歌在艺术和思想方面对欧洲诗歌的历史传承,善于在广泛的联系中突出美国诗歌的价值和特点,显示出其对西方诗歌传统的深入了解和广博学识。例如,在分析第金生(Emily Dickson)的诗歌时,作者认为诗人的重要性并不在于她的思想,"至多她不过是英国十八世纪末勃莱克的信徒,或新英格兰精神的代表"③。同时,作者又指出,第金生的重要性主要还在于诗人艺术上的贡献,如意象的新奇、思想的跳进、拗韵的使用等。虽然这些特点在英国的诗歌里也不是没有先例,如"约翰邓一派的玄学诗人,甚至伊利萨伯时代的诗人"④。但是,在美国这却是一种新鲜的实验,因而第金生作为一个美国诗人仍然是重要的。这样的分析一方面点出了第金生诗歌与欧洲诗歌的联系,另一方面也突出了她在美国诗歌史上的意义。再如,对鲁滨孙(Edwin Arlington Robinson)的论述,作者结合作品分析了他与英国诗人勃朗宁之间的师承关系,因为两者都善于刻画人像,揭露人的心理。特别是在诗歌的戏剧性上,鲁滨孙显然是在模仿勃朗宁。"只是勃朗宁的诗比他华丽,比他意象多,比他乐观,而鲁滨孙则比较质朴,比较悲观。勃朗宁的诗有时过于晦涩,而鲁滨孙的诗平易通俗。"⑤有时,作者还将两位诗人的作品相对照,在对比中突出各自的特点。如他以实例证明山德堡和艾略特在描写失去感觉的人这一诗歌主题和意象上具有相似性,但"也许艾氏比山德堡更微妙,但很可能受了他的影响而用这些肮髓的意象"⑥。这样的分析无疑是富有洞见和启发性的。类似的例子在文中时常可以见到。

---

① 杨周翰:《论近代美国诗歌》,载《世界文艺季刊》,1946 年第 1 卷第 3 期,第 2 页。
② 杨周翰:《论近代美国诗歌》,载《世界文艺季刊》1946 年第 1 卷第 3 期,第 3 页。
③ 杨周翰:《论近代美国诗歌》,载《世界文艺季刊》1946 年第 1 卷第 3 期,第 6 页。
④ 杨周翰:《论近代美国诗歌》,载《世界文艺季刊》1946 年第 1 卷第 3 期,第 7 页。
⑤ 杨周翰:《论近代美国诗歌》,载《世界文艺季刊》1946 年第 1 卷第 3 期,第 8 页。
⑥ 杨周翰:《论近代美国诗歌》,载《世界文艺季刊》1946 年第 1 卷第 3 期,第 13 页。

第四，文章充分重视了黑人诗歌在近代美国诗歌史上的地位和贡献。为了突出纯粹的美国诗歌，作者甚至只是简略地提及了意象派诗人的名字，论述从略，只因他们"不是特殊的美国产物"，与之相对，作者称黑人的歌谣是"最特殊的美国诗歌"。"它不仅是美国诗歌中的特殊的独立的一部分，而且它有许多特点已经被吸收到整个美国诗歌里去了，使美国诗歌和它打成一片。"①作者把黑人诗歌按性质分为两种，"一种是歌颂生命的快乐，一种是反抗压迫的诗"，并对黑人诗歌中的生命力和反抗精神进行了重点分析。例如，他指出爵士诗歌"主要的特色是带有非洲森林的野蛮气味，富于急促响亮的音乐性"，"不能否认其中突出的生命力"，"完全用黑人的美语作表达的工具"。②黑人为美国诗歌贡献了快乐和自由的精神。不同于此前邵洵美对白人创作黑人诗歌的不屑一顾，作者对林赛等人歌颂黑人精神的诗歌也进行了中肯的评价，认为它们在美国诗歌史上占有一定的地位。在文章最后，作者还强调，黑人诗歌不止对美国诗歌有所贡献，即使在欧洲诗歌上，黑人诗歌也有着极其深刻的影响。像这样，作者将黑人诗歌放置在整个美国近代诗歌甚至世界文学的发展脉络中，充分评估其价值和意义，让读者对美国文学的多样性有了更清晰的认识。

第五，作者还注意了对诗人诗歌理论的分析。例如，他认为当时最受美国普通读者欢迎的诗人福洛斯特的诗歌理论虽简单但不偏不倚，即诗人所说的"诗以快感开始，以智慧终结"。"这可以说是折衷快乐和文艺以载道二说的一种理论。按照他的意思，诗的开始是偶然的。往往是突然忆起连自己都不知道自己知道的一件事，其进行也要看诗人当时的情绪，信马由缰地写下去。最后就会发现那'最好的东西'在等待诗人的笔，而这最好的总是一种悲喜的交集。惟其如此——连诗人自己都不知道结果如何——所以作者和读者同样感觉到紧张，兴奋，期待惊人的东西的出现。所以他们的诗，能够把握读者的注意力，而且等到终结终于来到的时候，诗人决不使读者失望。他所谓的智慧，是新鲜的，而不是陈腐得使人作呕的。"③在叙述了福洛斯特的诗歌内容后，他进一步指出："福洛斯特无疑强有力地指示给一般读者着，在庸俗的生活里是有一番诗意的。有人把他比做勃朗宁，我倒感觉他有点像华滋华斯，第一因为他看出日常生活中的诗意，第二因为他对自然也有同样的

---

① 杨周翰：《论近代美国诗歌》，载《世界文艺季刊》1946年第1卷第3期，第14页。
② 杨周翰：《论近代美国诗歌》，载《世界文艺季刊》1946年第1卷第3期，第15页。
③ 杨周翰：《论近代美国诗歌》，载《世界文艺季刊》1946年第1卷第3期，第16页。

爱好。"① 从诗歌理论、诗歌内容再到联想分析，作者对诗人的解读可以说既深入全面，又富有启发性。

最后，在充分分析美国近代诗歌发展的基础上，作者总结出了它的两大特点，使全文的论述得到进一步升华。第一是创作量的惊人，三十年的时间产生了大小四千余诗人和诗集，"这种万卉争妍的气象直可以与英国文学史上的伊利萨伯和维多利亚来朝相比"。从单独的诗篇来看，也不乏万行的长诗。"这种下笔千言的气魄也许正表现了新兴民族的生命力的富强。"美国诗歌中对自由的颂扬和高度的爱国主义，"不仅成为美国诗歌的特色，而且成为美国的性格的不可分的一部分"。第二是不受欧洲旧传统的拘束和新传统的建立。"美国诗歌因此显得健康，向上，没有矫揉造作的虚伪，不世故，诚恳，坦白而明晰，速度高，是动的。""这传统因袭下来直到现在美国诗歌还是沾染着很多的大地的气息，都传达一些土地的消息，美国的诗歌可以说是最贴近大地的。"② 这两个总结高度概括了美国近代诗歌的整体风貌和主要特色，对我们今天认识美国诗歌仍具有借鉴意义。

为了配合该文的发表，作者还应邀选译了三十首美国诗歌，附于该文之后，方便了读者对美国诗歌的阅读和了解。这种工作得到了时任《世界文艺季刊》主编李广田的高度赞誉："这样，我们对于近代美国诗就有了一个概括的认识，而且杨先生的工作做得那么精细而审慎，这是值得我们敬佩而感谢的，所以虽然占去了相当多的篇幅，然而这很值得。"③ 杨周翰早年毕业于西南联合大学外语系，后又留学英国牛津大学，在我国的比较文学学科史和英国文学研究史上享有盛名。他早年的这篇研究美国近代诗歌的文章在其丰富的学术履历中似乎并不起眼，也未见学界有更多的讨论。然而将其放置在民国时期的美国文学研究这一宏观视野下，以此文对美国诗歌历史脉络的充分把握和对诗歌现象的透彻解读来看，实乃我国40年代美国诗歌研究史上的一个重要收获。尤其是文中论述到的一些诗人，即使在今天，学界的研究仍然是十分薄弱的。这篇文章也反映出作者此后一贯的善于从具体的作家作品进行微观文学批评的学术特色，对后学是一个很好的学术示范。

---

① 杨周翰：《论近代美国诗歌》，载《世界文艺季刊》1946年第1卷第3期，第17页。
② 杨周翰：《论近代美国诗歌》，载《世界文艺季刊》，1946年第1卷第3期，第21、22页。
③ 参见《世界文艺季刊》1946年第1卷第3期编辑后记。

第三节 对美国文学的其他综合评介

除了以上提到的几篇代表性的研究成果，40年代还出现了一些对美国文学进行综合介绍或评论的文章，对于增进国人对美国文学的认识也有一定的价值。

黄峰的《伟大的美国文学》是20世纪40年代出现的一篇具有明显左翼色彩的介绍和讨论美国文学的文章，该文收录于作者所著的《世界革命文艺论》一书，1940年由文艺新潮社出版。该书主要对世界范围内的革命文艺（包括文学、音乐、电影等）兴起和发展的基本情况进行了回顾和讨论，涉及的国家包括苏联、西班牙、英国、德国、美国、意大利等，尤为注重对苏联文艺发展和文艺政策的介绍，强调特定时代文学的战斗作用，社会主义文艺的先进性和对资产阶级文学的对抗。在这种精神的关照下，作者在谈论美国文学时也突出了美国文学的革命特性，还尤为注意引用苏联学者对美国文学的看法。文章回顾了美国文学的"革命的传统"，认为美国人是长于梦想的，他们对自由幸福生活的梦想使得美国文学和文化也以"光荣的革命传统为基础"。从早期的华盛顿·欧文、库柏、惠特曼、布莱特·哈特，到马克·吐温、杰克·伦敦，美国文学保持了"为了新的更完善的人类社会而斗争"的传统，不仅"足以表现他那伟大的人民"，而且成为"一种世界性的文学"。最近出现的辛克莱、德莱塞、安得生、刘易士、海敏威、卡尔特韦尔（Erskine Caldwell）、帕索斯、戈尔特（M. Gold）、休士等作家，更是向全世界展现了美国文学新的异彩。作者在文章最后高呼，在世界反法西斯斗争的情势中，美国的爱自由的精神、文学和文化已经成为全世界的共同遗产，中国作家应该重视美国作家的进步性，和美国作家携手并进，共同击退法西斯侵略者。这篇文章总的基调从一个侧面反映出40年代美国文学在全世界的影响力和中国作家对美国文学认识的改变。

靖文的《美国文学的生长与其特性》（《申报》1946年10月6日）一文回顾了美国在建国前后的文学历史及近现代文学的新发展，主要对美国文学的精神特性进行了论述。文章认为，就美国的开国背景而言，美国文学的初期精神，以清教主义精神为核心，当时美国的资本主义尚在萌芽期，因而文学表现只能依托于反抗性的宗教精神。逃避旧大陆宗教压迫的美国移民受新大陆的环境激发养成了"一种迫近现实而又富有冒险的精神"。表现在文学上，与宗教性的文学相对，同时形成了具有所谓"扬基精神"的文学。从清教主义精神到扬基精神构成了美国文学的发展路径。美国文学的精神特性可以从两个角度观察，"在表现人格的场合，美国文学的精神是个人主义精神，在体验社会的场合，则为自由主义精神。这两种乍见是矛盾的东西，实际上却是美国精神的完整一体，是分不开来的。早期美国文学的神秘主义倾向，以及现代美国文学的庸俗倾向（好听些是大众倾向），就是清教主义和扬基主义的各自特色。""到现在为止，代表活泼奔放，现实而又近乎浪漫的扬基主义，仍不失为今日美国文学的基干特性，了解此点后，我们才可以再来观察现代美国文学。"该文从精神特性的角度切入美国文学，提炼出清教主义与扬基主义两条美国文学中的精神主线，类似的论述在当时并不多见，显示出作者对美国文学的深入理解。

李育中的《美国文学的闪烁》（《谷雨文艺月刊》，1947 年 11—12 月合刊）一文对 40 年代中国前后对美国文学的介绍进行了回顾，特别肯定了 30 年代赵家璧的《新传统》对美国文学的系统介绍。作者认为现代美国文学已经在世界文坛占据了不小的地位，而由于战争的隔阂，40 年代的中国对它的介绍集中在海敏威、沙洛杨与史丹贝克等几位作家身上，对于其他更多的作家，如福尔纳（Faulkner）、伍尔芙（Thomas Wolfe）、化劳尔（James Thomas Farrell）、菲兹加劳（Fitzgerald）等介绍得还很不够或根本没有介绍。作者期待着国人能再有一本接续《新传统》的著作，对美国文学进行更充实更确切的介绍。值得一提的是，作者还为读者列出了九本研究美国文学的参考书目，并附原文书名。这些书目既包括综合性的《剑桥美国文学史》（*Cambridge History of American Literature*），也有卡尔浮登的《美国文学的解放》（*The Liberation of American Literature*）、希克斯的《大传统》（*Great Tradition*）、凡·杜伦的《当代美国作家》（*Contemporary American Novelists*）这样的个人专著，反映出民国时期中国学者广泛的美国文学知识来源。

萧鸣的《美国文学的主调》（《时与潮副刊》1947 年第 7 卷第 3 期）一文认为美国文学的主调是"健壮"。这种健壮，在宗教和道德方面着重清教主义（Puritanism），在生活态度方面着重边疆精神（Frontier Mind），在处世方针方面则专注于效率（Efficiency）。例如，对清教主义的论述，指出霍桑的《红字》是一本清教主义的小说，因其以"犯了一种无人知道的罪恶，良心上受到了莫大的苦痛"为主题。而美国思想界的新人本主义，大体可以看做是以清教精神为基础的，因它警戒放纵生活和破坏传统，提倡训练与教养。再如，作者追溯了边疆精神在美国的起源，指出边境在美国人生活方面，恐怕是最重要的构成力。美国文学中从最初的德·克利维克（De Crevecoeur）、谷伯（Cooper）到最近的刘易斯、斯坦贝克和赛珍珠等，都有边疆精神的体现。再如，对于美国人重实务的论述，认为比起康德的实用哲学，美国人更欢迎詹姆斯和杜威的实效主义。其特点就是以实用价值（Practical Value）或可实行性（Workableness）为衡量价值的标准。对这几方面的提炼和阐述已经不止于文学，而是涉及美国的文化、思想和民族性格等多方面。文章虽有明显的编译痕迹，但对于当时国人全面认识美国文学和文化无疑是有促进作用的。

得之的《美国现代小说的写实主义》（《中央周刊》1947年第9卷第23期，该刊属国民党时政性刊物，但设有文学栏目。）一文也值得一提。该文将20世纪以来至40年代美国小说中的写实主义分为三个发展阶段，对每个阶段的特点和代表作家进行了概略性的描述。第一个阶段从20世纪初至"一战"，这个时期作家们以攻击旧的倾向为主，开始从社会被压迫者的观点去观察和体会，去描写一个问题，以霍威尔斯（Howells）为奠基者。第二个阶段从"一战"至1930年，这个时期小说中的玩世主义和讽刺态度是对经济上的大企业资本主义与政治上的保守主义的反动，以路易士（Sinclair Lewis）为最重要。从1930年到1941年是第三个阶段，作家们要求对社会的各种问题作根本探讨，研究其病态的原因，小说成为社会分析的工具，以斯坦贝克最为著名。作者的介绍虽然是描述性的，但其对美国现代小说的历史把握却是较为准确的，几乎涵盖了现代美国所有重要的小说家，今天仍有一定的可读性。

此外，克修的《现代美国文坛概况》（《现代小说》1940年第1期）也对现代美国文学的代表作家进行了概略介绍，包括小说家德莱赛（Theodore Dreiser）、辛克莱（Upton Sinclair）、安德生（Sherwood Anderson）、勒威士（Sinclair Lewis），戏剧家奥奈尔（Eugene O'Neill）等。钱歌川的《大战中的美国文学》（《观察》，1948年第13期）一文则介绍了从1935年至1948年美国文学界的创作和出版情况，不只关注已成名作家的情况，也关心正在创作的一般作家。作者认为比起第一次世界大战时，二战中的美国文学作品"带着更多的客观性，有其本质上的价值，虽在战后也还是值得我们去读的。"作者还特别指出，大战使文学普遍化了，美国军事当局从民间募捐文学图书供前线战士阅读，使其养成读书的习惯，这项文化决策必会收到莫大的后果。美国二战后创意写作的兴起证明了作者的这项观察是富有预见性的。

延续 30 年代的翻译热情，这一时期关于美国文学的研究译著也有不少，特别是 40 年代中后期，尤为集中。1944 年，胡曦根据美国学者加尔·凡·多兰（Carl Van Doren）和马克·凡·多兰（Mark Van Doren）合写的《现代英美文学史》（American and British Literature Since 1890）节译出了《现代美国的小说》一书，由新生图书文具公司出版。该书介绍了包括从克莱恩（Stephen Crane）、诺理斯（Norris）、杰克·伦敦（Jack London）到汉明灭（Hemingway）、法劳尔（James T. Farrell）、赛珍珠（Pearl Buck）在内的二十二位美国现代小说家，是当时学界不可多得的一部研究美国小说的重要参考书。三四十年代颇有影响的美国学者考莱（Malcolm Cowley）、埃尔文（Newton Arvin）、希克斯（Granville Hicks）、范士特（Howard Fast）等人对两次世界大战以来美国新兴文学的论述也备受中国学界的关注，有的文章还在不同的期刊上出现了多个译本。此外，中国学界还十分关心美国与其他国家（主要是苏联）的文学交流情况，有多篇期刊报道涉及这一话题。特别值得一提的是苏联学者马基多夫（Robert Magidoff）的论文《美国文学在苏联》，该文在 40 年代有赵景深和鸣骑的两个译本出现，分别发表于《文潮月刊》1946 年第 5 期和《时代杂志》1947 年第 7 卷第 10 期。这篇文章全面介绍了 1917 年以后美国文学在苏联的传播与影响，特别强调美国文学中的民主革命精神对俄国思想的形成的促进作用，对于中国读者了解美国文学的世界影响颇有价值。

本编小结

中国的美国文学研究从无到有，从发生发展到活跃，民国时期实乃一个重要的挚乳期，期间取得的成绩不能被遗忘或一笔勾销。作为中国的美国文学学术史乃至外国文学学术史的重要组成部分，民国时期的美国文学研究反映了一个时代对于世界文学的追逐和向往。目前中国学界在研究包括美国文学在内的外国文学时，常常强调中国视角、中国视野，然而究竟什么是中国视角或中国视野？这种视角或视野源自何时？究竟应该体现在何处？这些问题值得我们重新深入思考。笔者认为，对于中国的外国文学研究，必须树立起自觉的学术史意识，必须了解和挖掘中国人最初认识、接受和研究外国文学的历史和传统，因为这些内容不仅关乎我们如何看待外国文学，也关乎我们如何认识一个国家乃至我们自身。回顾和整理民国时期的美国文学研究成果，我们或许可以得到一二启示。

从晚清到民初，美国文学并非时人关注的重点，这既与美国文学自身的局限有关，也与中国人对美国的认识有关。以美国不长的文学历史而言，这一时期对一些重要作家的认识和评价却已经在中国开启，其历史意义不言而喻。朗费罗、欧文、《黑奴吁天录》等成为当时中国认识和接受美国文学的重要符号，对他们的谈论成为我国美国文学研究的滥觞。当然，由于对美国文学的介绍和认识是与世界其他各国文学混杂在一起的，其主要目的还是为了开启民智，启蒙思想，甚至是为抒发个人感怀。他们评论什么，研究什么，往往带有很大的偶然性，常常取决于材料是否顺手、易得，而非作自觉的和专门的美国文学研究。但是，这一时期却是中国的美国文学研究的发生期，没有这个发生，后续的进一步发展、活跃和深化无从谈起。

20 年代，尽管美国文学研究还是较为个别和分散的，但人们对美国文学的认识已比晚清民初时期有所进步。这一时期对美国文学研究多个面向的开启，如对美国文学史的综合介绍、对美国现代诗歌、小说和女性文学家的观察等都具有重要的导向意义。从这时起，研究美国文学的主体已经不再是如林纾般不懂外语的传统士大夫，而是普遍具有外语修养的新文学家。他们能够更多地借助第一手资料传递关于美国文学的较为深入、确切的知识。他们对美国文学的研究，虽然仍以开启民智、启蒙思想为主要目的，但已经具有某种程度的自觉。他们开始在世界文学的背景下观察美国文学，对美国文学的地位和价值进行重新思考，并着力于挖掘和利用美国文学中的精神财富，服务于中国新文学的变革与发展。

30 年代中国的美国文学研究，无论在深度还是广度上，都比此前有了质的飞越。随着美国文学国际影响力的提升，中国学者从世界文学中进一步发现和确认了美国文学的独特性，对现代美国文学的选择也体现出明确的现代意识和当下观念。当然，由于他们普遍关心的现代美国文学仍处于发展当中，他们对文学现象的把握和判断在整体性上可能还有不少欠缺，但这是研究同时代文学时不可避免的。虽然横向比较起来，这一时期美国文学研究的成果从数量和规模上仍不及同时期的其他西方文学研究，如英国、法国和俄国的文学研究，但纵向地比较，这一时期是民国时期认识美国文学的转折期，对美国文学的研究具有了真正的自觉性。从研究主体上来说，一批对英美文学术业有专攻的学者为这一时期的美国文学研究贡献了高质量的研究成果，开始走出单纯依靠译述国外研究的阶段。他们关心美国文学的最新动态，亲自翻译美国文学作品，其研究往往结合自身的阅读和翻译体验，作富有深度和学理意义的探讨，因而他们的很多论述即使今天读来仍具有借鉴价值。正是在这个意义上，可以说 30 年代的美国文学研究取得了不低于同时期其他西方文学研究水平的成果。

在整个世界都战火纷飞的 40 年代，中国的美国文学研究依然没有完全中断。战争等时局因素在一定程度上反而促进了中国学者对美国文学的重新关注。这种关注并不止于与战争有关的文学层面，而是包含了对美国文学从历史到现实，从内容到形式的重新发现与深入解读。经历了此前几十年的接受和酝酿，伴随着对美国文学独特性和普世价值的确认，40 年代对美国文学的选择和研究体现出更自觉化、更细致化的特色，特别是对美国小说和诗歌的研究继续向前推进。此外，一个较为明显的变化是，不同于此前许多著述都发表在属于现代文化中心的上海，中国学者这一时期的美国文学研究成果多发表在属于战争后方的重庆、桂林等地。

美国文学研究在民国时期的兴起离不开一批卓有见识的知识分子对它的提倡与关注，这些知识分子以不同的著述方式和不同的研究重心对于民国时期美国文学知识的构建起到了至关重要的作用。他们对美国文学的认识与研究，既迎合了国衰民弱时代了解世界文学的历史需求，也蕴含着改造中国旧文学，创造新文学的强烈动机。他们关心美国文学的历史，更关心美国文学的现实，他们的关注目光紧随着美国文学的发展变迁。美国文学始终是他们用来审视中国文学的一面镜子。从历史的连续性上来看，美国文学在这一时期甚至并非像此前人们认为的那样一味地不被看重。通过这些先行者对美国文学勤勉的观察与研究，一个具有文学内涵的美国逐渐呈现在现代中国的视域当中，为后人留下了可供追溯与思考的资源，成为中国人认识美国的一个重要方面。

《剑桥美国文学史》指出，在 20 世纪初，美国文学是作为英国文学研究的一个脚注存在的，在中学和各大高校院系尤其如此。这一时期学校里使用的课本将美国文学节选为英国文学的一小段历史，就好像是在提醒所有的美国孩子，在课本中占主流的是英国文学，美国不过是个附庸国而已。从 20 世纪初开始直至"一战"期间，伴随着民族主义风潮在美国的兴起，美国文学无论是作为一个专业工作还是一个学术领域才随之成形，成为整个国家文学、艺术和文化活动的一个组成部分。[①] 从这个意义上讲，民国时期对美国文学的关注和研究，哪怕只是译述，也从遥远的东方见证和呼应了美国国内对美国文学的发现和建构之旅。这恐怕也是我们今天回顾这段特殊历史的又一价值所在。

---

① 〔美〕伯克维奇主编：《剑桥美国文学史》第 5 卷（诗歌与批评 1910 年—1950 年），马睿、陈贻彦、刘莉译，中央编译出版社 2009 年版，第 349、375 页。

附录一 民国时期我国的"英国文学史"书目提要

《英国文学史》,王靖著,泰东图书局1920年版目次
卷一 英国古代之文学及文学家
卷二 英国十四世纪之文学及文学家
  约翰曼德维耳 John Mandevill
  约翰威克列夫 John Wyclif
  孝素 Geoffrey Chaucer
  威廉兰格德 William Langland
  约翰高尔 John Gower
  约翰拔勃 John Barbour
  威廉卡斯顿 William Caxton
卷三 英国伊里沙伯时代之文学及文学家
  爱国门斯宾塞 Edmund Spenser
  约翰列利 John Lyly
  菲力施德利 Philip Sidney
  乌差德胡苛 Richard Hooker
  佛兰司培根 Francis Bacon
  马罗 Christopher Marlowe
  威廉沙士比亚 William Shakespear
  彭琼生 Ben Jonson
卷四 英国革命及复辟时代之文学及文学家

约翰米而顿 John Milton

约翰邦杨 John Bunyan

约翰德拉丹 John Dryden

卷五 英国十八世纪之文学及文学家

乌差德士持耳 Richard Steel

约瑟爱狄生 Joseph Addison

约那散士威福德 Jonathan Swift

登尼耳第福 Daniel Defoe

亚历山大蒲伯 AL xander Pope

威廉苛林 William Collins

威廉考伯 William Cowper

瑟姆司格尼 Thomas Gray

约娘斯瑟孟孙 James Thomson

阿里维高德史密斯 Oliver Goldsmith

爱德曼保达 Edmund Burk

爱德华格勃恩 Edward Gibbon

乌拉勃保司 Robert Burns

萨木耳约翰生 Samuel Johnson

卷六 英国十九世纪之文学及文学家

诗家

琐式 Southey

克内列德 Samuel Taylor Coleridge

威廉华德司华斯 William Wordsworth

司各德 Sir Walter Scott

乔治高丹摆伦 George Gordon Byron，Lord Byron

亚弗德吞勒生 Afred Tennyson

瑟姆司摩耳 Thomas Moore

施利 Percy Bysshe Shelley

约翰克德司 John Keats

文家

瑟姆司蝶夸仁氏 Thomas De Quirnvcey

却耳司兰勃 Charles Lamb

麦考莱 Thomas Babington，Lord Macauloy
　　瑟姆司嘉黎 Thomas Carlyle
　　却耳斯迭根司 Charles Dickens
　　美德弗 Marry Russell Mitford
　　波洛脱 Adelaide Aune Procter
　　乌那士钦 John Ruskin
附刊　美国文学家小史
　　华盛顿欧文 Washington Irving
　　亨利华特司朗弗罗 Henry Wadsworth Longfellow
　　约瑟乌达曼德列克 Joseph Rodman Drnke
　　爱德华 Jonnthan Edward
　　福兰克林 Benjanmin Franklin
　　勃兰脱 William Cullen Bryant
　　华特尔 John Greenleaf Whittier
　　亚兰保 Edgar Allan Poe
　　莺木生 Ralphs Waldo Emerson
　　罗威尔 James Russell Lowell
　　霍桑 Nathaniel Hawthorne
　　本拉士各德 William Hickling Prescott
　　明克拉福 George Bancroft
　　马特莱 John Lothrop Motley
　　法克曼 Francis Parkman
卷八　丹麦文学家小史
　　安徒生 Hans Christian Anderson

《英国文学 ABC》（上、下册），曾虚白著，世界书局 1928 年版
目次
第一章　初创时代
第二章　文艺复兴的初期
第三章　文艺复兴时代
第四章　清教时代
第五章　古典派时代

第六章　古典浪漫过渡时代

第七章　浪漫派时代

第八章　科学时代

第九章　现代文学

第十章　结论

《英吉利文学》，徐名骥著，商务印书馆 1933 年版

目次

第一章　诗歌

第二章　小说

第三章　戏剧

第四章　散文和其他

《英国文学》，李祁著，华夏图书出版公司 1948 年版

目次

英国诗人肖像

古英文同中古英文时代

过渡时代

现代英文的时代

《英国文学史纲》，金东雷著，商务印书馆 1937 年版

目次

绪言

第一章　盎格罗萨逊时代

第二章　盎格罗诺曼时代

第三章　乔叟的时代

第四章　民间文学

第五章　文艺复兴

第六章　莎士比亚的时代

第七章　清教徒时代

第八章　古典主义时代

第九章　约翰孙的时代

第十章　浪漫主义时代
第十一章　维多利亚时代
第十二章　现代文学
附英国文学大事表

《现代英国文学》，李子温著，北京京师大学出版部 1936 年版
无目次

《现代英国诗人》，费鉴照著，新月书店 1933 年版
目次
闻序
自序
梅士斐尔特（Mansefield，1878—　）
哈代（Thomas Hardy，1840—1928）
白理基斯（Robert Bridges，1844—1930）
郝思曼（A. E. Houseman，1859—　）
梅奈尔（Alice Meynell，1850—1922）
白鲁克（Rupert Brooke，1887—1915）
德拉梅尔（Walter De La Mare，1873—　）
夏芝（William Bulter Yeats，1865—　）
奈陀夫人（Sarojini Naidu，1879—　）

《唯美派的文学》，滕固著，光华书局 1927 年版
目次
自记
小引
近代唯美运动的先锋
一、勃莱克的艺术
二、基次的唯美诗歌
先拉飞尔派
一、先拉飞尔派的由来
二、罗塞蒂的画与诗

三、牛津的先拉飞尔派
世纪末的享乐主义者
一、丕德的思想
二、王尔德与比亚词侣
三、西门司

《世纪末英国新文艺运动》，萧石君著，中华书局 1934 年版
目次
绪论
第一章 裴德的哲学思想
第二章 世纪末英国文坛概观
第三章 世纪末英国文学的特色
第四章 狄卡耽的意义
第五章 王尔德、昆阿慈里及诗人俱乐部
第六章 赛孟慈与新文艺运动
第七章 新文艺运动的反响
第八章 叶慈与爱尔兰文艺复兴

《英国文学史》，豪斯著、欧阳兰编译，北京京师大学文科出版部 1927 年版
第一章 英国古代的文学
第二章 诺曼征服后的英国文学
第三章 十四世纪英国文学
第四章 文艺复兴时代英国文学
第五章 意利沙白时代文学
第六章 清净教徒时代文学
第七章 王政复古时代文学
第八章 约翰生时代文学
第九章 浪漫主义时代文学
第十章 维多利亚时代文学
第十一章 英国现代的文学

《英国文学史》，德尔梅著、林惠元译，北新书局 1930 年版
目录
第一章　盎格罗撒逊的文学
第二章　过渡时代
第三章　Chauser 的时代
第四章　荒芜时代（The Barren Age）
第五章　Tudor 朝代的复兴
第六章　英国戏剧的起源
第七章　Elizabeth 女王时代的浪漫潮流
第八章　Elizabeth 时代的戏剧
第九章　Elizabeth 时代的散文
第十章　清净教的理想家
第十一章　复辟时代
第十二章　黄金时代（Augustan Age）
第十三章　小说的兴起
第十四章　浪漫主义的先驱者
第十五章　浪漫派的叛变
第十六章　Victoria 时代的初期
第十七章　Victoria 时代的散文
第十八章　近代文学
第十九章　美国及殖民地的文学
第二十章　现代的英国诗律

《英国文学史》，莫逊、勒樊脱著、柳无忌等译，商务印书馆 1947 年版
目录
著者原序
译者序
第一章　盎格鲁撒克逊时期
第二章　诺曼法兰西时期
第三章　乔塞时代
第四章　文艺复兴：非戏剧文学至史本塞之死
第五章　文艺复兴：莎士比亚以前之戏剧

第六章　文艺复兴：莎士比亚

第七章　十七世纪：莎士比亚时代之戏剧家及其后继者

第八章　王权复兴以前之戏剧文学

第九章　王权复兴

第十章　十八世纪：古典主义时期

第十一章　十八世纪：浪漫主义的起始

第十二章　十八世纪：小说

第十三章　十九世纪：浪漫主义全盛时代

第十四章　十九世纪：维多利亚时代

第十五章　十九世纪：小说

第十六章　维多利亚时代晚年与爱德华时代的文学

第十七章　现代文学趋势（一九三〇）

《英国文学拜伦时代》，葛斯著、韦从芜译，北平未名社 1930 年版

拜伦时代目录

引言

拜伦（Lord Byron）

雪莱（Percy B. Shelly）

珂克勒派（The Cockney School）

　　航特（Leigh Hunt）

　　基次（John Keats）

　　锐洛兹（John H. Reynolds）

　　威尔士（Charles J. Wells）

摩尔（Thomas Moore）

洛节司（Samuel Rogers）

珂列布（George Crabbe）

新派批评家

　　兰姆（Charles Lamb）

　　狄昆塞（Thomas de Quincey）

　　哈兹里（William Hazlitt）

兰道（Walter Savage Landor）

历史家

米特弗（William Mitford）

　　塔勒（Sharon Turner）

　　林加得（John Lingard）

　　那皮尔（Sir William F. P. Napier）

　　哈兰（Henry Hallam）

小说家

　　玛利布伦唐（Mary Brunton）

　　苏善弗利哀（Susan Ferrier）

　　洁安波特尔（Jane Porter）

　　洛加（J. G. Lockhart）

　　玛太林（Charles R. Maturin）

　　玛利雪莱（Mary W. Shelley）

　　高得（John Galt）

　　摩锐耳（James J. Morier）

　　霍勃（Thomas Hope）

　　利唐（Lord Lytton）

第司勒里（Benjamin Disraeli）

皮珂克（Thomas L. Peacoak）

小诗人

　　荷德（Thomas Hood）

　　伯尼（Joana Baillie）

哈特尼珂莱锐吉（Hartley Coleridge）

柏杜厄斯（Thomas L. Beddoes）

何恩（Richard Horne）

结论

《英国小说发展史》，克洛斯著、周其勋等译，国立编译馆 1936 年版
目录

　　第一章　从亚肃传奇（Auturian Romance）到李查孙（Richardson）

　　第二章　十八世纪写实作家

　　第三章　从汉符理克林刻到威佛雷

　　第四章　十九世纪的传奇

第五章 写实主义底反动

第六章 写实主义底复兴

第七章 心理小说

第八章 现代小说

结论

附录

　　一、二十五部小说一览表

　　二、书目提要及其他

　　三、英美小说之中文译本

《英国当代四小说家》，克罗斯著、李未农等译，国立编译馆 1934 年版

目录

一、引言

二、约瑟康拉得

三、阿诺尔德本奈特

四、约翰高尔斯华绥

五、赫伯特乔治威尔斯

六、参考书目

《英国小说概论》，普利斯特里著、李儒勉译述，商务印书馆 1946 年版

目次

杭序

译者序言

第一章 导言

第二章 十八世纪

第三章 司各德与金娴斯邓

第四章 迭更斯与萨克莱

第五章 维多利亚中期的小说

第六章 维多利亚后期的小说

第七章 今日的小说

附录二 民国时期美国文学评介与研究主要文章目录

君实:《美洲诗人之泛美主义》,《东方杂志》,第 16 卷第 2 号,1919 年 2 月。

田汉:《平民诗人惠特曼百年祭》,《少年中国》创刊号,1919 年 7 月 15 日。

刘大杰:《现代美国文学概论》,《现代学生》,1920 年第 2 期。

王靖:《美国文学复兴底疑问》,《民国日报·平民》,1921 年 第 68 期。

St. John Ervine:《美国的文学》,王靖译,《东方杂志》,1921 年第 18 卷第 22—23 号。

半禅:《美国近世女文学家小史》,《妇女杂志》,1921 年第 7 卷第 2—6 期。

沈雁冰:《海外文坛消息:(十四)美国著名女著作家的新作》,《小说月报》,1921 年第 12 卷第 2 期。

郑振铎:《美国的一个文学杂志"The Dial"》,《小说月报》,1921 年第 12 卷第 6 期。

刘延陵:《美国的新诗运动》,《诗》,1922 年第 1 卷第 2 号。

蠢儿:《美国最新小说界的概略》,《学艺》,1922 年第 2 期。

应元道:《六十年来美国的小说界及其作者》,《青年进步》,1922 年第 53 期。

幼雄:《美国革命文学与贵族精神的崩坏》,《东方杂志》,1922 年第 20 期。

沈雁冰:《海外文坛消息:(一七四)两部美国小说》,《小说月报》,1923年第14卷第6期。

沈雁冰:《海外文坛消息:(一七七)美国的短篇小说》,《小说月报》,1923年第14卷第7期。

沈雁冰:《海外文坛消息:(一八八)美国的小说》,《小说月报》,1923年第14卷第11期。

毕树棠:《现代美国九大文学家述略》,《学生杂志》,1924年第11期。

毕树棠:《英美文学的比较观》,《晨报副刊》,1925年第105期。

王世颖:《论美国底初期文学》(抄译),《民国日报·黎明附刊》,1925年11月29日。

郑振铎:《美国文学》,《小说月报》,1926年第17卷第12期。

北村喜八等原著,《现代美国的文学》,方天白译,《北新》,1929年第18期。

伊藤整日:《现代美国诗坛》,勺水译,《乐群》,1929年第1卷第6期。

赵景深:《二十年来的美国小说》,《小说月报》,1929年第20卷第8期。

赵景深:《现代文坛杂话:现代美国诗坛》,《小说月报》,1929年第20卷第7期。

赵景深:《现代文坛杂话:美国文学家的信念》,《小说月报》,1929年第20卷第2期。

刚:《新书介绍:美国文学略论(Leisy E. E)》,《国立北平图书馆月刊》,1929年第3卷第6期。

John Chamblain:《美国黑人文学底启源》,汪倜然译,《真美善》1930年第6卷第1期。

易康:《黑人诗歌中民族意识之表现》,《前锋月刊》,1930年第1卷第1期。

朱复:《现代美国诗概论》,《小说月报》,1930年第21卷第5号。

余慕陶:《美国新兴文学作家介绍》,《大众文艺》,1930年第3期。

林疑今:《现代美国文学评论》,《现代文学评论》,1931年第1期。

刘大杰:《刘易士小论》,《青年界》,1931年第1期。

科恩:《大战以来的美国文学》,芳草译,《现代文学评论》,1931年第1期。

横山友策:《现代美国文艺思潮》,高明译,《学友月刊》,1931年第1卷第 2 期。

宫岛新三郎：《美国文学概观》，森堡译，《当代文艺》，1931 年第 2 卷第 4 期。

甘旅：《美国文学的新趋势》，经用白译，《南华文艺》，1931 年第 1 卷第 2 期。

Wm B. Cairns：《美国文学之新趋势》，白华译，《国闻周报》，1931 年第 16 期。

William B. Cairns：《现代美国的文学》，詹文浒译，《青年进步》，1931 年第 144 期。

克尔恩斯：《战后美国文学之趋势》，傅锦衣译，《武汉文艺》，1932 年第 1 卷第 1 期。

顾仲彝：《现代美国文学》，《摇篮》，1932 年第 1 期。

高陷：《美国诗的新时代》，《北平晨报》，1932 年 3 月 7 日。

力生：《美国新民族文学之景气》，《广西青年》，1932 年第 3 期。

William B. Cairns：《大战后的美国文学》，史东译，《广西青年》，1932 年第 4 期。

余慕陶：《近代美国文学讲话》，《微音》，1932 年第 7—8 期。

Gorham Munson：《战后美国小说概况》，挹珊译，《国闻周报》，1932 年第 9 卷第 18 期。

非白：《美国文坛近况》，《文学杂志》，1933 年第 2 期。

黄源：《美国新进作家汉敏威》，《文学》，1933 年第 1 卷第 3 期。

钱歌川：《美国戏剧的演进》，《新中华》，1933 年第 17—19 期。

阿部知二：《英美新兴诗派》，高明译，《现代》，1933 年第 2 卷第 4 期。

徐迟：《诗人 Vachel Lindsay》，《现代》，1933 年第 4 卷第 2 期。

龙纤红：《美洲黑人的诗歌》，《现代学生》，1933 年第 3 卷第 3 期。

高垣松雄：《美国文学的现代性》，杨维铨译，《新中华》，1933 年第 1 卷 14 期。

Calverton：《近百年美国文学之变迁》，赵演译，《生力》，1933 年第 6 期。

术之：《美国文学界的新趋势》，《行健月刊》，1934 年第 4 卷第 4 期。

毕树棠：《最近英美杂志中之文学论文》，《文学季刊》，1934 年第 1—4 期，1935 年第 1—2 期。

Milton Waldman：《近代美国小说之趋势》，赵家璧译，《现代》1934年第5卷第1期。

赵家璧：《美国小说之成长》，《现代》，1934年第5卷第6期。

顾仲彝：《现代美国的戏剧》《现代》，1934年第5卷第6期。

邵洵美：《现代美国诗坛概观》，《现代》，1934年第5卷第6期。

李长之：《现代美国的文艺批评》，《现代》，1934年第5卷第6期。

顾仲彝：《戏剧家奥尼尔》，《现代》，1934年第5卷第6期。

徐迟：《哀慈拉·邦德及其同人》，《现代》，1934年第5卷第6期。

毕树棠：《大战后美国文学杂志编目》，《现代》，1934年第5卷第6期。

薛蕙：《现代美国作家小传》，《现代》，1934年第5卷第6期。

V. F. Calverton：《美国文学之新天地》，李育中译，《红豆月刊》，1935年第3卷第2期。

允怀：《黑人文学在美国》，《世界文学》，1935年第1卷第4期。

加尔沃顿：《黑人文学的生长》，张克已译，《文化评论》，1935年第5期。

Harry Thornton Moore：《今日之美国小说》，高植译，《时事类编》，1935年第13期。

Alan Calmer：《美国文学的新时代》，H. C译，《青年文化》，1936年第4卷第4期。

渺加：《美国文学的新动向》，《世界知识》，1937年第6期。

Malcolm Cowley：《一个文学年谱：1911—1930》，毕树棠译，《文学》，1937年第9卷第1号。

Gilbert Chinard：《最近美国文学动态》，黄轶球译，《民风半月刊》，1938年1卷第8—9合刊。

赛珍珠：《美国的小说》，陈东林译，《西风》，1939年第37期。

毕树棠：《美国新书屑谈》（西书介绍），《西书精华》，1940年创刊特大号。

阿比信留：《美国文学的新动向——危机与幻灭及其他》，林梦觉译，《半壁》，1940年第1期。

江邨：《美国作家论反战文学》，《杂志》，1940年第4—5期合刊。

编者：《苏美文化交流：美国文学大展览在苏京》，《新闻类编》，1941年第98期。

马耳：《美国的小说》，《文摘副刊》，1942年第1期。

徐迟:《美国诗歌的传统》,《中原》,1943年第1期。

孙晋三:《美国当代小说专号引言》,《时与潮文艺》,1943年第2卷第2期。

林疑今:《美国当代问题小说》,《时与潮文艺》,1943年第2卷第2期。

宋明:《黑人文学的成长》,《申报月刊》,1943年第8期。

考莱(Malcolm Cowley):《美国青年的文学思潮》,杨竺笙译,《文汇周报》1943年第24期。

纪德:《谈美国小说》,林疑今译,《西风》,1944年第67期。

Bennett Ceff:《现代美国短篇小说鸟瞰》,李钟履译,《新思潮》,1946年第1卷第4期。

徐迟:《关于美国文学》,《文联》,1946年第3期。

杨周翰:《论近代美国的诗歌》,《世界文艺季刊》,1946年第3期。

Granville Hicks:《现阶段的美国普罗文学及其作家》,杨剑花译,《家庭》1946年第4期。

马几多夫:《美国文学在苏联》,赵景深译,《文潮月刊》,1946年第5期。

编者:《苏联重视美国文学》,《一四七画报》,1947年第11卷第5期。

编者:《欧洲大学不讲美国文学与历史》,《时与潮》,1947年第28卷第2期。

R. 马基德夫:《美国文学在苏联》,鸣骑译,《时代杂志》,1947年第7卷第10期。

大卫·邓普赛:《现代美国小说及其背景》,《新闻资料》,1947年第149期。

李育中:《美国文学的闪烁》,《谷雨文艺月刊》,1947年11—12月合刊。

得之:《美国现代小说的写实主义》,《中央周刊》,1947年第9卷第23期。

范士特(Howard Fast):《美国文学与民主传统》,萧源译,《同代人文艺丛刊》,1948年1卷2期。

John Chamberlain:《美国的小说》,若诚译,《益世报》,1948年4月3日

Malcolm Cowley:《美国小说与两次世界大战》,赵景深译,《幸福》,1948年第12期。

Malcolm Cowley:《第二次世界大战的美国小说》,陈尔林译,《新中华》,1948年第21期。

Newton Arvin:《论新兴美国文学》,莫戈水译,《中国青年》,1948年第3期。

Newton Arvin:《泛论美国近代小说家》,刘夔译,《时事评论》,1948年第24期。

钱歌川:《大战中的美国文学》,《观察》,1948年第13期。

凯拜尔:《美国文学的起源》,译者不详,《新闻资料》,1949年第202期。

主要参考文献

一、民国时期原始文献

〔丹〕勃兰兑斯著：《十九世纪文学之主潮》，侍桁译，商务印书馆1939年版。

〔德〕马尔霍尔茨著：《文艺史学与文艺科学》，李长之译，商务印书馆1947年版。

〔美〕凡·多兰著：《现代美国的小说》，胡曦译，新生图书文具公司1944年版。

〔日〕本间久雄著：《欧洲近代文艺思潮概论》，沈端先译，开明书店1947年版。

〔日〕小泉八云著：《英国文学研究》，孙席珍译，现代书局1932年版。

〔英〕德尔梅著：《英国文学史》，林惠元译，北新书局1930年版。

〔英〕葛斯著：《英国文学拜伦时代》，韦丛芜译，北平未名社1930年版。

〔英〕亨利·瑞德著：《1939年以来的英国小说》，全增嘏译，商务印书馆1949年版。

〔英〕柯尔著：《政治与文学》，郭祖颉译，四十年代杂志社1934年版。

〔英〕克罗斯著：《英国当代四小说家》，李木农等译，商务印书馆1934年版。

〔英〕克罗斯著：《英国小说发展史》，周其勋等译，商务印书馆1936年版。

〔英〕莫逊，勒樊脱著：《英国文学史》，柳无忌等译，商务印书馆1947年版。

〔英〕普利斯特里著:《英国小说概论》,李儒勉译述,商务印书馆1935年版。

〔英〕约翰·黑瓦德著:《一九三九年来英国散文作品》,杨绛译,商务印书馆1948年版。

曾虚白:《美国文学ABC》,世界书局1928年版。

曾虚白:《英国文学ABC》,世界书局1928年版。

曾虚白编译:《欧美小说》,真美善书店1917年版。

方壁等:《西洋文学讲座》,世界书局1939年版。

方重:《英国诗文研究集》,商务印书馆1939年版。

费鉴照:《现代英国诗人》,新月书店1933年版。

顾凤城:《新文艺词典》,光华书局1931年版。

韩侍桁:《西洋文艺论集》,北新书局1929年版。

贺昌群:《英国现代史》,商务印书馆1928年版。

黄峰:《世界革命文艺论》,文艺新潮社1940年版。

金东雷:《英国文学史纲》,商务印书馆1937年版。

李祁:《英国文学》,华夏图书公司1948年版。

李子温:《现代英国文学》,北京京师大学出版部1936年版。

陆一远:《文学史方法论》,乐华图书公司1932年版。

欧文:《拊掌录》,林纾、魏易译,商务印书馆1925年版。

欧阳兰:《英国文学史》,京师大学文科出版部1927年版。

钱基博:《现代中国文学史》,世界书局1934年版。

孙俍工:《世界文学家列传》,中华书局1926年版。

孙毓修编译:《欧美小说丛谈》,商务印书馆1916年版。

王靖:《英国文学史》,泰东书局1920年版

萧石君:《世纪末英国新文艺运动》,中华书局1934年版。

徐名骥:《英吉利文学史》,商务印书馆1933年版。

杨昌溪:《黑人文学》,良友图书印刷公司1933年版。

张越瑞:《美利坚文学》,商务印书馆1933年版。

张越瑞:《英美文学概观》,商务印书馆1934年版。

赵家璧:《新传统》,良友图书印刷公司1936年版。

赵景深:《现代欧美作家》,良友图书印刷公司1931年版。

赵景深:《最近的世界文学》,远东图书公司1928年版。

郑次川：《欧美近代小说史》，商务印书馆 1927 年版。
郑振铎：《文学大纲》，商务印书馆 1927 年版。
周梦蝶：《中外文学名著辞典》，乐华图书公司 1933 年版。
周瘦鹃编译：《欧美名家短篇小说丛刊》，中华书局 1917 年版。

二、其他中文文献

埃默里·埃利奥特主编：《哥伦比亚美国文学史》，朱通伯译，四川辞书出版社 1994 年版。
北京大学编：《国立西南联合大学史料》，云南教育出版社 1998 年版。
北京图书馆编：《民国总书目》，书目文献出版社 1986 年版。
查明建、谢天振主编：《中国现代翻译文学史（1898—1949）》，上海外语教育出版社 2004 年版。
陈国球：《文学史书写形态与文化政治》，北京大学出版社 2004 年版。
陈平原、夏晓虹编：《二十世纪中国小说理论资料》，北京大学出版社 1997 年版。
陈元晖：《中国近代教育史资料汇编》，上海外语教育出版社 2007 年版。
戴燕：《文学史的权力》，北京大学出版社 2002 年版。
范伯群、朱栋霖主编：《1898—1949 中外文学比较史》，江苏教育出版社 1993 年版。
范存忠：《英国文学史提纲》，四川人民出版社 1983 年版。
付克：《中国外语教育史》，上海外语教育出版社 1986 年版。
葛桂录：《中英文学关系编年史》，三联书店 1994 年版。
龚翰熊：《西方文学研究》，福建人民出版社 2004 年版。
贺昌盛：《想象的互塑：中美叙事文学因缘》，南京大学出版社 2009 年版。
杰斯普森：《美国的中国形象（1931—1949）》，姜智芹译，江苏人民出版社 2010 年版。
金莉等：《20 世纪美国女性小说研究》，北京大学出版社 2010 年版。
李传松：《中国近现代外语教育史》，上海外语教育出版社 2006 年版。
李赋宁、王佐良等：《英国文学史》，外语教学与研究出版社 2006 年版。
梁实秋：《雅舍谈书》，陈子善编，山东画报出版社 2006 年版。

梁实秋：《英国文学史》，台北协志工业丛书出版公司1985年版。

刘海平、王守仁等：《新编美国文学史》，上海外语教育出版社2002年版。

柳和城：《孙毓修评传》，上海人民出版社2011年版。

柳无忌：《西洋文学研究》，中国友谊出版公司1985年版。

舒新城编：《中国近代教育史资料》，人民教育出版社1981年版。

孙哲：《美国学：中国对美国政治外交研究（1979—2006）》，上海人民出版社2008年版。

唐沅：《中国现代文学期刊目录汇编》，天津人民出版社1988年版。

陶文钊：《中美关系史（1911—1950）》，重庆出版社1993年版。

王建开：《五四以来我国英美文学作品译介史》，上海外语教育出版社2003年版。

王向远：《中国比较文学百年史》，宁夏人民出版社2007年版。

王学珍、郭建荣等：《北京大学史料》，北京大学出版社1993年版。

王瑶等：《中国文学研究现代化进程》，北京大学出版社1996年版。

熊月之等：《圣约翰大学史》，上海人民出版社2007年版。

杨玉圣：《中国人的美国观——一个历史的考察》，复旦大学出版社1996年版。

虞建华等：《美国文学辞典：作家与作品》，复旦大学出版社2005年版。

张济顺：《中国知识分子的美国观（1943—1953）》，复旦大学出版社1999年版。

三、英文文献

Carl Van Doren & Mark Van Doren. *American and British Literature Since 1890*. New York: D. Appleton Century Co. 1939.

David L. Shambaugh. *Beautiful Imperialist: China Perceives America, 1972-1990*. Princeton: Princeton University Press, 1991.

Edmund Gosse. *English Literature: An Illustrated Record*. New York: The Macmillan Co., 1931.

F. Sefton Delmer. *English literature from Beowulf to Bernard Shaw*. Berlin: Weidmannsche Buchhandlung, 1925.

Gorham Munson. "Our Post-War Novel". *The Bookman*, October 1931.

Granville Hicks. "American Fiction Since the War", *The English Journal*, June 1948.

Howard Fast. "American Literature and the Democratic Tradition". *College English*, February 1947.

Howes Abby Wills. *A Primer of English literature*. Boston: D. C. Heath & Co., 1903.

Legouis Emile. *A history of English literature*. New York: The Macmillan Co., 1935.

R. David Arkush and Leo O. Lee. *Land Without Ghosts: Chinese Impressions of America from the Mid-Nineteenth Century to the Present*. California: Press of the University of California, 1989.

St. John Ervine. "American Literature Now and To Be". *The Century Magazine*, February 1921.

Wilbur L. Cross. *The Development Of The English Novel*. New York: The Macmillan Co., 1925.

William B. Cairns. "American Literature Since the War". *Current History*, Mar 1931.

William Vaughn Moody and Robert Morss Lovett. *A history of English literature*. New York: C. Scribner's Sons, 1918.

后　记

旅行的时候，人们总是喜欢探索下一站的美丽，但我却更喜欢细细回味身后的景色。迎面而来的风景固然美好，但逝去的风景却永远值得留恋。这本《民国时期我国的英美文学研究（1912—1949）》最初的文字（即上编《民国时期的英国文学史书写》）完成于 2008 年，而下编《民国时期的美国文学研究》则完成于 2012 年至 2014 年初。这些文字可以说是我过去几年在外国文学学术史研究领域的一点思考和见证。这本书最终成稿，并有机会付梓出版，我特别要感谢两个人。

感谢我硕士和博士导师刘洪涛先生。刘老师学识渊博，治学严谨，淡泊名利，在外国文学、比较文学及中国现代文学研究等领域都成就斐然，对学生的要求也很严格。记得他还曾在百忙之中为我们同门师兄妹专门腾出时间开读书会，让我们在相互切磋中取得进步。正是在刘老师的启发下，我开始外国文学学术史、比较文学理论等问题进行思考。本书的上编即是在刘老师的指导下最终完成。多年来，刘老师一直关心我的学业、事业和生活，是我的良师益友。感谢我的博士后合作导师郭英剑先生。几年前，我从北京师范大学文学院博士毕业，蒙郭英剑先生青眼相加，招收我为博士后，让我和中央民族大学结缘。郭英剑教授是享誉学界的外国文学专家和英语教学名师，尤其在美国文学研究方面成就很高。通过与郭老师的多次沟通与交流，我完成了本书的下编部分，并从郭老师那里受教良多。两位恩师都为我提供了不少学习和发展的宝贵机会，知遇之恩，无以言表。如今这本小书出版，可以说是既是自己的一个学术小结，也是献给两位老师的一份小小的礼物吧！

中国的外国文学学术史研究最近成为学界关注的一个热点。2015 年，《新中国60年外国文学研究》（6卷）出版。2016年10月，我在上海交通大学召开的首届多元文化和比较文学全国学术研讨会上获悉，《中国外国文学研究的学术历程》（12卷）也于近日出版。这两套书自是气势恢宏，名家云集，更不必说此前陆续出版的各类外国文学学术史研究个案著作。相比之下，我的这本小书在视野、方法乃至学术功力等各方面自然无法与之相较。唯一可以告慰的是，这本书由于写作时间较早，同类著作那时还相对较少，虽单薄青涩，也可算是我个人独立思考与研究的一份纪念。我很感谢命运给了我这样的机会，让我能够穿越时间，去亲手触摸一段历史时期内这么多学界先贤的光辉足迹。对我来说，它们的意义更像是一种自我的学术训练，使我从原来对外国文学模糊懵懂的兴趣逐渐明确了自己的研究和发展方向，对中国视野下的外国文学研究有了更深入的体会。

《文心雕龙·序志》有言："夫铨序一文为易，弥纶群言为难，虽复轻采毛发，深极骨髓，或有曲意密源，似近而远；辞所不载，亦不可胜数矣。"学术史研究从某种程度上来说就是要"弥纶群言"，这段话大体可以代表此书成稿时我的心情。因而，本书自然有许多不足之处，也恳请学界专家批评指正。我愿意把这本书的出版看做一个今后学习和研究的起点。

此外，我还要衷心感谢本书内容写作过程中曾为我提出过宝贵意见和建议、启发我思考的诸位学者：台湾大学周树华教授、翻译家傅浩先生，北京师范大学文学院陈惇教授、曹顺庆教授、王向远教授、高建为教授、张哲俊教授、李正荣教授，清华大学外文系王宁教授、陈永国教授，中国人民大学文学院耿幼壮教授、杨恒达教授，北京外国语大学郭棲庆教授。

本书的出版，得到中央民族大学外国语学院学科建设经费的资助。感谢外国语学院阿达来提书记、黎华教授、张娜教授、吴泽庆教授、朱小琳教授、柴文竹博士以及人事处赵英男老师的鼓励与帮助。还要真诚感谢一路走来所有曾经给过我帮助和鼓励的同学和朋友。在这里，恕不一一。

最后，感谢一直陪伴我支持我的家人。有了你们，我才有了全世界。

张 珂
2017年2月18日